一片树叶的颤动

南太平洋诸岛的小故事

The Trembling of a Leaf

Little Stories of the South Sea Islands

[英] 威廉·萨默塞特·毛姆————著

叶尊————译

浙江出版联合集团
浙江文艺出版社

献　给

伯特伦·阿兰森[*]

---

[*] 伯特伦·阿兰森(1877—1958),美国旧金山的一个犹太证券经纪人,毛姆在一九一六年十一月搭船从旧金山去火奴鲁鲁途中初次与他相识,后成为毛姆的终生好友。

将极度的欢乐与无比的失望勉强
区分开来的,只是一片颤动的
树叶,生活不就是如此吗?

——圣伯甫[*]

---

* 圣伯甫(1804—1809),法国文学评论家和作家。上述引文原文为法语,其中"一片颤动的树叶"法语原文为"une feuille tremblante",而本书书名则为"一片树叶的颤动"(The Trembling of a Leaf),两者所着眼强调的地方略有不同。

目录

001　太平洋
003　麦金托什
047　爱德华·巴纳德的堕落
092　红毛
121　水潭
173　火奴鲁鲁
205　雨
260　跋

261　译后记

太平洋

　　太平洋就像人的灵魂一样反复无常,难以捉摸。有时候,它像比奇角①外的英吉利海峡那样灰蒙蒙的,剧烈地起伏涌动。有时候,它浪涛汹涌,十分狂暴,露出一片白色的波峰。它风平浪静、显出一片湛蓝色的时刻,倒并不怎么常见。说实在的,那种蓝色具有盛气凌人的意味。从晴朗的天空中射下来的阳光亮闪闪的,十分强烈。信风渗透到你的血液中,你心中充满了想要探索未知世界的迫切愿望。气势磅礴的滚滚波涛在你的四周一直伸展到远方。你把在焦躁不安、迫不及待地渴望获得生活阅历时所失去的青春以及痛苦和甜蜜的回忆都置诸脑后。就在这样的海面上,尤利西斯②曾经扬帆行驶,寻找极乐之岛③。可是也有一些

---

① 比奇角,英国南部海岸的白色断崖,是一个世界著名的旅游景点。
② 尤利西斯,即希腊神话中的奥德修斯,曾参加围攻特洛伊城的战斗,智勇双全,为荷马史诗《奥德赛》中的主人公。根据但丁的《神曲·地狱篇》第二十六章的说法,尤利西斯在攻陷特洛伊后并没有返回自己的故土伊塔卡岛,而是说服了一些伙伴,西出直布罗陀海峡进行新的探险。
③ 极乐之岛,按照古代传说,它位于大海的西端尽头,那里是古代英雄们居住的理想乐土。

日子,太平洋好像一个湖泊。海面波平如镜,闪闪发光。那些飞鱼①,有如明亮的镜面上一道细微的暗影,在下潜时形成了几道带着亮闪闪的水珠的小型喷泉。天边飘浮着朵朵如絮的白云,在夕阳西下的时候显出各种奇特的形状,弄得你不能不相信眼前看到的是一道崇山峻岭。那是你梦境中的国度的山峦。你在一片神奇的大海上航行,周围是一片难以想象的寂静。不时可以看到几只海鸥,表明不远的地方就有陆地,一个隐匿在茫茫大海上的被人遗忘的岛屿;但是那些海鸥,那些令人忧郁的海鸥,是你所能得到的附近存在陆地的唯一征兆。你看不到一艘冒出破除寂寞的袅袅烟雾、航线不定的货船,看不到一条相当气派的三桅帆船或装备齐全的纵帆船,甚至连一条渔船也没有。眼前只是一片空荡荡的荒无人烟的海洋;不久这种旷荡寂寥就使你内心充满一种模糊的不祥预感。

---

① 飞鱼,一种长相奇特的海鱼,它的胸鳍特别发达,好像鸟类的翅膀一般,长长的胸鳍一直延伸到尾部,整个身体宛如织布的"长梭"。

麦金托什

他在海里扑腾了几分钟,水太浅了,无法游泳,又因为害怕鲨鱼而不愿去水深没顶的地方,于是便从水里出来,到浴室去洗了个淋浴。在太平洋那又浓又黏的咸水里泡过一阵后,洗个清凉的淡水澡,真叫人身心舒畅。海水太热了,尽管时间才刚过七点,浸在里面不但不能让你振作起来,反而使你更加倦怠乏力。擦干身体之后,他披上浴衣,对着中国厨师大声叫嚷,说他五分钟后就可以吃早饭了。他赤脚穿过一小片粗硬的草地(行政官沃克曾得意地认为那是一块草坪),来到自己的住处,换好了衣服。这并不需要花费多长时间,因为他只穿了一件衬衫和一条帆布裤子,然后朝他上司那位于院子另一侧的屋子走去。两个男子总一块儿吃饭,但中国厨师告诉他,沃克在五点就骑上马出去了,要一个小时后才会回来。

麦金托什昨晚睡得很不好,他厌恶地看着摆在面前的番木瓜、鸡蛋和熏肉。昨晚的蚊子简直叫人无法忍受,它们在他睡觉的蚊帐周围飞来飞去,数量多得惊人,发出无情的、气势汹汹的嗡嗡声,好像远处的管风琴所发出的无休无止的音调。每逢他昏昏欲睡的时候，就会一下子惊醒过来，相信有一只蚊子钻进了帐子。天气热得要命，他只好光着身子躺着，在床上辗转反侧。打在堡礁上的海浪低沉的轰鸣声逐渐变得清晰起来，这种声音平时耳朵是听不到的，因为它始终持续不断，富有规律地出现。如今它的节律却像锤子一样不断敲打着他疲惫的神经。麦金托什攥紧两只拳头，竭力控制住自己，想要加以忍受。一想到那种声音会永远持续下去，什么东西都不能加以阻止，就几乎叫他无法忍受。于是他的力量仿佛能与无情的自然力量抗衡，他心中猛地产生一种疯狂的冲动，想要干出些什么暴力的事情。他感到自己必须牢牢保持自制的能力，否则就会发疯。现在他朝窗外的环礁湖和标示着堡礁的那道白沫带看去，那种波澜壮阔的景象让他憎恶得直打哆嗦。万里无云的天空好像一个倒扣的大碗，把眼前这片景象笼罩在里面。他点起烟斗，翻了翻几天前从阿皮亚①运来的一摞奥克兰②的报纸。最新的报纸也是三个星期前的了，给人的印象是内容极其乏味。

接着他去了办公室。那是一个宽大的、没有什么陈设的房间，只放着两张书桌和一把靠墙的长椅。长椅上坐着几个当地人，还有两三个女子。他们一边闲聊着，一边等待行政官回来。麦金托什进门时，他们用萨摩亚语向他招呼道：

"您好③。"

他也跟他们打了个招呼，然后在书桌旁坐下，开始写一份报告。

---

① 阿皮亚，南太平洋岛国西萨摩亚首都和主要港口，位于乌波卢岛的北岸中部。西萨摩亚在第一次世界大战以前是德国殖民地，在毛姆写作这篇小说时尚未独立，为新西兰所托管。
② 奥克兰，新西兰北岛西北岸港口城市。
③ 原文是 Talofa-li，是萨摩亚语中打招呼问候的用语。

这份报告是萨摩亚的总督一直在催索的,但沃克平时行事拖拉,始终没有写好。麦金托什一边做着笔记,一边充满恨意地想到,沃特迟迟不写报告,实际上是因为他根本没有什么文化,对任何需要动笔头儿的工作都万分厌恶。当简明扼要、完全合乎规范的报告最终完成后,他就会把下属的劳动成果收下,连一句感谢的话都不说,反而露出一副讥笑嘲讽的神情,把报告发送给自己的上司,好像那都是他自己的成果。其实他压根儿就写不出一个字来。麦金托什还愤怒地想到,万一他的头儿用铅笔添加什么话儿,那么表达得一定相当幼稚,而在言语措辞上也不够完善。如果他表示反对,或者试图把沃克的意思用一个清楚的短语表达出来,沃克就会大发雷霆,并且叫嚷道:

"我管他妈的什么语法?这就是我要说的话儿,我就想这样说。"

最后沃克进来了。他一进门,当地人就上前围住了他,想要立刻引起他的注意,但是他发起脾气来了,吩咐他们坐下,闭上嘴巴,并且威胁说,如果他们不保持安静,就要把他们统统赶走,当天谁都不见。接着他朝麦金托什点了点头。

"你好,麦克。总算起来啦?真不明白你怎么能把一天最好的时光浪费在床上。你应该像我那样在天亮前就起床。懒鬼。"

他一屁股坐到自己的椅子上,掏出一条印花大手帕擦了擦脸。

"天哪,我想喝一杯。"

他把脸转向那个站在门口的警察,那是一个形象别致的人物:上身穿着白色短上衣,下身系着拉瓦拉瓦,也就是萨摩亚人的缠腰布,吩咐他去倒些卡瓦酒①来。装着卡瓦酒的酒坛子就放在房间角落的地板上。警察倒了半椰子壳的酒,然后端给沃克。他朝地上倒了几滴,对着周围的人低声说了几句惯用的套话,就津津有味地喝起来。接着他叫警察去招待一下等在旁边的当地人。按照他们的年龄或地位,椰子壳轮流递送到每个人的手中,然后经过同样的仪式,里面的酒给喝光了。

接着他开始了一天的工作。他身材短小,要比个子中等的人矮多了,但是极为肥胖。他长着一张胖嘟嘟的大脸盘,脸上刮得干干净净,两边的脸颊都挂着巨大的垂肉,长着三层宽阔的下巴;他那细小的五官都融化在一团团肥肉之中;另外,除了脑袋后面残留的一块新月形白发外,他整个脑壳都秃光了。他的样子让你联想到那位匹克威克先生②。他模样古怪,真是一个有趣的人物,但是说来也奇怪,却并不让人觉得失去尊严。在他那副宽大的金边眼镜后面是两只精明、活泼的蓝眼睛,脸上露出十分果断的神情。他六十岁了,但他身上与生俱来的活力战胜了不断增长的年龄。尽管他体态臃肿,但动作相当利索。他走起路来,迈着沉重、坚定的步子,好像要让大地感受到自己的整个体重似的,说话的时候,声音响亮而粗鲁。

到如今,麦金托什被任命为沃克的助手已经两年了。沃克在塔卢亚岛——萨摩亚群岛中一个较大的岛屿——担任行政官已有二十五年,无论在当面见过他的人嘴里,还是在传闻中,他都是整个南太平洋地区的知名人士。最初麦金托什怀着强烈的好奇心,期待着

---

① 卡瓦酒,用产于澳大利亚和南太平洋诸岛的卡瓦胡椒的根所酿造的酒。
② 匹克威克先生,英国作家狄更斯(1812—1870)所著小说《匹克威克外传》中的主人公。

跟他的首次会面。出于某种原因,麦金托什在阿皮亚待了两三个星期后,才接受了这个职位。在查普林的饭店和英国俱乐部里,他听到了有关这位行政官的无数传闻。当时他对这些传闻充满兴趣,现在想来,却有种讽刺的意味。因为从那时起,他听沃克本人讲了已经有上百遍了。沃克知道自己是个人物,并且对自己的名气也颇为得意,因而有意要处处加以表现。他小心守护着关于自己的"传说",迫切希望人们了解有关他的那些著名传闻的准确细节。要是谁给陌生人讲错了,他便发起火来,显得荒唐可笑。

最初麦金托什觉得,沃克那种粗鲁热诚的态度倒不无吸引力,而沃克也很高兴有一个听众,可以让他尽情发挥,说的话儿让听的人感到耳目一新。他心情愉快,待人亲切而体贴。麦金托什原先是一个政府官员,在伦敦过着衣食无忧的生活,直到三十四岁那年,他突然得了肺炎,面临着罹患肺结核的危险,于是不得不在太平洋地区找份工作。在麦金托什眼中,沃克的生活似乎特别富有浪漫色彩。在征服环境的过程中所表现出的冒险精神是这个人的典型特征。在十五岁那年,他就独自跑到海上,在一艘运煤船上铲了一年煤。那会儿他是一个身材矮小的孩子,船员和同伴对他都很好,但船长不知什么缘故却对他极为厌恶,待他十分残暴,老是对他拳打脚踢。他经常四肢疼痛,无法安眠,因而对船长恨之入骨。后来有人暗中指点他去参加某次赛马会,他设法从他在贝尔法斯特[①]结识的一个朋友那儿借了二十五英镑,随后以很高的赔率,压在一匹几乎没有可能获胜的马身上。如果赌输了,他就无法归还借款,但他

[①] 贝尔法斯特,英国北爱尔兰东部港口城市。

从来没有想到自己会输。他觉得自己是个幸运的人。结果那匹马果真赢了,他发现自己一下子有了一千英镑的现款。他的机会终于来了。当运煤船在爱尔兰沿海某地停靠时,他打听到谁是城里最能干的律师,随后就去找那个律师,说他听说运煤船正在待售,请那个律师为自己安排收购事宜。那个律师被他的小客户逗乐了(那会儿他只有十六岁,看上去也没有实际的年龄大),而且,说不定也是出于同情,颇受感动,他答应不但为他安排好收购事宜,而且确保让他做一笔合算的买卖。过了没有多久,沃克就成了这艘船的主人。他回到船上,接着——用他自己的话说,那是他一生中最美妙的时刻——就通知船长,要他必须在半小时内离开自己的船。他让大副当了船长,在船上又航行了九个月,最后把那条船卖掉了,赚了不少钱。

他二十六岁的时候,以种植园主的身份来到了萨摩亚群岛。他是在德国占领期间居住在塔卢亚岛的少数白人之一。那会儿,他对当地土著已经具有一些影响力。德国人让他当了行政官,在这个职位上,他一干就是二十年。当岛屿被英国人夺取后,他的地位就更加稳固了。他专横跋扈地管理着海岛,但却获得圆满的成功。这一辉煌的成功是麦金托什对他产生兴趣的另一个原因。

可是两个人的不同天性使得他们无法相处融洽。麦金托什相貌难看,举止笨拙,身材又高又瘦,胸部狭窄,有些驼背。他脸色灰黄,双颊深陷,长着两只神情忧郁的大眼睛。不过他十分爱好阅读。等到他的书籍给运来、拆开包装后,沃克来到他的住处看了看,随后便对着麦金托什发出一阵嗓音嘶哑的笑声。

"你把这些无聊的玩意儿带到这儿来干什么?"他问道。

麦金托什的脸一下子涨成深红色。

"你觉得它们是无聊的玩意儿,我很遗憾。我把这些书带来,因为我想要好好读一下。"

"你说你有好多书要运来,我以为可能会有一些我想看的。难道没有什么侦探小说吗?"

"我对侦探小说不感兴趣。"

"那你就是一个实实在在的傻瓜。"

"你这么想,我很高兴。"

每个邮包都给沃克带来一堆期刊文献,以及新西兰的报纸和美国杂志。麦金托什对这类只有短暂时效的刊物不屑一顾,这叫沃克感到十分恼火。他可受不了麦金托什在空闲时间所看的那些书,他觉得麦金托什读吉本①的《罗马帝国衰亡史》或伯顿②的《忧郁的解剖》,只不过是摆摆样子而已。他从来没有学会管住自己的嘴巴,所以总是毫无顾忌地表示自己对助手的看法。麦金托什开始察看起这个人的真实面目来了,在他那充满活力、心情愉快的外表下,他看到了令人痛恨的粗俗和狡诈。他爱慕虚荣,专横跋扈,不过奇怪的是,他的个性中带有一种羞涩,让他一点也不喜欢性情无法跟他相投的人。他会天真地根据别人的说话方式来对他们加以判断,他自己的谈话中充满了咒骂和污言秽语,如果别人的话语中没有这些东西,他就会充满疑虑地望着他们。晚上,两个男人会打打皮克牌③。

---

① 吉本(1737—1794),英国历史学家,写有史学巨著《罗马帝国衰亡史》六卷,记述从二世纪起到一四五三年君士坦丁堡陷落为止的历史。
② 伯顿(1577—1640),英国圣公会牧师、学者和作家,以所著内容涉及广泛的《忧郁的解剖》一书而闻名于世。
③ 皮克牌,一种通常由两人用7到A一共三十二张牌对玩的牌戏。

沃克牌技很差,却十分自负,赢了便得意扬扬,输了就乱发脾气。偶尔,两三个种植园主或生意人会开车过来打桥牌,在麦金托什看来,那时沃克的性格更是显露无遗。他打牌时根本不顾自己的搭档,随意叫牌,老是争论不休,凭着他那响亮的嗓门,就足以击败对方。另外他老是有牌不跟,当他这样犯规的时候,总是用讨好的语气嘟囔说:"哦,你总不见得会让一个几乎看不见东西的老头儿吃亏吧。"他的对手认为还是不要跟他闹翻的好,觉得也许不该执意要他遵守牌戏规则。他对这一点心里十分清楚。麦金托什用冷冰冰的轻蔑的目光看着他。打完牌,大家会抽抽烟斗,喝点儿威士忌,他们会开始讲故事。沃克兴致勃勃地讲起他婚姻的故事。他在婚宴上喝得烂醉如泥,结果新娘跑了,从此再也没有见到新娘。他跟这个岛上的女人有过无数的艳遇,都是一些平淡无奇、污秽不堪的经历,但他讲的时候对自己的高超的手段无比自豪。麦金托什素来不爱听乌七八糟的事儿,听了他这样的描述很不舒服。沃克显然是一个粗俗下流、耽于肉欲的老家伙。而在沃克看来,麦金托什是一个可怜虫,因为他竟然不愿把自己的风流韵事告诉别人,大伙儿都喝醉了,只有他一个人仍然头脑清醒。

麦金托什在办理公务时总是井井有条,沃克为此也看不起他。麦金托什做什么事儿都喜欢这样。他的书桌总是收拾得干干净净,他的文件都附有眉目清楚的标签,无论需要什么文件,只要一伸手就能拿到,而且他对管理工作中所需的各种规章条例都了如指掌。

"胡说,胡说,"沃克说,"这个岛屿我管了二十年了,从来不用那些繁文缛节,现在也不需要这种玩意儿。"

"每逢你需要一封信的时候,就得找上半个小时。这样不是要容易一些吗?"麦金托什回嘴说。

"你只是一个该死的官员,不过你为人还不错。你在这儿待上一两年,就会习惯的。你的毛病在于你不喝酒。如果你一个星期醉上一次,就会是一个怪不赖的家伙。"

奇怪的是,沃克完全没有意识到他的下属心中对他的厌恶,而且这种厌恶每个月都在增强。尽管沃克对他加以嘲笑,但渐渐习惯了跟他相处,沃克几乎开始喜欢起他来了。沃克在一定程度上可以容忍别人的怪癖,所以只把麦金托什当作一个怪人而已。他对麦金托什的喜爱也许是下意识的,因为他可以拿麦金托什打趣。他的幽默以粗俗的玩笑为主,需要一个嘲弄的对象。麦金托什工作严谨,品行端正,从不好酒贪杯,这些都成了他源源不断的话题。麦金托什的苏格兰姓氏则给了他拿苏格兰来说笑打趣的机会。每当两三个人聚在一起的时候,他就会把麦金托什奚落一番,引得他们哈哈大笑,而他也得到极大的乐趣。他会跟当地人说起麦金托什的滑稽可笑之处,而麦金托什对于萨摩亚语的知识仍不完善,每当沃克在所讲的下流话中提到他时,他就会看到他们放声欢笑,沃克也开心地笑了。

"我得为你说上这么一句话,麦克,"沃克总用他那粗哑而又响亮的声音说,"你经得起开玩笑。"

"这是一个玩笑吗?"麦金托什笑着说。"我不清楚。"

"苏格兰人[1]!"沃克嚷道,一边放声大笑。"只有一个法子能叫

---

[1] 原文是 Schots wha hae,是苏格兰诗人罗伯特·彭斯(1759—1796)所写的一首著名爱国诗歌的标题。该诗描写苏格兰国王罗伯特·布鲁斯在大破英格兰侵略军的班诺克本一役(1314年)之前向部队所做的号召。

苏格兰人听懂笑话,那就是外科手术。"

沃克一点也不知道麦金托什最无法忍受的,就是遭受戏弄。在夜里,在雨季的沉闷无风的夜晚,他难以入睡,闷闷不乐地回想着沃克几天前随口说出的嘲讽的话。这些话叫他怨恨不已。他心里充满了愤怒,暗自设想着怎样对这个恶棍进行报复。他曾想要回击,但是沃克善于巧妙辩驳,言辞粗鄙,毫不掩饰,这就让他占据了优势。他智力低下,因而那些精巧尖刻的话对他根本不起作用。他那沾沾自喜的样子也使别人无法带给他什么伤害。他那响亮的嗓音和狂放的笑声是麦金托什无法抵挡的武器,他明白最明智的做法,就是一点也不暴露自己对他的恨意。他学会了自我控制,但他的仇恨仍在不断增长,简直到了偏执发狂的地步。现在他警觉地留神观察着沃克,几乎都快要失去理智了。沃克的每一次卑鄙行为,沃克表现出的幼稚和虚荣、狡诈和粗俗,都让他的自尊心得到安慰。沃克吃饭时贪婪、邋遢的模样以及那种舔嘴咂舌的声音,让麦金托什看了感到心满意足。他也注意到沃克所说的蠢话和语法上的错误。他明白沃克并不怎么把他放在眼里,他看出他的上司对他的评价后,不禁产生一种苦涩而满足的感觉。这也增加了他对那个心胸狭隘、志得意满的老头的蔑视。但当他知道沃克完全没有意识到自己对他的仇恨后,他感到无比快乐。这个家伙喜欢获得民心,他是个傻瓜,竟然泰然自若地认为大家都崇拜他。有一次,麦金托什无意中听到沃克在谈论他。

"等我把他调教好以后,就没有问题了,"他说,"他是一条忠实的狗,会爱他的主人的。"

麦金托什先是默不作声,那张灰黄色的长脸上没有什么活动,接着突然开怀大笑,笑声持续了很久。

可是他的仇恨并不是盲目的,相反特别清醒。他对沃克的才干有着准确的判断。沃克富有成效地统治着他那小小的王国。他既公正又坦诚。在这儿他有挣钱的机会,但是如今他却要比自己最初任职时穷了不少,唯一的老年生活费就是他期待在自己最终卸任后所领到的养老金。让他感到得意的是,在只有一名助手和一个混血办事员的情况下,他把岛屿管理得比乌波卢岛还要好。那儿可是中心城市阿皮亚的所在地,而且有一大批公务人员。沃克有几名当地警察来协助他维护权力,但他并没有加以利用。他是凭借吓唬和他的爱尔兰幽默来治理的。

"他们硬要为我修建一所监狱,"他说,"我要一所监狱干吗?我可不打算把当地人投入监狱。如果他们犯了过错,我知道怎么来对付他们。"

他跟阿皮亚的上级机关发生过好多次争吵,其中有一次是他要求拥有对当地土著的完整司法审判权。无论他们犯下怎样的罪行,他都不会把他们交给有权对他们进行处理的法院。他跟乌波卢岛上的总督之间来回通了不少次充满怒气的信函。他把当地人看作自己的孩子。对于这个粗鄙、低俗、自私的人来说,这可是件令人惊奇的事儿。他在这个岛屿上居住了这么久,对于这个岛屿无比热爱,对于当地土著怀有一种奇特而粗鲁的柔情,这的确不同寻常。

他爱骑着那匹灰色的老母马,在岛上四处转悠,对于岛上美丽的景色从不感到厌倦。当他顺着椰子树丛中那条长满青草的大路闲逛时,不时会停下来观赏优美的景色。有时来到一个当地人的村落,他会稍做停留,村长会给他端来一碗卡瓦酒。看着那些带着高高的茅草屋顶的钟形小屋,好像蜂巢似的排列在眼前,他那肥胖的脸上绽放出了笑意。他的目光又喜悦地停留在一大片碧绿的面包树上。

"天哪,真跟伊甸园①一样。"

有时他会沿着海岸骑马前行,透过树丛,可以瞥见宽阔的、空荡荡的大海,没有一片船帆打破海面上的孤寂。有时他爬上小山,一大片土地就会展现在眼前,一个个小村庄掩映在高大的丛林当中,就像一个世界王国。他会在那儿心醉神迷地坐上一个小时。不过他根本没有言辞来表达自己的情感,非要如此,说出来的也只是下流的玩笑话,仿佛他的情绪那么狂暴激烈,只能诉诸粗野,才能消除紧张。

麦金托什冷淡、鄙夷地观察着他的情绪变化。沃克一向酒量很大,在阿皮亚度过的夜晚,看到年岁比他要小一半的人都醉倒在桌子底下,他感到十分得意。他也像一个好酒贪杯的人那样情绪多变。他会为自己在杂志上读到的故事痛哭流涕,但也会拒绝把钱借给一个认识了二十年、陷入困境的商人。他用钱相当抠搜。有一次,麦金托什对他说:

"谁也不会指责你浪费钱财。"

他把这句话看作一种恭维。他对大自然的热情只不过是酒鬼一时愚蠢无聊的感觉,至于他对当地人所抱有的情感,麦金托什对此也没有一点儿同情。他爱他们只是因为他可以对他们随意支配,就像一个自私的人爱他的狗一样。他的思想意识跟他们是一个水

---

① 伊甸园,基督教《圣经》中人类始祖亚当和夏娃最初居住的乐园。

准。他们的幽默是淫秽的,说起下流话来,他也从来都是口齿伶俐。他理解那些人,而那些人也理解他。他为自己对他们具有的支配力而感到得意。他把他们看作自己的孩子,也参与他们的所有事务。可是他小心守护着自己的权力。如果说他用铁腕统治着他们,无法容忍任何不同意见,但他也不会允许岛上的无论哪个白人欺负他们。他用猜疑的目光看着那些传教士,如果他们做了什么他不赞成的事儿,他会让他们的生活变得无法忍受,就算他无法把他们调走,他们也乐意自愿离开。他对当地土著的影响力极为巨大,只要他一声令下,他们就会拒绝为牧师出力,给牧师提供食物。另一方面,他对商人们也绝不偏袒。他要确保当地人不受欺骗,注意让他们付出的劳动、生产的椰肉干,都能得到合理的报酬,商人不可以从出售给他们的货物中谋取暴利。对于那些他认为不够公平的交易,他会毫不留情。有时商人会到阿皮亚去投诉,说他们没有得到应有的机会,为此而受到损害。沃克根本不管任何诽谤中伤和无耻的谎言,立刻对他们进行报复。最后他们发现要想在岛上安心地住下去,甚至保全性命,就必须根据他的条件接受眼前的局面。不止一次,让他厌恶的商人店铺给一把火烧掉了,大家只能根据合乎常情的看法,推测这件事儿是行政官煽动的。有一次,一个瑞典裔的混血儿因为火灾而破了产,他找到沃克,严厉地指责他的纵火行径。沃克当着他的面发出一阵笑声。

"你这卑鄙的家伙。你妈妈是当地人,而你却想欺骗他们。要是你那破烂的老铺子给烧毁了,那也是上帝的判决,一点儿不错,上帝的判决。你给我滚出去。"

当这个人给两名当地警察推出去的时候,行政官得意地放声大笑。

"上帝的判决!"

现在,麦金托什看着沃克开始了一天的工作。他是从给病人看病开始的,因为除了其他活动,他又给自己添加了行医治病的差事。在办公室后面,他有一个放满药品的小房间。一个老人走上前来,他留着平头,头发花白、鬈曲,腰里系了一条蓝色的拉瓦拉瓦,身上刺着精美的花纹,皮肤好像酒囊一样布满皱纹。

"你来干什么?"沃克突然问他。

老人声音哀怨地诉说道,他一吃饭就要呕吐,身上也这儿疼那儿疼的。

"去找传教士吧,"沃克说,"你知道我只给孩子治病。"

"我去找过传教士了,但他们治不好。"

"那就回家等死去吧。你活得这么久了,还想继续活吗?你这个蠢货。"

那个人嘀嘀咕咕地还要争辩,但沃克指了指一个抱着生病孩子的妇女,叫她把孩子抱到书桌跟前。他问了那女人几个问题,然后看了看孩子。

"我给你开点药,"他说,接着转身对着那个混血种办事员说,"到药房去拿点甘汞片。"

他当场让孩子服了一片,然后把另一片给了孩子的妈妈。

"把孩子抱走吧,注意保暖。明儿要是死不了,就会好一些。"

他身子朝椅背上一靠,点起了烟斗。

"真是好东西,甘汞片。我用它救活的人,比阿皮亚所有医院的医生加在一起救活的都多。"

沃克对自己的医术十分自负，同时出于无知的武断，他根本受不了医疗行业的那些人。

"我喜欢的病例，"他说，"是那种所有医生都医治不了而最终放弃的病例。所有的医生都说他们无法治好，我跟他们说：'来找我吧。'我给你讲过那个癌症患者的事吗？"

"经常讲。"麦金托什回答说。

"我三个月就把他治好了。"

"你从来没跟我说过你没治好的那些人。"

他完成了这部分工作，接着开始处理其他事项。事情杂乱得颇为离奇。一个女子与丈夫的关系不够融洽，一个男子抱怨说他的老婆丢下他跑了。

"幸运的家伙，"沃克说，"大多数男人都希望他们的老婆也会如此。"

一块几码长的土地所有权的问题引起了长久而复杂的争执，怎样分配刚捕获的一批鱼也让一些人吵闹不休，还有一项针对白种商人缺斤短两的投诉。沃克留神倾听了每一项讼案，迅速加以裁断，最后给出判决。随后他就什么都不想再听了。如果原告仍然不肯罢休，他就叫警察把那个人轰出去。麦金托什带着阴沉而气恼的神色，听他审完了所有案件。总的说来，也许可以承认，正义大体上得到了伸张，但让助手恼怒的是，他的上司依赖的是他的本能，而不是证据。他不愿意服从道理，老是吓唬证人，要是他们没有明白他希望他们提供的证词，就被称作盗贼和骗子。

他把坐在角落里的一群人留到最后处理，故意对他们不理不睬。那群人里有一个年老的酋长，身材高大，神态庄严，留着白色的短发,系着一条新的拉瓦拉瓦,上面挂着一把巨大的象征权力的赶蝇刷,另外还有他的儿子和村子里的五六个重要人物。沃克曾跟他们发生过争吵,并把他们打败了。他素来的性格就是这样,如今想要强化一下自己的胜利,因为他让他们在利润上吃了大亏却无能为力。实际的情况不同寻常。沃克极为爱好修路。当他刚到塔卢亚岛的时候,整个岛上只有稀稀疏疏的几条小径,但是过了一阵子,他在乡间开辟了不少条大路,把众多的村庄连贯起来,也由于这一点而奠定了如今岛上的大部分繁荣景象。从前要把农产品(主要是椰肉干)运到海边,随后装上纵帆船或汽艇运往阿皮亚,那是不可能的,现在却变得轻松而简单。他所追求的目标就是修建一条环岛大道,如今其中一部分已经修好了。

"两年之内,就可以完工了。到那时不管是我死了,还是给解职了,我都不在乎。"

修路给他的内心带来欢乐,他经常前去察看一番,确保一切进展顺利。大道宽阔,绿草如茵,穿过灌木丛或种植园。修路相当简单,但在修建过程中,得把树木连根拔除,掘出或炸掉岩石,不时还必须平整路面。让他感到自豪的是,在出现困难的时候,他都凭借自己的本领加以克服。他对自己的处理方式也感到高兴,修路不仅带来便利,而且也能更突出地展现他所珍爱的岛屿的美景。谈到他修建的道路,他几乎成了一个诗人。道路蜿蜒曲折地穿过那些景色优美的地点,沃克特别留意,哪儿需要把路拉成直线,这样就可以透过高大的树丛看到绿色的远景;哪儿需要出现弯道,丰富多样的场景会使心灵得到休息。为了取得想象中的效果,这个粗俗的、耽于酒色的男人竟然发挥了如此巧妙的创造力,真是令人惊奇。在修建道路的过程中，他采用了日本园艺师的所有神奇的技巧。他得到了总部对于这项工程的拨款，但是他只用了一小部分，为此感到颇为奇妙而得意。在上一年分配给他的一千英镑款额中，他只用掉了一百英镑。

"他们要钱干什么？"他低沉有力地说。"他们只会花钱买些不需要的破玩意儿。换句话说，就是那些传教士留给他们的货色。"

也不是出于什么特别的原因，或许只是因为行政管理方面的节俭可以让他引以为豪，同时渴望使自己的高效管理跟阿皮亚当局的浪费做法形成对比，他让当地人干活时只付给他们名义上的一点点工资。正因为这一点，他最近跟那个村子之间起了纠纷，眼下他们的重要人物都跑来找他了。酋长的儿子曾在乌波卢岛待了一年，他回到村子后告诉村民，在阿皮亚这样的公共工程要付大笔钱款。经过闲暇时的长期谈论，他激起了村民们心中获得财富的欲望，又给他们描绘了拥有大笔钱财后的美景。他们想到了可以买到的威士忌——威士忌价格高昂，因为法律规定不可以卖给当地人，他们不得不花费比白种人多一倍的价钱去购买，想到了可以存放财宝的巨大的檀香木盒子，想到了香皂和罐装鲑鱼，想到了那些不惜一切代价都想拥有的奢侈品。因此一旦行政官派人把他们找去，对他们说他想修一条从他们村庄通到海边某处的道路，可以支付给他们二十英镑，他们就要求一百英镑。酋长的儿子叫麦努马，是一个身材高大、相貌英俊的小伙子，生着紫铜色的皮肤，一头毛茸茸的头发用石灰染成了红色，脖子上挂着满是红色浆果的花环，耳朵后面戴着一朵好似火焰一般鲜红的花儿，映衬着他那褐色的脸庞。他上身裸露，但为了表明他不再是一个野蛮人，因为他在阿皮亚待过，他没有系拉瓦拉瓦,而是穿着粗蓝布工装裤。他对村民们说,只要他们团结一致,行政官就只好接受他们的条件。行政官一心想修建这条道路,如果发现他们不愿为这么少的一点钱干活,就会付给他们要求的工资。可是他们决不可以动摇,不管他说什么,他们都不可以降低要求。既然提出了一百英镑,他们就必须始终坚持下去。在他们提出这个数字后,沃克突然发出一阵声音低沉的笑声,笑了很久才停下。他叫他们不要再丢人现眼了,马上开始动工。那天他心情很好,答应等到道路完工后会设宴款待他们。可是当他发现他们一直没有开工后,就到村子里去问他们究竟在耍什么愚蠢的花招。麦努马早已教好了他们怎么做。他们都相当平静,并不设法争辩——而争辩在卡内加人①看来是一桩情绪激烈的事儿——他们只是耸了耸肩膀:他们会为一百英镑去干这件活儿,不给一百英镑,他们就什么也不干。他爱怎么样就怎么样。他们可不在乎。于是沃克大发雷霆,他那会儿的样子十分难看。他那粗短的脖子不祥地鼓了起来,红红的脸膛变成了紫色,嘴上唾沫四溅,开始对当地人破口大骂。他十分清楚怎样去伤害、羞辱他们,那副样子真让人感到害怕。那些上了年岁的人变得脸色苍白,局促不安。他们开始犹豫了。要不是有见过大世面的麦努马在,要不是担心麦努马嘲笑自己,他们就会屈服投降了。这时候,麦努马站出来回答沃克。

"给我们一百英镑,我们就开工。"

沃克朝他挥着拳头,把自己能想到的骂人话都用来骂他,神色轻蔑地对他连声发问。麦努马只是静静地坐在那儿,面带微笑。他

---

① 卡内加人,南太平洋诸岛上的当地土著人。

的笑容可能更多的是做做样子,而不是来自他的信心。但在其他人的面前,他必须摆出这种泰然自若的样子。他把刚才那句话又说了一遍。

"给我们一百英镑,我们就开工。"

他们认为沃克会朝他扑过去,他动手打当地人也不是头一次了。他们知道他很有力气,尽管沃克的年龄是这个小伙子的三倍,个子也比他矮六英寸,但他们毫不怀疑,麦努马可不是他的对手。谁也没有想到去抵抗行政官的野蛮攻击。可是沃克什么也没说,只是低声笑了笑。

"我不打算跟一帮傻瓜浪费时间,"他说,"你们再商量一下吧。我出的价钱,你们都知道。如果你们在一个星期之内还不开工,那就小心点儿!"

他转身走出酋长的茅屋,解开他的老母马。他跟当地土著的特有关系还表现在一个细节上:在他上马时总有一个年长的人紧紧抓住右侧的马镫,接着沃克踏上近旁的一块大石头,抬起笨重的身体,坐到马鞍上。

就在当天晚上,沃克按照习惯,沿着他房子旁的一条大道散步,突然听到什么东西嗖的一声从他身旁飞过,然后嘭地击在一棵树上。有人朝他扔来什么东西。他本能地躲到一边,大喝一声"是谁啊?"接着便朝投掷物飞来的那个地方跑去,听到一个人穿过灌木丛逃跑的声响。他知道在黑暗的夜色中无法跟踪追击,再说,他很快就跑得喘不过气来了。于是他站住脚,又回到大路上。他四处寻找投掷的东西,但什么都没有发现。天完全黑下来了。他赶紧跑回房子,喊来了麦金托什和中国厨师。

"有个混蛋朝我扔东西。跟我去看看究竟是什么玩意儿。"

他叫厨师带上一盏灯笼,然后三个人回到原地。他们在四周搜寻了一阵,但一无所获。突然厨师发出一声低沉的喊叫。他们赶紧转身察看,只见他正举着灯笼站在那儿,灯光驱散了周围的黑暗,在灯光的照射下,一棵椰子树的树干上正阴森可怖地插着一把长长的刀子。投掷的力气很大,他们费了很大的劲儿才把刀子拔出来。

"天哪,如果击中了我,我的情况一定够呛。"

沃克拿过刀子。那是一把水手刀,是依照一百年前头一批白种人登岛时带来的那种刀子制作的,可以用来把椰子一分为二,这样就可以把椰子肉晒干。那是一把杀人的武器,刀身有十二英寸长,十分锋利。沃克轻声笑起来。

"混蛋,无耻的混蛋。"

他相信那把刀子一定是麦努马扔的。他距离死亡只有三英寸之遥。但他并不生气,相反兴致很高,这番遇险使他相当兴奋。回到房子后,他吩咐拿上酒来,高兴地搓着双手。

"我要让他们为此而付出代价!"

他的小眼睛亮闪闪的,肚子吃得饱饱的,样子活像一只雄火鸡,半个小时之内就一定要把事情的每个细节对麦金托什说上第二遍。接着他要麦金托什跟他一起打皮克牌。打牌的时候,他把自己的打算夸耀了一番。麦金托什留神听着,嘴唇紧闭。

"可是你为什么要这样欺压他们呢?"他最后开口问道。"二十英镑对于你要他们干的这种工作来说实在少得很。"

"不管我给多少钱,他们都应当好好感谢我。"

"真见鬼,又不是你的钱。政府拨给你的款项也不算少。就是你都花了，他们也不会有怨言的。"

"阿皮亚的那伙人就是一帮傻瓜。"

麦金托什明白，沃克的动机只是为了满足自己的虚荣心。他耸了耸肩膀。

"为了羞辱阿皮亚的那些家伙，却以你的生命作为代价，这对你实在没有多大好处。"

"哎呀，他们伤害不了我，这些人！他们少了我就不行。他们崇拜我。麦努马是一个傻瓜。他扔那把刀子只是想吓唬我。"

第二天，沃克又骑上马到那个名叫马托图的村子去。他没有下马，而是直接来到酋长的屋子前面，看到一群人正围成一圈坐在地上，交谈着什么，他猜他们又在讨论修路的事儿。萨摩亚的小屋是这样建造的：把几根较细的树干围成一圈，固定在地上，彼此相隔五到六英尺，一棵高大的树木给安置在圆圈当中，然后向周围搭起向下倾斜的茅草屋顶。晚上或下雨时可以把用椰子树叶编成的百叶窗帘放下。通常，小屋四面都是开放的，这样微风就可以自由地从中吹过。沃克骑到小屋的旁边，对着酋长大声喊叫起来。

"哦，坦嘎图，你儿子昨儿晚上把他的刀子留在一棵树上。我带来交还给你。"

他把刀子一下子扔到围坐在一起的那圈人当中的地上，随后低沉地发出一阵笑声，缓缓地骑马离开了。

星期一，他前去查看他们有没有开工，仍然没有什么动工的迹象。他骑马穿过村子。村民们正忙着他们日常的活计。有些人在用露兜树的叶子编织草席，一个老人在做一个卡瓦酒碗，孩子们在嬉戏玩耍，妇女们则干着家务杂活。沃克嘴唇上挂着笑容，来到酋长的屋子前面。

"你好。"酋长说。

"你好。"沃克回答说。

麦努马正在织网,他坐在那儿,嘴里叼着一支香烟,抬头看了看沃克,脸上露出胜利的笑容。

"你们是不是已经决定不修路了?"

酋长回答说:

"不修,除非你付给我们一百英镑。"

"你会后悔的。"他又转向麦努马。"还有你,我的小伙子,要是在你还没有上了岁数之前,后背就无比疼痛,我是不会感到奇怪的。"

他格格地笑着骑马离开了,让那些当地人隐隐地感到不安。他们都害怕这个作恶多端的肥胖老头。传教士对他的辱骂,以及麦努马在阿皮亚学会的轻蔑,都不能使他们忘记他的邪恶和狡诈。没有哪个人公然向他挑战而不最终吃苦受罪的。他们在二十四小时内就发现了他设想出的究竟是怎样一个计划。那真是独具特色。第二天早上,一大群男女老少就进了村子。领头的那几个人说他们跟沃克谈妥了修路的价钱。他提出给他们二十英镑,他们接受了。现在沃克的狡诈之处显露出来了。原来波利尼西亚人有殷勤待客的规定,其效力完全等同于法律。其中一种礼节必须严格执行,就是村民不仅需要为到村子里来的那些陌生人提供住宿,而且只要那些陌生人希望在村里住下去,就得为他们提供食物和饮料。这样一来,马托图的村民就上了当。每天早晨,工人们心情欢快、成群结队地出去了,他们砍倒树木,炸掉岩石,在各个不同的地方平整路面。随后到了傍晚,他们又踏着沉重的脚步回来了,又吃又喝,胃口很好，然后开始跳舞，唱唱圣歌，过得十分开心。对他们来说，这就像是一场野餐会。可是不久，他们的主人便开始板下脸来。陌生人的胃口极好，在他们的狼吞虎咽面前，大蕉①和面包果很快就给吃得精光。鳄梨树的果子运到阿皮亚后可以卖很多钱，但眼下树上已经给摘得一个不剩。破坏的行为就在他们的眼前发生。而且这时，他们发现那些陌生人的工作进程十分缓慢。那些人是不是受到沃克的暗示，让他们尽可以从从容容地去干？依照目前的进展速度，等到路修好了，村里就会连一点食物都没有了。而更为糟糕的是，他们已经成了遭受耻笑的对象。他们中有的人到远处的村庄去办事，结果发现在到达那儿之前，这件事已经传过去了，他遭到的是嘲讽的笑声。卡内加人最无法忍受的就是别人的嘲笑。过了没有多久，上述这样的受害人便开始愤怒地谈论起来。麦努马不再是一个英雄，他不得不忍受许多直言不讳的批评。有一天，沃克暗示的那桩事真的发生了：一场激烈的争辩演变成了争吵，五六个年轻人袭击了酋长的儿子，把他狠狠地揍了一顿，让他在露兜树叶的垫子上躺了一个星期，浑身酸痛，多处青肿。他在垫子上翻来覆去，无法安宁。每一两天，行政官就骑着他的老母马，前去察看道路的施工进程。把被打败的敌手嘲讽一番，沃克可抵御不了这样的诱惑，他不失时机地老是让那些蒙受羞辱的马托图村的村民感受到丧失颜面的痛苦，摧毁他们的意志。一天早上，他们把自尊放进了口袋（这是一个比喻，因为他们压根儿就没有口袋），跟那些陌生人一起出发，去开始

---

① 大蕉，一种热带草本植物大蕉树所结的果实，该种果实大于香蕉，但不如香蕉那样甘甜，一般需要烘烤后方能食用。

修路了。如果他们想把食物节省下来，那就必须迅速把路修好。整个村子的人都出动了。不过他们在干活的时候都一言不发，心中充满了愤怒和屈辱，就连孩子们也默不作声地埋头苦干。妇女们一边搬运着成捆的树枝，一边流泪。沃克看到这幅情景，放声大笑，几乎从马鞍上滚落下来。消息很快就传开了，把岛上其他人的肚皮都要给笑破了。这真是一个天大的笑话，那个狡诈的白人老头取得了最辉煌的胜利，没有一个卡内加人能用什么计谋来战胜他。大家带着老婆和孩子从遥远的村庄赶来，就为了看看这帮愚蠢的人，他们拒绝了二十英镑修路的报酬，眼下却只好无偿地给别人干活。可是他们干得越是辛苦，客人们就变得越是轻松。既然免费就能吃到不错的食物，为什么他们还要那样匆忙呢？况且，他们干的时间越久，这个笑话不是越有趣吗？最后可怜的村民再也受不了了。于是这天早上，他们前来找行政官，请求他把那些陌生人打发回自己的家乡。如果他愿意这么做，他们就答应分文不取地把剩下的路修好。对他来说，这是一场完全的、绝对的胜利。他们都被轻松地击败了。他那张光溜溜的大脸盘上掠过一丝不可一世、洋洋自得的神色。他坐在椅子上，身子似乎一下子膨胀开来，看去就像一个巨大的牛蛙。他的样子十分阴险，让麦金托什厌恶得直打哆嗦。接着他用低沉有力的声音说起话来。

"修这条路是为了我的利益吗？你们认为我能从中得到什么好处？实际都是为了你们。这样你们走起路来就轻松舒适，同时也能把椰肉干方便地运走。你们干活我来付钱，尽管这项活儿是给你们自己干的。我提出来付给你们的钱够多了。眼下你们必须支付这笔钱。如果你们能把剩下的路修完，并且支付我得付给他们的二十英镑,我就把马努亚的村民打发回他们的家乡。"

有人大声抗议。他们试图跟他讲道理,告诉他他们没有钱,但无论他们说什么,他都用无情的嘲讽作为回答。随后时钟敲响了。

"吃饭的时间到了,"他说,"把他们都赶出去。"

他吃力地从椅子里站起身来,走出房去。麦金托什跟着他走进饭厅,发现他已经坐在桌子旁边,脖子上系着一条餐巾,手里拿着刀叉,等着中国厨师把饭端进来就要吃饭了。他显得情绪高涨。

"我把他们都打垮了,"麦金托什坐下时,他说,"今后修路,我就不会有很多问题了。"

"我想你是在开玩笑。"麦金托什冷冰冰地说。

"你这话什么意思?"

"你不会真的打算让他们付二十英镑吧?"

"当然是真的。"

"我不明白你有什么权力这样做?"

"不明白吗?我想,在这个岛上,我有权做他妈的任何我想做的事儿。"

"我觉得你对他们欺负得也够了。"

沃克得意地笑起来。麦金托什心里怎么想,他可不在乎。

"要是我想听你的意见,会来问你的。"

麦金托什变得脸色煞白。他的痛苦经验告诉他,除了保持沉默,他什么别的事儿都做不了。他拼命地加以克制,结果弄得自己头晕目眩,感到恶心。他无法咽下摆在面前的食物,厌恶地看着沃克把一块块肉胡乱塞进自己的大嘴。沃克是一个吃起东西来样子邋遢的人,跟他同桌用饭,得有一个消化能力极强的胃才行。麦金托什浑身发抖，心里突然产生一种强烈的欲望，想要羞辱一下这个粗俗残忍的家伙。如果能看到他蒙羞受辱，也遭受到他给别人带来的那种折磨，他愿意付出无论什么代价。他从来没有像现在这么憎恨这个蛮横霸道的人。

这一天在慢慢消逝。午饭后，麦金托什想睡上一觉，但心中的愤怒让他无法入睡。他想看点儿东西，文字却在他的眼前晃动。阳光火辣辣地直射下来，他渴望下雨，但他知道雨水也不会带来凉意，只会让天气变得更加闷热潮湿。他是一个阿伯丁①人，他的心突然向往着那个城市的花岗石街道上飕飕刮过的阵阵凉风。在这儿，他是一个失去自由的人，不仅受到周围那片平静的大海的禁锢，而且也被自己对那可怕的老头怀有的仇恨所约束。他感到头疼，用双手紧紧抱住自己的脑袋。他想要杀死那个家伙。不过他仍然竭力振作，他必须做点什么来分散自己的注意力。既然书看不下去，他觉得可以把自己个人的书信文件整理一下。他早就想做这件事儿，却老是往后延搁。他打开书桌抽屉，拿出一小叠信件，看到了自己的那把左轮手枪。他心里突然产生了想把子弹射进那个家伙脑袋的冲动，这样就可以摆脱那种让人无法忍受的束缚了，但这种念头转瞬即逝。他发现那把手枪在潮湿的空气中已经略微有些生锈。他拿出油布开始擦拭起来。就在他这么做的时候，突然察觉有人正悄悄地来到门口。他抬起头来，大声喊道：

"谁在那儿？"

沉寂了一会儿，麦努马露面了。

---

① 阿伯丁，英国苏格兰东北部港口城市。

"你要干什么?"

酋长的儿子站了一会儿,脸色阴沉,默不作声。当他开口说话时声音有些哽塞。

"我们付不出二十英镑。我们没钱。"

"我能怎么办呢?"麦金托什说。"沃克先生的话你都听到了。"

麦努马开始恳求起来,话语里既有萨摩亚语,又有英语。那是一种声调平板的哀诉,带着叫花子的那种颤抖的语调,让麦金托什心中充满了厌恶。这个人竟让自己受到这样的欺压,麦金托什不禁感到相当恼怒。他真是一个可怜虫。

"我什么都做不了,"麦金托什气愤地说,"你知道沃克先生是这儿的主子。"

麦努马又不言语了。他仍然站在门口。

"我觉得不舒服,"他最后说道,"给我一点药吧。"

"你怎么啦?"

"我不知道,就是觉得不舒服,身上感到疼痛。"

"不要站在那儿,"麦金托什厉声喊道,"进来让我看看。"

麦努马走进小房间,站在书桌面前。

"我这儿还有这儿疼。"

他把手放在腰部,脸上露出痛苦的神情。突然,麦金托什注意到小伙子的目光停留在那把左轮手枪上,刚才麦努马出现在门口时,他已经把手枪放到了书桌上。两个人都没有说话,麦金托什觉得这阵沉默长得简直没有尽头。他似乎看出了这个卡内加人心里的想法。他的心禁不住狂跳起来。接着他觉得自己好像被什么东西控制住了,行动完全受到一种外来意志的强制影响。那是一种对他来说完全陌生的力量,他自己根本无法做出什么身体上的动作。他突然感到嗓子发干,于是机械地把手放在喉咙上,好让自己说话容易一些。他不得不避开麦努马的目光。

"就在这儿等着,"他说,那种声音听上去好像被人捏住了气管似的,"我到药房去给你拿点药。"

他站起身来,略微踉跄了一下,这是不是错觉?麦努马默默地站在那儿,尽管麦金托什把视线转向别处,但他仍然知道自己正茫然地望着门外。他感到自己好像受到另一个人的控制,被赶出了那个房间,而自己拿起一沓乱糟糟的文件盖在左轮手枪上,免得别人看到。他走到药房,拿了一颗药丸,又朝一个小瓶子里倒了一些蓝色药剂,然后出门来到院子里。他不想再回到自己的平房里去,因此便朝着麦努马喊道:

"过来。"

他把药递给麦努马,并告诉他怎样服药。他不知道自己为什么不敢正眼望着这个卡内加人。在跟麦努马说话时,他的目光始终停留在他的肩膀上。麦努马拿了药,悄悄地走出大门。

麦金托什走进饭厅,又把那些旧报纸翻阅了一下,但他根本看不进去。整幢房子十分安静。沃克在楼上自己的房间里睡着了,中国厨师在厨房里忙来忙去,那两个警察在外面钓鱼。房屋笼罩在一片寂静中,让人觉得相当怪异。麦金托什的头脑里萦绕着一个问题:那把左轮手枪是否仍在原来的地方。他无法鼓起勇气去看。这种把握不定让人害怕,但是确定无疑更让人觉得恐怖。他汗水淋漓。最后他再也无法忍受这样的寂静,于是打定主意,顺着门外的大路到一个名叫杰维斯的商人那儿去,这个商人的店铺就坐落在一英里外的地方。他是一个混血儿,但身上的那部分白人血统使他成为一个可以交谈的对象。麦金托什想要逃离自己的平房,那儿的书桌上胡乱堆着一些脏巴巴的书信文件,而在那些书信文件下面有样东西,也许没有什么东西。他沿着大路走去,经过一个酋长漂亮的小屋时,有人大声向他问好。随后他来到那个商人的店里,柜台后面坐着商人的女儿,一个皮肤黝黑、眉眼粗大的姑娘,穿着一件粉红色衬衫和一条白色的粗斜纹布短裙。杰维斯希望麦金托什能娶她。他自己很有钱,他跟麦金托什说他女儿的丈夫也会家境宽裕。看到麦金托什,那个姑娘的脸上泛起了一点红晕。

"父亲正在卸今天早上到的几箱货,我去告诉他你来了。"

他坐下来,那个姑娘到店铺后面去了。过了一会儿,那个姑娘的母亲,一个身躯庞大的老妇人,摇摇摆摆地走了进来。她是一个女酋长,自己名下拥有大片土地,她向麦金托什伸出手来。她的极度肥胖让人感到不快,但她设法成功地给人留下高贵的印象。她相当热情但并不谄媚逢迎,待人亲切却又顾及自己的身份。

"你都快要成为陌生人了,麦金托什先生。特雷莎今天早上还说:'嗨,我们如今总见不到麦金托什先生。'"

想到自己要成为这个当地老太太的女婿,麦金托什不禁打了个哆嗦。这个女人素以铁腕驾驭自己的丈夫而出名,尽管她的丈夫具有白人血统。她就是权威,就是管事的头领。在白人眼里,她也许只是杰维斯太太,但她的父亲曾是王族中的酋长,而她的祖父和曾祖父都是当年的国王。商人进来了,他站在高大的妻子身旁,显得相当瘦小。他皮肤浅黑,一把黑胡须已经花白,穿着帆布衣服,眼睛长得十分好看,牙齿亮闪闪的。他是一个典型的英国人,谈话中充满了各种俚语,但你能感到他说的英语带着外国的腔调。他跟家里人说的是他那出生在当地的母亲使用的当地土话。他是一个极为恭顺的人,低声下气,曲意逢迎。

"啊,麦金托什先生,这真是一件令人惊喜的事儿。特雷莎,去把威士忌拿来。麦金托什先生要跟我们喝一杯。"

他把阿皮亚最近的新闻都说了一下,同时观察着客人的眼神,以便知道什么话题更受欢迎。

"沃克好吗?我们最近没有看见他。我太太打算本周哪一天送他一头乳猪。"

"今儿早上,我看到他骑马回家的。"特雷莎说。

"祝你身体健康。"杰维斯举起他的那杯威士忌,说。

麦金托什喝起酒来。两个女子都坐在一旁看着他。杰维斯太太穿着黑色长罩衣,神态平静,相当气派;特雷莎每次捕捉到他的目光就急切地露出笑容,而那个商人则十分讨厌地讲述着外间流传的各种消息。

"阿皮亚有人说沃克快要退休了,他并不像他表现出来的那样年轻。自从他最初来到岛上以后,情况发生了不少变化,但是他并没有随之做出改变。"

"他做得太过分了,"那个年老的女酋长说,"当地人并不感到满意。"

"说到那条大路,真是一个很大的笑话,"那个商人笑着说,"我在阿皮亚跟人家说起时,他们都笑得前仰后合。好个老沃克!"

麦金托什狠狠地看了他一眼。他用这种方式谈论沃克究竟是什么意思?对一个混血商人来说,他的上司始终是沃克先生。麦金托什对他这种莽撞无礼的口气刚想提出严厉的责备,但不知怎么最终没有说出口来。

"他走后,我希望你能接替他的职位,麦金托什先生,"杰维斯说,"我们这个岛上的人都喜欢你。你理解当地人。他们如今都受了教育,不应该再像过去那样对待他们。现在需要一位有学识的人来做行政官。沃克不过是一个做买卖的人,跟我一样。"

特雷莎的眼睛闪闪发亮。

"到时候,要是这儿哪个人可以出上一把力气,你完全可以放心,我们都会全力以赴。我会带着所有的酋长到阿皮亚去请愿。"

麦金托什心里感到十分厌烦。他从来没有想到如果沃克出了什么意外,就可能会由他来继任。的确,没有哪个担任他这种官职的人比他更熟悉这个岛屿。他霍地站起身来,几乎没有告辞就走回自己的院子。他径直走进自己的房间,飞快地看了看自己的书桌,在那些书信文件中仔细翻找。

那把左轮手枪不在那儿。

他的心脏猛烈地撞击着肋骨。他到处寻找那把左轮手枪,在椅子上和抽屉里拼命搜寻,样子显得气急败坏,心里早就明白他不可能找到。突然,他听到了沃克那粗哑而有力的声音。

"你究竟在忙什么,麦克?"

他吃了一惊。沃克正站在门口,他本能地转过身去,想把摊在书桌上的东西藏起来。

"整理东西?"沃克问道。"我叫他们把那匹灰马套到马车上。我要到塔佛尼去洗澡。你最好也一起去。"

"好吧。"麦金托什说。

只要他跟沃克待在一起，就不会发生什么事儿。他们要去的那个地方大约在三英里外，那儿有一个淡水水潭，给一道狭窄的岩石屏障同大海分隔开来。那是行政官叫人炸开岩石建成的，好让当地人在里面洗澡。这样的水潭在岛上各处修建了好多个，只要有泉水就行了。跟黏糊糊的温暖的海水相比，水潭里的淡水十分清凉而舒爽。他们顺着寂静的长满青草的大道前行，不时溅着水花越过大海入侵后所形成的浅滩，经过两个当地人的村落，村子里的钟形小屋彼此相隔遥远，村子中央有一座白色教堂。到了第三个村子，他们下了马车，把马拴好，就朝水潭走去。四五个姑娘和十来个小孩子也跟他们一起前去。不久水潭里就水花四溅，响起一阵喊叫和大笑的声音。沃克系着一条拉瓦拉瓦，好像一头动作笨拙的海豚来回游动，跟姑娘们讲着下流的笑话，她们钻到他的身子底下游来游去，当他想要抓住她们的时候，她们又扭动着身子游走了，觉得很好玩儿。沃克游累了，就躺在一块岩石上，那些姑娘和小孩子围在他的身边，真像一个充满幸福的家庭。那个身躯肥胖的老头，显露出他那新月形的白发和亮晃晃的秃顶，看去宛如一位年老的海神。麦金托什一度从他眼睛里看到了一丝奇特而柔和的神色。

"他们都是我心爱的孩子，"他说，"他们把我看作他们的父亲。"

随后也不作任何停顿，他就转向一个姑娘，说了一句下流话，引得她们都哈哈大笑。麦金托什开始穿衣服。他的细胳膊和细腿使他的身材显得十分可笑，活像那个不幸的堂吉诃德[①]，沃克拿他开起

[①] 堂吉诃德，西班牙作家塞万提斯（1547—1616）所著一部讥讽游侠制度的小说《堂吉诃德》中的主人公，他是侠客迷，以匡正世上一切罪恶为己任，因而干出种种可笑的傻事。

了粗俗的玩笑,又引起周围的人一阵强制压抑的低沉笑声。麦金托什费劲地扣上衬衫。他知道自己显得滑稽可笑,但是他讨厌受到别人嘲笑。他默不作声地站在那儿,怒目而视。

"如果你想及时赶回去吃晚饭,就应当动身了。"

"你不是一个坏人,麦克。只不过你是一个傻瓜。你做一件事的时候,总想着要做另一件事。我们过日子可不能这副样子。"

尽管如此,他仍然慢吞吞地站起身来,穿上衣服,又悠闲地走回村子,跟酋长一起喝了碗卡瓦酒。所有懒散的村民都高兴地赶来告别,随后他们就坐上马车回家了。

晚饭以后,根据习惯,沃克点上一支雪茄,打算出去散步。麦金托什突然感到一阵恐惧。

"现在天都黑了,一个人出去散步,你不觉得这样做很不明智吗?"

沃克用他那两只圆圆的蓝眼睛直视着他。

"你究竟什么意思?"

"别忘了前些天晚上的那把刀子,你把那些家伙惹恼了。"

"呸!他们不敢的。"

"以前有人敢这么做。"

"那只是吓唬人而已。他们不会伤害我的,他们把我看作他们的父亲,他们知道无论我做什么,都是为了他们自身的利益。"

麦金托什望着沃克,心里充满了轻蔑。沃克那副自我陶醉的样子把他激怒了,但什么东西(他也不清楚究竟是什么)仍然促使他继续劝说:

"别忘了今儿早上发生的事儿。今晚待在家里对你不会有什么害处,我可以跟你打皮克牌。"

"我回来再跟你打皮克牌吧。能叫我改变计划的那个卡内加人还没有出生呢。"

"那最好让我跟你一起去。"

"你就留在这儿吧。"

麦金托什耸了耸肩膀。所有劝告的话他都对这个人说了。如果他不加注意,那就是他自己的事了。沃克戴上帽子出去了。麦金托什开始看起书来,但他心里想着别的事儿,也许他应该清楚地思考一下自己的处境。他走到厨房,编了一个借口跟厨师聊了几分钟。随后他搬出留声机,放上一张唱片。接着便吱吱嘎嘎地响起忧伤的曲调,那是伦敦杂耍剧场里的一首滑稽歌曲,但他却竖起耳朵等着黑夜里远处传来的一个声音。唱片就在旁边,乐声尖利,歌词刺耳。可是尽管如此,他似乎仍被一种神秘的寂静所笼罩。他听到海浪冲到堡礁上发出低沉的咆哮,听到微风在椰子树高处的树叶间飒飒作响。还要等多久呢?真是可怕。

耳边突然传来一阵嘶哑的笑声。

"奇迹永远都不会停止。你倒很少给自己放上一首曲子听听,麦克。"

沃克站在窗户旁边,脸色红润,粗豪而欢快。

"哎,你看我多么精神,活蹦乱跳的,你放音乐干什么?"

沃克走了进来。

"情绪不好,呃?放一首曲子好让自己振作起来?"

"我在给你放安魂曲。"

"到底是什么曲子?"

"半品脱苦啤酒和一品脱黑啤酒。"

"也是极好的一首歌。无论听多少遍,我都不在乎。现在打皮克牌吧,我预备把你的钱都赢到手。"

他们开始打牌,沃克出手霸道,争取胜利。他对对手时而虚张声势,时而奚落打趣,时而又扬眉怒目,对对手的错误,甚至所使的每一个花招都冷嘲热讽,最后赢了牌就得意非凡。麦金托什不久就恢复了冷静,似乎能够置身事外,观察着这个飞扬跋扈的老头以及他自己的冷漠和沉默,这使他获得一种超然的乐趣。麦努马正静静地坐在某个地方,等待着他的机会。

沃克接连取胜,最后结束时,他心情十分愉快地把赢到的钱都装进自己的口袋。

"要想赢我的话,你的年纪还得再大一点,麦克。事实上,我对打牌确实富有天赋。"

"发牌时我碰巧发给你十四张'爱司'①,我不明白这跟天赋有什么关系。"

"好牌手就有好牌,"沃克反驳说,"要是换了你的牌,我也照样能赢。"

接着他开始长篇大论地讲起自己跟那些臭名昭著的赌棍打牌的种种经历,让他们感到惊恐失色的是,他把他们所有的钱都席卷而去。他自吹自擂,不住夸赞自己的能耐。麦金托什全神贯注地听着。如今麦金托什想要加深自己的仇恨。沃克讲的每句话,每个动作,都使得他显得更加可憎。最后沃克站起身来。

"噢,我要去睡觉了,"他打了一个响亮的哈欠说,"明儿我要忙

---

① 原文如此,显然他们打牌时用了好几副牌。

上一天。"

"你打算干什么呀?"

"我要坐马车到岛的另一边去。五点就要出发,我不希望弄得很晚回来吃饭。"

他们平时在晚上七点吃饭。

"那我们晚饭不如改在七点半吃吧。"

"我想那也可以。"

麦金托什看着他把烟斗里的烟灰敲出来,这个人仍然保有原始的活力,充满生气。想到死亡正笼罩在他的头上,真叫人感到奇怪。麦金托什那冷漠、忧郁的眼睛里掠过一丝淡淡的笑意。

"要不要我跟你一起去?"

"天哪,我要你跟我去干什么? 我要用那匹母马拉车,它拉我一个人就够费劲的了,它可不想再拖着你走上三十英里的路。"

"也许你还不大清楚马托图村民的情绪。我觉得跟你一起去会更安全一些。"

沃克发出一阵表示轻蔑的笑声。

"你在打架时真是个怪不错的帮手。我最不擅长的就是提心吊胆。"

麦金托什眼睛里的笑意蔓延到了嘴唇上,样子显得痛苦而扭曲。

"上帝要想毁灭谁,必先让他失去理智。"[①]

[①] 原文为拉丁语,是一句西方谚语,据说最早见于古希腊剧作家欧里庇德斯(公元前485—前406)所残存的作品片段中。

"你究竟在说什么呀?"沃克说。

"拉丁语。"麦金托什一边朝外走一边回答。

这时候,他吃吃地笑起来,情绪也变了。他已做了力所能及的一切,接下来就交给命运去安排吧。晚上他睡得十分安稳,几个星期以来,他还从来没有睡得这样酣畅。次日早晨醒来后,他就出去了。经过一夜的安眠,他感到清晨的空气十分清新,让人心神振奋。大海显得越加蓝莹莹的,天空也更为明亮,远远胜过大多数日子。信风阵阵,让人神清气爽,环礁湖在微风的轻拂下波光粼粼,如同没有刷好的丝绒。他觉得自己更强壮、更年轻了,充满热情地开始了一天的工作。午饭后,他又睡了一觉。黄昏时分,他给自己的枣红马备好马鞍,然后骑上马缓缓地穿过丛林。他似乎在用全新的目光察看一切,觉得自己正常多了。最不寻常的是,如今他可以完全把沃克置诸脑后。就他来说,沃克好像从来就不存在似的。

他回来得很晚,经过骑马出游,身上发热,于是又洗了个澡。随后他坐在游廊上抽起烟斗,看着环礁湖上的暮色越来越深。在夕阳中,湖面上玫瑰色、紫色和绿色交相辉映,显得十分美丽。他感到心神宁静,与世无争。厨师出来告诉他晚饭已经做好,问他要不要再等一等。麦金托什友好地望着他笑了。他看了看表。

"七点半了。还是不要等了。头儿究竟什么时候回来,谁也说不准。"

厨师点了点头。不一会儿,麦金托什看到他端着一碗热气腾腾的汤穿过院子。他懒洋洋地站起身来,走进饭厅,开始吃饭。那桩事发生了吗?把握不定真是怪有意思,麦金托什在一片寂静中轻声地笑起来。今天食物似乎不像平时那样单调乏味,尽管仍是牛肉饼

（厨师想不出新花样时老做的一道菜），但味道也奇迹般地变得喷香鲜美了。晚饭以后，他懒洋洋地走到自己的平房去拿一本书。他喜欢四周这种万籁俱寂的情形。现在夜晚已经降临，星星在天空中闪烁。他大声嚷着叫人拿一盏灯来，不一会儿，那个中国人就光着脚板轻快地走过来，一束灯光刺破了周围的黑暗。他把灯放在书桌上，接着就悄无声息地走出了房间。麦金托什突然像生了根似的站在那儿，因为他看到那把左轮手枪正有一半露在桌上杂乱的书信文件外面。他的心痛苦地怦怦直跳，全身汗水淋漓。那么一切都搞好了。

他用颤抖的手抓起手枪，四个弹膛已经空了。他停顿了片刻，充满疑虑地看着外面的夜色，但那儿一个人也没有。他赶紧把四颗子弹塞进弹膛，随后就把手枪锁在抽屉里面。

他坐下来等着。

一个小时过去了，又一个小时过去了，什么事都没有。他坐在书桌旁，仿佛在写什么东西，但是既没有写也没有看，而只是凝神谛听。他竖起耳朵搜寻着从远处传来的声音，最后他听到了一阵犹豫不决的脚步声，他知道是那个中国厨师。

"阿宋。"他喊道。

厨师来到门口。

"头儿这么晚还没回来，"他说，"晚饭都没法吃了。"

麦金托什目不转睛地看着他，不清楚他是否知道已经发生的事儿；要是知道，那是否明白他跟沃克以前的关系。他开始工作，气派十足，默不作声，面带笑容，哪个人能看出他的心思？

"我希望他在路上吃过了，但无论如何，不要让汤变凉了。"

这句话刚说出口,周围的寂静就突然被一阵混乱的喊叫声和急促的赤脚踩在地上的啪嗒声打破了。许多当地人冲进了院子,有男的女的,还有孩子。他们都挤在麦金托什周围,七嘴八舌地说起来,但说的话无法让人听懂。他们既激动又恐惧,有几个人甚至哭了起来。麦金托什从他们中间挤过去,朝大门口走去。尽管他几乎听不明白他们在说些什么,但是却相当清楚发生了什么事儿。他走到大门口,轻便马车已经到了。那匹老母马由一个卡内加人牵着,马车里面还蹲着两个人,正试图把沃克扶起来。一小群当地人围在马车四周。

母马给牵进了院子,当地人都跟在后面往里拥来。麦金托什大声喊着叫他们后退,突然不知从哪儿钻出来的两个警察,把他们狠狠地推到一旁。顶到这会儿,他才弄清楚是怎么回事,原来几个出外钓鱼的少年在回村子的路上发现了这辆马车,当时马车正停在浅滩朝着村子的那一侧。母马用鼻子在草丛里蹭来蹭去。在黑暗中,他们就看到老人那庞大的白色身躯夹在座位和挡泥板之间,起初他们以为他喝醉了,所以都咧嘴笑着探头朝里张望,但他们听到他在呻吟,猜到出了问题,就跑到村里去求助。当他们在五十多个人的陪同下回来时,才发现沃克中了枪。

麦金托什突然惊恐地暗自寻思:他是否已经死了。不管怎么说,首先要做的一件事就是把他从马车里抬出来,但是沃克身体肥胖,这项工作并不容易完成。四个壮汉才把他抬起来,他的身子给他们晃了一下,发出低沉的呻吟。他仍然活着。最后他们把他抬进房子,上了楼梯,然后把他放在床上。这时麦金托什能够把他看清楚了,先前在院子里只有五六盏防风灯,一切都显得模糊不清。沃克的白色帆布衣服上沾满了鲜血,抬他的那几个汉子都用身上的拉瓦拉瓦擦了擦他们那黏糊糊的血污的手。麦金托什举起灯来,他没有料到老人的脸色会显得如此苍白,他的两只眼睛闭着,仍有呼吸,但脉搏只能微微地摸得到,显然他就要死了。麦金托什没有想到自己竟然震惊和恐怖得全身抽搐。他看到那个出生在当地的办事员也在旁边,就用嘶哑、畏惧的声音吩咐他到药房去把皮下注射所需的器具和药物拿来。一个警察拿来了威士忌,麦金托什给老头的嘴里灌了一点。房间里挤满了当地人,他们都坐在地板上,一言不发,惊恐不安。不时有人大声痛哭起来。天气十分炎热,但麦金托什却感到全身发冷,手脚冰凉。他不得不竭尽全力,抑制自己四肢的颤抖。他不知道该怎么去做,不知道沃克是否仍在流血。如果仍在流血,他怎样才能让血止住。

办事员把皮下注射器拿来了。

"你给他注射吧,"麦金托什说,"对于这种东西,你比我熟。"

他头疼欲裂,好像有形形色色的小野人在脑袋里面相互作战,并且想要从里面逃出来。他们观察着注射的效果。不久沃克慢慢睁开了眼睛,似乎不知道自己在什么地方。

"保持安静,"麦金托什说,"你在家里,相当安全。"

沃克的嘴唇上露出朦朦胧胧的笑意。

"他们得手了。"他低声说。

"我叫杰维斯马上派人乘摩托艇去阿皮亚,明天下午以前,我们就能把医生请来了。"

停顿了好一会儿,老头才开口回答。

"到那时我就死了。"

麦金托什苍白的脸上掠过一丝恐怖的神情。他强装欢笑。

"别胡说了！保持安静，你不会有什么事的。"

"给我喝一口，"沃克说，"味道浓烈一点的。"

麦金托什用颤抖的手把威士忌和水朝玻璃杯里各倒了一半，然后端起来让沃克急切地喝了下去。凭借酒力，他似乎得到了恢复，长长地叹了一口气，宽大肥厚的脸上显露出一点血色。麦金托什感到什么都帮不上手，他站在那儿，目不转睛地看着老头。

"你告诉我怎么做，我就怎么做。"他说。

"什么都不用做。就让我独自待一会儿，我没有一点力气。"

这个肥胖臃肿的老头躺在大床上，脸色惨白，虚弱不堪，显得极其可怜，让人心碎。他躺在那儿歇息的时候，头脑似乎清楚了一些。

"你是对的，麦克，"不久他说道，"你警告过我。"

"我真希望当时能跟你一起去。"

"你是一个好伙计，麦克，只是你不喝酒。"

接着又静默了好一阵子，显然沃克的身体正在衰弱下去。眼下出现了内出血，就连什么都不懂的麦金托什也看出来，留给他上司的时间只有一两个小时了。他一动不动地站在床边。沃克闭着眼睛在那儿躺了大约半个小时，接着又睁开了眼睛。

"他们会让你来接替我的工作，"他慢慢地说道，"上次我在阿皮亚的时候，就对他们说你很不错。把我的路修好。我总希望路能修完。环绕整个岛屿。"

"我不想接替你的工作。你会好起来的。"

沃克疲倦地摇了摇头。

"我风光的日子已经过去了。公正地对待他们，这很重要。他们都是孩子。你一定得记住这一点。你对他们必须严格要求,但一定要做到善良、公正。我从没有在他们身上赚过一个子儿。二十年里,我都没有积攒下一百英镑。修路是一桩大事,要把路修完。"

麦金托什痛苦地发出一阵颇似抽泣的声音。

"你是一个好伙计,麦克。我一直喜欢你。"

沃克闭上了眼睛,麦金托什以为他再也不会把眼睛睁开了。他自己觉得口干舌燥,不得不喝点儿东西。中国厨师默默地给他端来一把椅子。他在床边坐下等待,也不知过了多久。黑夜似乎永远没有尽头。突然坐在地上的一个男人控制不住地大声呜咽起来,好像一个孩子。麦金托什这会儿才注意到,眼下房间里挤满了当地人。不论男女,他们都席地而坐,定睛注视着床上的动静。

"这些人待在这儿干吗?"麦金托什问道。"他们没有资格。把他们赶走,赶走,都赶走。"

沃克似乎给他说的话吵醒了,又一次睁开了眼睛,但一切都显得模模糊糊。他想开口说话,但身体实在虚弱,麦金托什只好竖起耳朵才听清楚他说的话。

"让他们留下来吧。他们都是我的孩子,应该待在这儿。"

麦金托什转向那些当地人。

"留在原处吧。他希望你们待在这儿,但要保持安静。"

老头苍白的脸上隐隐地浮现出一丝笑意。

"挨近一点。"他说。

麦金托什朝他弯下身子。他的眼睛闭着,嘴里说的话就像吹过椰子树树叶的一阵微风。

"给我再喝一口,我有话要说。"

这一次,麦金托什给他喝的是不掺水的威士忌。沃克凭着最后那点意志的力量集中起全身的力气。

"不要为这件事大惊小怪。九五年①发生骚乱,一些白人遇害,结果调来了舰队,用大炮轰击岛上的村庄。很多清白无辜的人都被杀死了。阿皮亚的那些人都是十足的蠢货。如果他们小题大做的话,只会让无罪的人遭受惩罚。我可不想让任何人受到惩罚。"

他停下来休息一会儿。

"你就说这是一场意外。谁都不该为此承担责任。答应我你会这么做。"

"你想做什么,我都会照你的意思去做的。"麦金托什低声说。

"好伙计,最好的伙计。他们都是孩子。我就是他们的父亲。做父亲的只要能够做到的话,就不会让他的孩子遭受麻烦。"

从他喉咙里发出一阵轻微的笑声,这种笑声极为奇怪可怕。

"你是一个虔诚信教的人,麦克。宽恕他们怎么样?你知道怎么做。"

一时间麦金托什没有回答。他的嘴唇不住颤抖。

"宽恕他们,因为他们不了解自己的行为?"

"那就对了。宽恕他们。我爱过他们,你知道,始终爱着。"

他叹了口气,嘴唇微微翕动着,麦金托什不得不把耳朵靠得更近,以便听清他说的话。

"握住我的手。"他说。

麦金托什深深吸了口气,心如刀绞。他抓起老头的一只手,握

---

① 指一八九五年。

在自己手里,那只手那么冰冷、虚弱、粗糙不堪。他就这样坐着,后来他几乎从椅子上跳了起来,因为四周的寂静突然被一阵时间很长的呼噜声打破了。那种声音实在可怕,叫人毛骨悚然。沃克死了。当地人开始号啕大哭,他们捶打着自己的胸口,泪水顺着脸颊滚滚流下。

麦金托什把手从死人的手里抽了出来,好像一个瞌睡朦胧的醉汉,摇摇晃晃地走出房去。他回到书桌面前,从锁着的抽屉里拿出那把左轮手枪。随后他朝海边走去,走到环礁湖里面。他小心地蹚水前行,免得被脚下的珊瑚礁绊倒,直到湖水漫到他的腋窝。接着他把一颗子弹射进自己的脑袋。

一小时后,五六条细长的棕色鲨鱼在他倒下的地方相互争抢,溅起一阵水花。

爱德华·巴纳德的堕落

贝特曼·亨特睡得很不安稳。从塔希提①到旧金山的两个星期航程中,他始终在琢磨他不得不讲的那番经历,而在三天火车的旅程中,他对叙说这番经历该用的词句反复斟酌。可是如今,不出几个小时就要抵达芝加哥了,他又变得满腹疑虑。他那永远极为敏感的良心,无法得到安宁。他不能肯定自己是否已经尽了最大的努力。从道义上说,他有责任做得超出自己所能做到的一切。但实际上,在这桩与自己的利益密切相关的事上,他竟让自己的切身利益占了侠义精神的上风。每逢想到这一点,他就觉得心神不安。自我牺牲对他的想象力具有极大的吸引力,因而他没能在那桩事上做出一点儿牺牲,竟使他产生一种幻灭的感觉。他就像一个毫无利己动机的慈善家,为穷人修建起一批模范住宅,结果却发现自己做了一笔利润丰厚的投资买卖。撒在水面上的粮食②居然获得百分之十的

---

① 塔希提,位于南太平洋中部,是社会群岛中的一个岛屿,为法属波利尼西亚的一部分。
② 撒在水面上的粮食,意为真心行善,不求报答地做好事。见《旧约·传道书》第十一章第一节:"将你的粮食撒在水面,因为日久必能得着。"

报酬,他无法抵挡自己为此而产生的得意心情,但另一方面,他又局促不安地感到,这多少使他身上的美德显得黯然失色。贝特曼·亨特知道自己的良心是清白的,但他没有把握,当他把自己的经历讲给伊莎贝尔·朗斯塔夫听的时候,他是否能毫不动摇地经受住伊莎贝尔那冷静的灰色眼睛的审视。那双眼睛既富有远见,又充满智慧。她总是用自己那明察秋毫的正直来衡量别人的道德标准,对于不符合自己严格的道德准则的行为,她就用冷淡的沉默来表示不满,再没有比这种谴责更厉害的了。她的评判一点没有调和的余地,因为她一旦拿定主意,就决不更改。可是贝特曼并不愿意她是另一副样子。她身材苗条,腰板挺得笔直,头部带着傲然自负的神态。贝特曼不仅爱她漂亮的外表,同时他更爱的是她美丽的灵魂。在贝特曼眼中,她的坦诚、她的一丝不苟的荣誉感和她的无所畏惧的观点,似乎把美国女子最令人钦佩的美德都汇集到自己的身上。可是,贝特曼在她身上不仅看到了一个完美典型的美国姑娘所应具备的优点,他感到从某个方面来说,她的优雅也是她的生活环境所特有的,他相信世界上除了芝加哥以外,再没有哪座城市可以造就出她这样一个姑娘。当他想到自己不得不给这个姑娘的自尊心带来极为沉重的打击时,就突然感到万分痛苦。但是一想到爱德华·巴纳德,心中就又燃起一股怒火。

可是火车最后开进芝加哥,看到灰色房屋构成的一条条长街,他又变得兴高采烈起来。一想到国家大道和瓦巴什大街两边人行道上拥挤的人群,街上繁忙的车辆和喧闹的声响,他就恨不得自己也置身其间。总算到家了。他为自己出生在这个美国最重要的城市而感到十分高兴。旧金山有些闭塞,纽约缺乏活力,而美国的前途就在于它的经济发展的潜力,唯有芝加哥,由于它重要的地位和市民的活力,注定要成为这个国家的真正首都。

"我想我准会活到那么一天,亲眼见到它成为世界上最大的城市。"贝特曼下车走到月台上的时候暗自说道。

他的父亲到车站来接他。这对父子都长得身材颀长,体格匀称,都有着清秀、严肃的面容和薄薄的嘴唇。两个人热烈地握了握手以后,一起走出车站。亨特先生的汽车正等着他们,两个人上了车。亨特先生一眼就注意到儿子扫视大街的得意而欢快的目光。

"回来了,高兴吧,儿子?"他问。

"我正这样想呢。"贝特曼说。

他的目光热切地注视着街头繁忙的景象。

"我猜这儿的车辆要比你们南太平洋岛屿上多一点吧,"亨特先生笑着说,"你喜欢那个地方吗?"

"我还是要芝加哥,爸爸。"贝特曼回答说。

"你没有把爱德华·巴纳德带回来。"

"没有。"

"他怎么样?"

贝特曼沉默了一会儿,他那英俊、敏感的脸儿沉了下来。

"还是别谈他吧,爸爸。"最后他说。

"没有问题,我的儿子。我想你妈妈今儿会十分高兴。"

他们穿过大环区①的拥挤的街道,沿着湖滨一直开到一幢气派

---

① 大环区,芝加哥市内高架轨道交通系统环绕汇聚的区域,也是该市的商业中心地带。

堂皇的房子前面。这是亨特先生几年前自己修建的,式样跟坐落在法国卢瓦尔河①畔的别墅一模一样。后来贝特曼独自待在自己的房间里,他立刻拨了一个电话号码。当他听到对方回话的声音时,他的心就不禁突突直跳。

"早上好,伊莎贝尔。"他欢快地说。

"早上好,贝特曼。"

"你怎么听出来是我的声音?"

"自从上次听到它到现在也并没有过多久啊。再说,我一直在等着你。"

"我什么时候可以和你见面?"

"要是你没有什么更要紧的事儿,也许今儿晚上你可以来跟我们一起吃晚饭。"

"你很清楚我不可能有什么更要紧的事儿。"

"我想你一定带回来不少新闻吧?"

他觉得自己从她的声音里听出一点忧虑的口气。

"是的。"他回答说。

"好吧,那你今晚一定得讲给我听,再见。"

她挂断了电话。这就是她的性格,竟然能够毫无必要地等上好多个小时去了解一桩与她休戚相关的事儿。在贝特曼看来,她表现出的克制蕴含着一种令人钦佩的坚强意志。

晚饭桌上,除了他跟伊莎贝尔外,就只有伊莎贝尔的父母。他看

---

① 卢瓦尔河,法国最长的河流,发源于塞文山脉,经中央高原西流,由比斯开湾注入大西洋。

到伊莎贝尔有意把谈话引向文雅有礼的闲谈。他猛然想到,一个生活在断头台阴影下的侯爵夫人尽管有今天没有明天,也正是像伊莎贝尔这样,用戏耍的态度处理当天的事务的。她那清秀的眉眼,具有贵族气息的短短上唇,以及浓密的金发,也确实让人想到一个侯爵夫人。显而易见,她的血管里流的是芝加哥最高贵的血液,尽管这一点并不是众所周知。饭厅的格局跟她那娇柔秀丽的姿色十分相称,因为伊莎贝尔请一个英国专家把这幢房子(威尼斯大运河畔一座豪华宅第的复制品)按照路易十五时期的风格①布置了一下。与这位风流君主的名字相关的优雅的陈设增添了她的妩媚神态,而同时她的这种妩媚神态又使得房屋的陈设具有更为深长的意味。因为伊莎贝尔的心灵非常丰富,无论她的谈话多么随便,也从不显得轻率冒失。这会儿,她谈到她跟母亲当天下午参加的一场音乐会,谈到一个英国诗人在礼堂的讲演,谈到政治形势,谈到她父亲最近在纽约以五万美元的价格所购买的古代大师的画作。听到她这样说话,贝特曼心里相当宽慰。他觉得自己又一次回到了文明世界,回到了文化中心和卓越非凡的人物中间。至于始终让他心烦意乱、无法抑制地在他心中喧嚣不已的某些声音,终于平静下来了。

"嗨,又回到芝加哥了,真畅快。"他说。

最后晚饭结束了,他们一起走出饭厅,这时伊莎贝尔对她的母亲说:

"我要把贝特曼带到我的房间去了。我们有好些事儿要谈谈。"

---

① 指法国国王路易十五统治时期所崇尚的室内装饰、陈设布置的风格,其特点为华美、纤巧和舒适。

"很好,亲爱的,"朗斯塔夫太太说,"你们谈完了,可以到杜巴里夫人①房间来找我和你爸爸。"

伊莎贝尔带着这个年轻人上了楼,把他领进一个给他留下无数美好回忆的房间。虽然他对这个房间十分熟悉,但一跨进房门,仍然禁不住像以往一样发出一声欢呼。伊莎贝尔笑吟吟地回头看了他一眼。

"我觉得房子布置得十分完善,"她说,"重要的是,一切都要合乎标准。就连一个烟灰缸也非得是那个时期的不可。"

"我想也正是因为这一点,这个房间才显得如此奇妙。就跟你做的所有事情一样,总是一个错也挑不出来。"

他们在烧着短棍木柴的炉火前坐下,伊莎贝尔用沉静、严肃的目光望着他。

"唉,你有什么要讲给我听的?"她问道。

"我真不知道从哪儿说起。"

"爱德华·巴纳德会回来吗?"

"不会回来。"

沉默了好一阵子,贝特曼才重新开口说话。他说的每一句话都经过了深思熟虑。他不得不开口说的这番经历很难讲述,其中有不少细节是伊莎贝尔那敏感的耳朵所难以忍受的,他实在不忍心把这些事儿讲出来。可是另一方面,为了对她和自己公正起见,他必须把所有的真实情况都和盘托出。

---

① 杜巴里夫人(1743—1793),法国国王路易十五的最后一个情妇,法国大革命期间被革命法庭逮捕并送上断头台。

一切发生在很久以前,当时他和爱德华·巴纳德都还在大学念书,他们一起在为伊莎贝尔·朗斯塔夫进入社交界而举办的一次茶会上和她相见。伊莎贝尔是个小女孩的时候,他们就都认识她了,那会儿他们也只是长腿的男孩子。后来伊莎贝尔到欧洲去待了两年,在那儿完成她的学业。他们带着又惊又喜的心情跟这个刚刚回国的可爱姑娘恢复了旧交。两个人都狂热地爱上了她,但贝特曼很快发现,她眼中只有爱德华一个人。出于对朋友的忠诚,贝特曼就甘心当个知心朋友。他度过了一些痛苦的时刻,但他无法否认,爱德华理应得到这样的好运。他一心希望自己如此珍视的友谊不受到任何损害,因此小心翼翼,决不暴露自己的真实情感。六个月后,这对年轻人订婚了。但是他们俩年纪都还很轻,伊莎贝尔的父亲决定至少要等爱德华毕业后再让他们结婚。他们只好等上一年。贝特曼记得在伊莎贝尔和爱德华举行婚礼前的那个冬天,充满一场又一场的舞会、戏剧晚会和非正式的欢宴,所有这些活动,贝特曼作为第三者,一次都没有错过。他对伊莎贝尔的眷恋并没有因为她马上就要成为自己朋友的妻子而有所减少;她的笑容,她偶尔对他说的一句开心话,她把他当作心腹朋友而向他吐露的衷情,总是叫他感到喜滋滋的。他有些得意地暗自庆幸,他对于他们的幸福并没有一点妒忌的心思。接着发生了一场意外。有家大银行倒闭了,交易所里出现了一片恐慌的情绪。爱德华·巴纳德的父亲发现自己破产了。一天晚上,他回到家里,告诉妻子他已经身无分文。晚饭后,他走进书房,开枪自杀了。

一个星期以后,爱德华·巴纳德脸色苍白、疲惫不堪地来到伊莎贝尔面前,请求她解除他们的婚约。她唯一的回答就是用两只胳膊搂住他的脖子,一下子哭了起来。

"别让我更难受了,亲爱的。"他说。

"你觉得现在我会让你离开我吗?我爱你。"

"我怎么还能请求你嫁给我呢?一切都已无法挽回。你父亲是绝不会允许的。我身上连一个子儿都没有。"

"我可不在乎。我爱你。"

他把自己的计划告诉了伊莎贝尔。他必须立刻出去挣钱。他家的一个老朋友,乔治·布朗施密特提出在自己的公司里给他一个职位。布朗施密特在南太平洋经营生意,在太平洋的许多岛屿上都设有代理机构。他提议爱德华到塔希提去待上一两年,在当地他的最好的经理人员手下,学会经营各种不同货物的贸易门道。他答应在这之后在芝加哥给他安排一个职位。这是一个千载难逢的机会。当爱德华把一切都解释清楚后,伊莎贝尔又变得满脸笑容。

"你这个傻小子,为什么你不早说,而始终让我伤心难受呢?"

听了她的话,爱德华的脸上露出愉快的神色,眼睛也亮了起来。

"伊莎贝尔,你的意思总不会是说你要等我吧?"

"你不觉得你值得叫我等吗?"她笑着说。

"哎呀,不要嘲笑我了。我求你认真一点,可能要等上两年呢。"

"别担心。我爱你,爱德华。你一回来我就跟你结婚。"

爱德华的雇主是一个办事利索的人,他告诉爱德华,如果打算接受他提出的那份工作,下个星期的今天,他就必须从旧金山启程远航。爱德华和伊莎贝尔一起度过最后的一个夜晚。一直到吃过晚饭,朗斯塔夫先生才说他要跟爱德华说上几句话,就把爱德华领到了吸烟室。事先,朗斯塔夫先生已经和和气气地接受了他女儿告诉他的这种安排,爱德华想象不出他还有什么神秘的事儿要跟他说。看到主人的神情有些不好意思,爱德华自己也十分困惑。朗斯塔夫先生说话结结巴巴,开始只是谈论一些无关紧要的琐事,最后才把憋在心里的话脱口说了出来。

"我想你大概听说过阿诺德·杰克逊这个人吧?"他说,一面皱着眉头看着爱德华。

爱德华有些犹豫。他的诚实天性使他不得不承认自己知道这个人,他真希望自己可以否认这一点。

"是的,听说过。不过那是很久以前的事了。我想当时我也没太注意那件事。"

"在芝加哥,没有听说过阿诺德·杰克逊的人,数量可不多,"朗斯塔夫先生怨气十足地说,"就算有人不知道,也不难找到乐意告诉他的人。你知道他是朗斯塔夫太太的弟弟吗?"

"是的,这我知道。"

"当然啰,我们已经和他多年没有联系了。他一找到脱身的机会,就马上离开了这个国家。我想这个国家也不会因为再也见不到他而感到惋惜。我们听说他如今住在塔希提。我劝你对他避而远之,但是如果你听到有关他的什么消息,让朗斯塔夫太太和我知道一下,我们仍会十分感激。"

"那是一定的。"

"我想跟你说的就是这桩事。现在你大概想回到太太、小姐那边去了。"

几乎随便哪个家庭当中总有那么一个成员,如果邻居不提的话,他们都很乐意把他忘掉。随着一两代新人的出生和成长,这个人的奇特行为就会蒙上一层浪漫的色彩,那会儿他们的生活才会好过不少。可是只要这个人眼下活着,如果他的怪癖不是那种用上一句"他不是别人的仇敌,只是跟自己过不去"这种四平八稳的说法就能得到宽恕,也就是说,这个罪人除了好酒贪杯或拈花惹草之外,就没有干过什么更坏的勾当,那么唯一的做法就是对这个人闭口不谈。朗斯塔夫一家对阿诺德·杰克逊所采取的就是这种做法。他们从来都不提到他,甚至连他以前住过的那条街也要绕开。他们心地善良,不愿看到他的妻子儿女为他所干的勾当受罪,多少年来,始终扶持着这一家人,但提出的条件就是这一家人应当住在欧洲。他们竭尽全力地设法把阿诺德·杰克逊从所有人的记忆中抹掉,可是他们心里却十分清楚,他的故事在公众的脑海中仍然相当新鲜,正如那桩丑闻最初暴露在目瞪口呆的世人面前一样。阿诺德·杰克逊是一个十足的败家子,无论哪个家庭出了这么一个人,全家都会跟着遭殃。一个富有的银行家,在教会里也声誉卓著,一个慈善家,一个受到大家尊重的人物,这不仅是由于他的亲戚关系(他的血管里流动着芝加哥名门望族的蓝色血液),而且也因为他那诚实正派的品质。但是突然有一天,他却因犯了欺诈罪而遭到逮捕。经过审判揭露出的不法行为,并不可以用一时经不住诱惑来加以解释,而是精心策划、蓄谋已久的罪行。阿诺德·杰克逊实际上是个恶棍。最后当他被判七年徒刑送入监狱后,几乎所有的人都认为太便宜他了。

在这最后一天晚上,当两个情人分别时,少不得要海誓山盟一番。伊莎贝尔成了一个泪人儿,但深信爱德华对自己的一片深情,心里略微感到一点安慰。她的感情十分奇特,一方面因为马上就要跟爱德华分离而万分苦恼,另一方面却又因为他对自己的倾慕而非常快乐。

这是两年多前的事了。

自那以后,每班邮件爱德华都有信给她,因为一个月只来一批邮件,所以前后共有二十四封信。这些信跟所有的情书没有什么区别,充满亲昵、动听的词句,有时笔调诙谐,特别在最近更是如此,而且通篇情意缠绵。一开始从信中可以看出,他思念家乡,不断表示他渴望回到芝加哥,回到伊莎贝尔身边。伊莎贝尔有点担心,赶紧写信请求他坚持下去。她生怕爱德华会放弃那个机会,贸然跑了回来。她不希望她的爱人缺乏毅力,就向他引用了下面的诗句:

如果我不更爱荣誉,亲爱的,
就不能如此一往情深地爱你。①

可是不久,他似乎安定下来。伊莎贝尔发现他热情日益高涨,力图把美国人的行事方式介绍到那个被世界遗忘的角落,感到十分高兴。不过伊莎贝尔是了解他的,到了一年年终(那是他可能得在塔希提停留的最短期限),她预计自己不得不竭尽全力地劝阻他回来。如果他能彻底学好生意方面的事儿,显然更为有利。况且,既然他们已经等了一年,那似乎就没有什么理由不能再等一年。她跟贝特曼·亨特谈过这件事,贝特曼始终是一个待人最为厚道的朋友

---

① 英国诗人理查德·洛夫莱斯(1618—1657)所作《出征前致露卡斯塔》一诗的末尾两句。

（在爱德华走后的最初几天,要是没有他,她真不知道该怎么办是好）,他们都认定应将爱德华的前途放在首位。她发现随着时间的推移,爱德华不再提回国的事了,不禁如释重负。

"他简直太棒了,对不对?"她对贝克曼大声说。

"真是洁白无瑕。"

"从他来信的字里行间可以看出,他很不喜欢待在那儿,但他仍然坚持下来,因为……"

她脸上泛起一阵淡淡的红晕,贝特曼神情严肃地笑了笑（这是他十分迷人的地方）,然后替她把话说完。

"因为他爱你。"

"这使我感到自己十分渺小。"她说。

"你真了不起,伊莎贝尔,实在了不起。"

可是第二年也过去了,伊莎贝尔仍然每个月接到爱德华的来信,不久,事情开始显得有些蹊跷,他竟绝口不提回国的事儿了。看他写来的信,仿佛他已在塔希提定居下来,而且还相当安逸。伊莎贝尔感到有些惊讶,就又把他的来信,所有的来信,反复看了好几遍,这一次从字里行间,她困惑地发现一种自己原来没有注意到的变化。后期的信跟最初的信一样充满柔情蜜意,具有欢快的情调,但语气却大不相同。她对信中的诙谐词句隐隐有些疑虑,出于女性的本能,对那种叫她无法捉摸的东西充满猜疑,现在她看出了一丝轻浮油滑的意味,觉得有些茫然不解。她无法确定如今给她写信的爱德华还是不是她以前认识的那个爱德华。有天下午,刚好是从塔希提寄来的邮件到达的下一天,她正和贝特曼一起驾车在路上行驶,贝特曼对她说道:

"爱德华对你说过他什么时候启程回来吗?"

"没有,他没有提过。我想他可能跟你说过这件事儿。"

"一个字也没有。"

"你知道爱德华是怎样一个人,"她笑着回答,"他没有时间观念。要是你下次写信的时候想到这件事儿,不妨问一声他考虑什么时候回来。"

她的神态那么漫不经心,只有贝特曼这种感觉敏锐的人,才能从她提出的要求中听出她那极为迫切的愿望。他轻声地笑了笑。

"好的,我来问他一声。我真不知道他在想什么。"

过了几天,伊莎贝尔又跟他见面时,发现他正为什么事儿发愁。自从爱德华离开芝加哥后,他们俩经常待在一起。两个人对爱德华都很关心牵挂,如果谁想要谈一谈那个不在场的朋友,就可以找到一个心甘情愿的听众。这样一来,伊莎贝尔就熟悉了贝特曼脸上的每一种表情。如今不管他怎么设法否认,在伊莎贝尔那敏锐的直觉下都无济于事。她心里有个声音告诉她,贝特曼心烦意乱的神色与爱德华有关,直到她逼贝特曼承认了这一点,她才安定下来。

"情况是这样的,"他终于说道,"我间接地听人说爱德华已经不在布朗施密特公司工作了。昨天,我找了个机会问了问布朗施密特本人。"

"哦?"

"爱德华差不多在一年前就离开了他们公司。"

"真是奇怪,他竟然连一个字也没有提过。"

贝特曼犹豫了一会儿,但他的话已经说了这么多,只好把余下的情况也和盘托出。这叫他感到十分为难。

"他是被解雇的。"

"天哪,究竟为了什么?"

"他们好像对他提出过一两次警告,最后才叫他离开。他们认为他既懒惰又不称职。"

"爱德华吗?"

他们俩沉默了一会儿,随后看到伊莎贝尔在掉眼泪,他本能地抓住伊莎贝尔的手。

"哦,亲爱的,别哭了,别哭了,"他说,"看到你这副样子,我可受不了。"

她心里七上八下的,始终没有把手抽回来。他竭力设法安慰她。

"真叫人无法理解,对不对?这太不像爱德华的为人了。我总觉得这肯定是个误会。"

她什么话也没说,过了一会儿,才结结巴巴地开了口。

"你有没有感到他最近的来信有些古怪?"她问道,把脸转向别的地方,眼睛里充满晶莹的泪珠。

他真不知道怎么回答是好。

"我从信里也看出一些变化,"他承认说,"他似乎失去了我以前十分钦佩的那种极度认真的劲头,简直让你觉得一切重要的事情对他,嘻,都无关紧要。"

伊莎贝尔没有回答。她隐隐地有些心神不安。

"也许他下次给你写回信的时候,会告诉你他什么时候回来。我们所能做的就是等待。"

爱德华又给他们俩各写了一封信,信里仍然没有提到回来的事儿，但他写信的时候，还不可能收到贝特曼那封询问的信。下次邮件也许会给他们带来有关这个问题的答案。下一班邮件寄来了，贝特曼把他刚刚收到的信拿来给伊莎贝尔看。可是只消看一眼他的脸色，伊莎贝尔就察觉他有些心慌意乱。她仔仔细细地把信看了一遍，随后微微抿紧了嘴巴，又重新看了起来。

"这封信十分奇怪，"她说，"我看不太明白。"

"人家简直会以为他是在跟我开玩笑。"贝特曼说，一下子飞红了脸。

"看了是会给人这种印象，但一定不是有意这样写的。这实在不像爱德华的为人。"

"他压根儿不提回来的事儿。"

"要不是我对他的爱情充满信心，我就会想……我几乎不知道该怎么想了。"

直到这时，贝特曼才把下午在他头脑里形成的计划讲出来。如今他是他父亲创建的公司的一个合伙人，那家公司生产各种机动车辆，他们打算在火奴鲁鲁、悉尼①和惠灵顿②设立代理机构。贝特曼自告奋勇代替本来打算派去的经理到这几个地方去一次。他从惠灵顿回来的途中，可以路过塔希提，其实那也是必经之路。他可以去看看爱德华。

"事情有些神秘莫测，我打算去解开这个疑团，也只有这么做了。"

---

① 悉尼，澳大利亚东南部港口城市。
② 惠灵顿，新西兰首都。位于北岛南端，适居南、北两岛联系要冲。

"哦,贝特曼,你真是太好了,心地太善良了!"她大声说。

"你知道,世上什么都比不上你的幸福对我那么重要,伊莎贝尔。"

她望着贝特曼,把手伸给他。

"你真是太好了,贝特曼。我不知道世上还有哪个像你这样的人。我怎么才能答谢你呢?"

"我不要你的感谢。我只希望能允许我帮助你。"

她垂下眼睛,脸上泛起一层淡淡的红晕。她跟贝特曼太熟了,已经忘了他是多么英俊。他和爱德华一样身材高大,体格匀称,但他皮肤浅黑,脸色苍白,而爱德华却脸色红润。她当然清楚贝特曼十分爱她,她心里也很感动,对他也格外亲切。

如今贝特曼·亨特就是从这次旅行回来。

在这次旅行中,花费在公务上的时间比他预料的要长一些,他有大量时间来思考两个朋友的事儿。他得出的结论是,阻碍爱德华回来的不会是什么重大的事情,也许是出于自尊心,他才拿定主意要取得成功后再要求他爱慕的姑娘成为自己的新娘;但这种自尊心必须用说理的方法加以消除。伊莎贝尔满腹愁绪。爱德华必须跟他一起回到芝加哥,马上同她结婚。可以在亨特马达牵引和汽车公司里给他找个工作职位。尽管贝特曼内心隐隐作痛,但是想到自己付出这样的牺牲,为他在世上最爱的两个朋友获得幸福,又不禁欣喜万分。他永远也不会结婚了。等爱德华和伊莎贝尔有了孩子,他就做孩子的教父。多年以后,等他们两个人都离开了人世,他就会告诉伊莎贝尔的女儿,在很久很久以前,他曾怎样爱过她的母亲。贝特曼头脑里想象着这样的情景,眼睛不觉变得泪水模糊了。

为了要给爱德华一个冷不防,事前他并没有把自己前去的消息发电报告诉爱德华。在塔希提上岸后,他就随着一个自称是鲜花饭店老板的儿子的年轻人,朝那家饭店走去。一想到他的朋友见到他——这个最意想不到的客人——走进办公室时那种惊讶的神色,他不禁格格地笑了起来。

"顺便问一下,"他们一路朝前走的时候,他问道,"你能不能告诉我在哪儿可以找到爱德华·巴纳德先生?"

"巴纳德?"那个年轻人说。"我好像听说过这个名字。"

"他是一个美国人,个子很高,浅棕色的头发,蓝色的眼睛。他在这儿已经待了两年多了。"

"当然了。现在我知道你说的是谁了。你说的是杰克逊先生的侄子。"

"谁的侄子?"

"阿诺德·杰克逊先生的侄子。"

"我想我们俩说的不是同一个人。"贝特曼冷冷地回答说。

他吓了一跳。实在奇怪,阿诺德·杰克逊在这儿显然无人不知,他居住在这儿,竟然仍旧沿用他那被定罪时不光彩的名姓。可是贝特曼实在想象不出这个以他的侄子身份出现的人究竟是谁。他只有朗斯塔夫太太一个姐姐,并没有别的兄弟。贝特曼旁边的那个年轻人操着一口流利的英语,但听上去其中仍然夹杂着一些外国腔调。贝特曼瞟了他一眼,发现他身上有许多自己先前没有注意到的土著血统的特征。贝特曼的举止中便不由自主地流露出一丝倨傲的意味。他们走进饭店。贝特曼把自己的房间安排好以后,就叫人给他指点去布朗施密特公司的道路。这家公司的营业场所就位于海岸边,朝着环礁湖。经过八天的海上旅程,贝特曼很高兴又踏上坚实的土地,他顺着洒满阳光的道路悠闲地朝水边走去。找到他要寻找的那个地方以后,贝特曼把自己的名片交了进去,就给领着穿过一间高大的好像谷仓一样的屋子(这间屋子兼作仓库和店堂),走进经理的办公室,里面坐着一个戴着眼镜、身体肥胖的秃头男人。

"你能不能告诉我在哪儿可以找到爱德华·巴纳德先生?我知道他在你们这儿干过一阵子。"

"的确如此,但我真不知道如今他在什么地方。"

"可是我认为他是带着布朗施密特先生的特别推荐信到这儿来工作的。我跟布朗施密特先生也很熟。"

那个胖子用敏锐、怀疑的目光瞅了贝特曼一眼,随后对在仓库里干活的那些孩子中的一个喊道:

"嗨,亨利,你知道巴纳德现在在哪儿吗?"

"他大概在卡梅伦商店干活吧。"有个孩子答道,他根本懒得走动。

胖子点了点头。

"你从这儿出门向左拐,大约走上三分钟就到卡梅伦商店了。"

贝特曼犹豫了一下。

"我觉得我应该告诉你,爱德华是我最要好的朋友。当我听说他离开布朗施密特公司时,我感到非常诧异。"

那个胖子把眼睛眯缝起来,直到成了一条线,仔细端详着贝特曼。贝特曼叫他看得很不自在,觉得脸都有些发红了。

"我猜想布朗施密特公司和爱德华·巴纳德在某些问题上没有取得一致。"他答道。

贝特曼不大喜欢这个家伙的态度，于是他站起身来，保持着自己应有的尊严，说了几句抱歉打扰的客套话就告辞了。他离开那儿的时候，心里有种奇怪的感觉：他刚才访问的那个人可以告诉他不少情况，只是不想说而已。他按照那个人指点的方向走去，不一会儿就找到了卡梅伦商店。这是一个商人开的店铺，跟他路上经过的五六家店铺没有什么区别。走进店门，他看到的头一个人就是爱德华。爱德华只穿着衬衫，正在计量一段棉布。他看到爱德华竟在干这样一件卑微的活儿，大吃一惊。可是他刚一露面，爱德华就抬头看到了他，又惊又喜地叫起来了。

"贝特曼！谁能想到竟在这儿见到你。"

他从柜台后面伸出胳膊，紧紧握住贝特曼的手。他一点也没有露出不好意思的神色，感到困窘不安的反而是贝特曼。

"等一下，我马上把这块布包好。"

他胸有成竹地剪开手里的一块料子，折起来包好，交给一个黑皮肤的顾客。

"请到收银台去付钱吧。"

接着他满面笑容地转向贝特曼，两只眼睛闪闪发亮。

"你怎么到这儿来了？哎呀，见到你真高兴。坐下吧，老朋友，不要拘束。"

"我们不能在这儿谈话，到我住的饭店去吧。我想你可以走开一会儿吧？"

最后一句话他是怀着某些顾虑说的。

"当然可以走开。我们在塔希提做买卖可不用那么一本正经。"他朝对面柜台后边的一个中国人喊道："阿林，老板来的时候告诉他，我刚从美国来了一个朋友，我出去跟他喝一杯。"

"好的。"那个中国人咧嘴笑着说。

爱德华匆匆穿上外套，戴好帽子，就陪着贝特曼走出店铺。贝特曼想把他要办的事儿用风趣诙谐的口气说出来。

"真没想到你在干这种活儿，把三码半烂布头儿卖给一个浑身油污的黑鬼。"他笑着说。

"你知道，布朗施密特把我辞退了。我想这也跟无论别的什么活儿没有什么两样。"

爱德华的坦诚叫贝特曼听了十分惊讶，但是他觉得眼下继续谈论这个话题，未免轻率冒失。

"我想你在目前这个地方是发不了财的。"他有些干巴巴地说。

"我也这么想。可是我挣的钱已经足以维持生活，我倒也相当满意了。"

"两年前你不会这样想的。"

"我们总是越活越聪明嘛。"爱德华心情欢快地回嘴说。

贝特曼瞥了他一眼。爱德华穿着一身破旧的白帆布衣服，一点也不干净，头上戴着一顶当地制作的大草帽。他比以前消瘦了，皮肤晒得黑黝黝的，但肯定比以往任何时候都显得更加俊秀。可是在他的神态中却有某种东西叫贝特曼感到心神不安。他走起路来带着一种贝特曼以前没有见过的兴冲冲的劲头，他的举止有些漫不经心，似乎对一些稀松平常的事情也感到十分高兴。贝特曼对他的这种表现无法明确地加以责备，但心里却感到大感不解。

"天知道他为什么这样兴高采烈。"他暗自心想。

他们来到饭店，在露台上坐定。一个当侍者的中国人给他们端来了鸡尾酒。爱德华迫不及待地想知道芝加哥方面的所有消息,接二连三地问了他朋友一大堆问题。他表现出的兴趣既自然又真诚。但奇怪的是,对于许多不同的话题,他似乎都抱有同样程度的关切。他热切地打听贝特曼的父亲情况怎样,正如他急于想知道伊莎贝尔在做什么一样。谈到伊莎贝尔,他没有露出一点困窘的神色,叫你分不清那究竟是他的亲姐妹还是他的未婚妻。在贝特曼还没有来得及分析爱德华那番话的确切含义之前,他发现话题已经转到他自己的工作和他父亲最近修建的大楼上来了。他决心把话题重新引到伊莎贝尔身上,就在他寻找这样一个机会的时候,他看到爱德华热情友好地朝一个人挥了挥手。一个男人在露台上朝他们走来,但是贝特曼的背是对着他的,因此看不见来的是什么人。

"来,坐下吧。"爱德华欢快地说。

新来的人走近了。他个子很高,身材瘦削,穿着白帆布衣服,留着一头好看的鬈曲的白发。他的脸也是又瘦又长,一只大鹰钩鼻子,嘴却生得很美,富于表情。

"这位是我的老朋友贝特曼·亨特。我跟你谈过他的情况。"爱德华说,嘴上又浮现出不变的笑意。

"很高兴见到你,亨特先生。我以前认识你的父亲。"

那个陌生人伸出手来,亲切而有力地握住年轻人的手。直到这时爱德华才提到他的姓名。

"阿诺德·杰克逊先生。"

贝特曼变得脸色煞白,感到自己的两手冰冷。这就是那个开假支票而被定罪的人,这就是伊莎贝尔的舅父。他不知道该说什么是好,竭力想要掩盖自己的慌乱样子。阿诺德·杰克逊两眼闪闪发亮地瞅着他。

"我的名字对你来说大概并不陌生。"

贝特曼不知道对这一点应该承认呢还是否认,更叫他难堪的是,杰克逊和爱德华两个人对他的这副窘态似乎觉得怪好玩的。硬逼他认识一个在这个岛上他宁愿避而不见的人已经够倒霉的了,而更叫他受不了的是,他看出来自己正受到他们的戏耍。也许他的这个结论下得太早了一点儿,因为杰克逊紧接着又添了一句:

"我知道你跟朗斯塔夫一家人很有交情。玛丽·朗斯塔夫是我的姐姐。"

现在贝特曼暗自思量,是否阿诺德·杰克逊认为他对芝加哥有史以来最骇人听闻的那桩丑闻竟然一无所知。可是杰克逊却把一只手搭在爱德华的肩膀上。

"我不坐了,特迪①,"他说,"我很忙,你们两个小伙子还是晚上到我那儿去吃晚饭吧。"

"那太好了。"爱德华说。

"谢谢你的好意,杰克逊先生,"贝特曼冷冰冰地说,"但你知道我在这儿所能停留的时间实在很短,明儿我坐的那艘船就要起航。我想如果你能见谅的话,今儿晚上我就不去了。"

"哦,别胡说了。我来招待你吃一顿富有本地风味的晚饭。我妻子有一手很好的厨艺。特迪会给你带路的。早点前来,可以看看落日。要是你们愿意的话,你们俩都可以在我那儿住上一晚。"

"我们当然去,"爱德华说,"只要有轮船到来,饭店晚间总是闹

---

① 特迪是爱德华的昵称。

哄哄的;在你的房子里,我们可以好好闲聊一番。"

"我不会放过你的,亨特先生,"杰克逊十分亲切友好地继续说,"我想听听芝加哥那边的所有新闻,还有玛丽的情况。"

贝特曼还没来得及开口再说什么,他已点了点头,走开了。

"我们在塔希提这个地方请客,你是无法推辞的,"爱德华笑着说,"再说,你还可以吃上一顿这个岛上最精美的晚餐。"

"他刚才说他的妻子的厨艺很不错,究竟是什么意思?我赶巧知道他的妻子在日内瓦。"

"作为妻子来说,那可离得太远了一点儿,对不对?"爱德华说。"况且,他也好久没有见到她了。我猜他刚才谈到的是另一个妻子。"

贝特曼沉默了好一会儿。他板着脸儿,样子严肃。可是他抬起头来,发现爱德华的眼睛里流露出顽皮的神色,他的脸一下子变成了深红色。

"阿诺德·杰克逊是一个卑鄙的无赖。"他说。

"恐怕他是这样的人。"爱德华笑吟吟地答道。

"我不明白一个正派的人怎么能跟他有什么来往?"

"也许我也算不上是个正派的人。"

"你是不是经常见他,爱德华?"

"是的,经常见到他。我过继给他做侄子了。"

贝特曼身子前倾,用探究的目光注视着他。

"你喜欢他吗?"

"非常喜欢。"

"可是难道你不知道,难道这儿的人都不知道他造假支票,并给定过罪吗?他应该被驱逐出文明社会。"

爱德华看着从嘴里的雪茄上袅袅上升的烟圈,直到它飘到静止的、充满烟草香味的空气中。

"我想他真是一个彻头彻尾的流氓,"他终于开口说,"我也不能自以为是地认为,他对自己的违法勾当表示悔恨,就让人有了宽恕他的理由。他曾经是一个诈骗犯,一个伪君子。这种印象你永远也无法抹去。但我从来没有遇到过一个这样意气相投的伙伴。目前我明白的所有事情都是他教的。"

"他教了你什么呀?"贝特曼十分惊讶地嚷道。

"怎么生活。"

贝特曼突然发出一阵嘲讽的笑声。

"真是一个高明的老师。是不是由于他的教诲,你才失去了赚钱发财的机会而站在一家小杂货店的柜台后面维持生计?"

"他的个性真是不可寻常,"爱德华说,脸上仍挂着温和的微笑。"也许,今儿晚上你就知道我说的话是什么意思了。"

"我可不打算去跟他一起吃晚饭,如果这就是你的意思的话。说什么我也不会踏进那个人的家门。"

"去吧,给我一个面子,贝特曼。我们俩是那么多年的朋友了,如果我求你帮个忙,你总不会拒绝吧。"

爱德华说话的语调里有一种贝特曼感到陌生的东西。他那和婉的调子具有奇特的说服力。

"要是你这么说的话,爱德华,那我就非去不可了。"他笑着说。

贝特曼另有一番考虑,觉得这样倒也可以尽量了解一下阿诺德·杰克逊是怎样一个人。显然他对爱德华具有很大的影响。如果为了爱德华要跟他交锋,就必须弄清楚为什么爱德华会受到他的控制。贝特曼越跟爱德华谈下去,越觉得爱德华的身上出现了不少变化。他本能地感到自己应当小心行事,他打定主意,只有在看清了自己的方向后,才会提到此行的真正目的。他开始谈论各种各样的话题,旅途中的见闻,所取得的收获,芝加哥的政界情况,他们的这个和那个朋友以及他们俩一起度过的大学时光。

最后,爱德华说他得回去干活了,并提议五点钟来接贝特曼,然后一起坐车去阿诺德·杰克逊的宅子。

"顺便说一句,我倒觉得你该住在这家饭店里面,"当贝特曼和爱德华缓缓地走出饭店花园时,他开口说。"我知道这是这儿唯一像样的饭店。"

"我可不住在这儿,"爱德华笑着说。"对我来说太豪华了。我就在城外租了一个住处,又便宜又干净。"

"如果我记得不错的话,你在芝加哥的时候,似乎对这些事儿并不那么看重。"

"哼,芝加哥!"

"你这是什么意思,爱德华?芝加哥是世界上最伟大的城市。"

"我知道。"爱德华说。

贝特曼迅速地朝他扫了一眼,但从爱德华的脸上一点也看不透他的心思。

"你什么时候回去?"

"我也经常想弄清楚。"爱德华笑着说。

爱德华的这个回答以及答话时的语气叫他大吃一惊,但是他还来不及要爱德华加以解释,爱德华就朝一个驾着小汽车从他们身旁经过的欧亚混血儿招了招手。

"让我搭一下车,查理。"他说。

他对贝特曼点了点头,随后就朝在前面几码远的地方停下的汽车跑去,把一大堆令人困惑不解的印象留给贝特曼一个人去清理。

爱德华前来接他时坐的是一辆由一匹老母马拉着的摇来晃去的破马车,他们顺着海边的大道向前走去。道路两边都是种植园,里面满是椰子树和香子兰;时而他们会看到一棵巨大的杧果树,在它那茂密的绿叶之中露出黄色、红色和紫色的果实。时而他们可以瞥见远处的环礁湖,水面平滑,一片碧蓝,还有散布在各处、被高大的棕榈树装点得美丽非凡的小岛。阿诺德·杰克逊的房子坐落在一座小山上,只有一条小路通到门前,因此他们卸下马具,把母马拴在一棵树上,把马车扔在路边。在贝特曼看来,这种做事的方法真是忘怀得失。可是就在他们上山朝房子走去的时候,他们遇到一个高个儿的、模样端庄的土著女子,爱德华热情地跟这个岁数已经不小的女子握了握手,接着便把贝特曼介绍给她。

"这位是我的朋友亨特先生。我们打算跟你们一起吃饭,拉维娜。"

"好啊,"她说,脸上掠过一丝笑容。"阿诺德还没有回来。"

"我们先下去洗个澡。给我们拿两条帕里奥来吧。"

那个女子点了点头,走进房子。

"这是谁呀?"贝特曼问道。

"哦,拉维娜。她是阿诺德的妻子。"

贝特曼把嘴唇抿得紧紧的,什么话也没说。不一会儿,那个女子拿着一包东西走回来交给爱德华。于是他们俩顺着一条陡峭的小路朝着下面海滩上的一丛椰子树走去。他们脱掉衣服后,爱德华教给他朋友怎样把这块叫作帕里奥的狭长的红色棉布做成一条非常合身的泳裤。不久他们就在温暖的、并不很深的海水中扑腾得水花四溅。爱德华显得兴致勃勃,又叫又唱,不断发出笑声,活像一个十五岁的少年。贝特曼以前从来没有见到他如此欢快,后来他们躺在沙滩上,在明净的空气中抽着烟,爱德华轻松愉快的情绪实在叫人无法抗拒,贝特曼看着不禁吓了一跳。

"你似乎觉得生活充满欢乐。"他说。

"是呀。"

他们听到一阵轻轻的行走的声音,回头一看,原来阿诺德·杰克逊正朝他们走来。

"我觉得我得下来把你们两个小伙子带回去,"他说,"洗得畅快吗,亨特先生?"

"十分畅快。"贝特曼说。

阿诺德·杰克逊如今已经把那身整洁的帆布衣服脱去,光着身子,只在腰部系着一条帕里奥,走起路来也赤着脚。他的身体被阳光晒成深褐色。他长着一头长长的鬈曲的白发和一张神情严肃的脸庞,再配上这种当地服装,看上去模样相当古怪,但他表现得十分自然,一点也没有露出不好意思的神色。

"要是你们准备好了,我们就上去吧。"杰克逊说。

"我这就穿上衣服。"贝特曼说。

"嗨,特迪,你没有给你的朋友拿一条帕里奥来吗?"

"我想他还是愿意穿上衣服。"爱德华笑着说。

"我当然得穿上衣服。"贝特曼神情严肃地答道。在他还没有把衬衫穿好前,他看到爱德华已经把缠腰布系好了,站在那儿准备出发了。

"你不穿鞋就不觉得走路扎脚吗?"他问爱德华。"我刚才发现路上有些岩石嶙峋。"

"哦,我已经习惯了。"

"从城里回来换上帕里奥,真是舒服,"杰克逊说,"如果你打算在这儿住下去,那我力劝你采用这种玩意儿。这是我见过的最朴素实用的服装。既凉快,又方便,也不用花费多少钱。"

他们回到上面的房子,杰克逊把他们领进一个宽敞的房间,墙壁粉刷得雪白,天花板是敞开的。饭桌已经在房间里摆好了,贝克曼注意到桌子上摆了五个人的餐具。

"伊娃,过来让特迪的朋友看看你,然后给我们调一些鸡尾酒。"杰克逊喊道。

随后他把贝特曼领到一个低矮的长窗户前面。

"朝那边看看,"他说道,同时做了个夸张的手势。"好好看一下。"

房子下面,椰树林顺着陡峭的山坡绵延而下,一直伸展到环礁湖边。在黄昏的光线中,环礁湖呈现出变幻莫测的柔和的色彩,看去宛如鸽子的胸脯一般。稍远处的小港湾里有一个土著居民的村落,露出一簇簇的茅屋。靠近堡礁的地方有一条独木舟,轮廓鲜明,几个当地人正在上面捕鱼。再远一些,可以看到太平洋的浩瀚平静的水面。二十英里以外,则是那个名叫莫雷阿①的仙境般的岛屿,虚

---

① 莫雷阿,南太平洋上位于塔西提岛西北的一个岛屿,也是社会群岛的一部分。

无缥缈,好像诗人的幻想所编织出的锦缎。一切都显得那么美妙迷人,贝特曼看得简直呆住了。

"我从来没有见过这样美丽的景色。"他终于开口说道。

阿诺德·杰克逊站在那儿,凝视着前方,眼睛里流露出一股朦朦胧胧的柔情。他那瘦削的、沉思的脸庞显得十分严肃。贝特曼对着他的脸看了一眼,再一次意识到它体现出的那种强烈的超脱形骸的感觉。

"美,"阿诺德·杰克逊喃喃地说,"一个人很少面对面地看到美。好好看一看吧,亨特先生。如今在你眼前出现的景象,以后就再也看不到了,因为这一时刻转瞬即逝,但它会在你心中留下不可磨灭的印象。你接触到了永恒。"

他的嗓音深沉而洪亮,似乎要把最纯粹的理想主义言辞从胸中吐出来。贝特曼不得不竭力提醒自己别忘了,眼下跟自己说话的这个人是一个罪犯,一个毫无人性的骗子。爱德华这时却仿佛听到什么声音,一下子转过身去。

"这是我的女儿,亨特先生。"

贝特曼跟她握了握手。她生着两只闪闪发亮的黑眼睛,鲜红的嘴唇随着笑声微微颤动,但她的皮肤是棕色的,披在肩头的鬈曲的长发则黑漆漆的。她只穿了一件粉红色棉布的宽大长罩衣,光着脚,头上戴着一个香气袭人的白花编成的花冠。她的样子娇艳可爱,看去好像波利尼西亚的泉水女神。

她有些羞涩,但程度并没有超过贝特曼。对贝特曼来说,整个局面叫他狼狈不堪,就连在他看着这个有如空气精灵一般的姑娘拿着一个调酒器,熟练地调制成三杯鸡尾酒时,心里也没有感到多么自在。

"让咱们酒的劲头儿大一点,孩子。"杰克逊说。

她把酒倒好,露出甜美可爱的笑容,给他们三个人每人递上一杯。贝特曼平时对自己调制鸡尾酒的精湛技巧相当自负,但是他尝了一口手里的酒,发现味道那么美妙,心里也着实有些惊讶。杰克逊发现他的客人不由自主地流露出的赞赏神色,得意地哈哈大笑。

"还不坏吧?我亲自教会这孩子的。从前在芝加哥,我认为说到调酒的本领,全城没有一个酒店伙计可以跟我相比。我在狱中没有什么事好做,就经常琢磨着新的鸡尾酒调制法来消遣,可是若是谈到真正的好酒,什么都比不上不带甜味的马提尼酒①。"

贝特曼觉得好像有人在他的胳膊肘的麻筋上狠狠打了一拳,他感到自己的脸红一阵白一阵的。可是在他还没有想好该说什么话之前,一个土著小男孩已经把一大碗汤端了进来。于是大家坐下吃饭。阿诺德·杰克逊的这番话好像在他心里引起了一连串对往事的回忆,因为他竟然开始谈起自己在狱中的日子来了。他说得那么自然,一点也没有怨恨的意思,好像说的是他在外国上大学的经历。他总是朝着贝特曼说话,贝特曼开始有些局促不安,后来简直不知所措。他看到爱德华的眼睛始终盯着自己,目光中闪露出觉得好笑的神色。他突然感到杰克逊是在耍弄自己,禁不住羞得满脸通红。接着他觉得事情好不荒唐——知道杰克逊并无这样做的理由——心里又相当恼火。阿诺德·杰克逊的脸皮太厚了——没有别的什么词儿可以解释他的行为——他的那副麻木不仁的样子,不管是假

---

① 马提尼酒,一种由杜松子酒、苦艾酒等混合而成的鸡尾酒。

装的还是真实的,实在叫人愤慨。晚饭仍在进行,贝特曼被劝着品尝各种乱七八糟的食物,有生鱼和他叫不出名字的一些东西;只是出于礼貌,他才只好咽下肚去。可是他发现这些东西十分可口,不禁十分惊讶。接着又发生了一件事儿,在贝特曼看来,这是整个晚上最叫他狼狈不堪的经历。他面前放着一个小花冠,只是为了找话说,他随口评论了一句。

"这是伊娃给你编的一个花冠,"杰克逊说,"但是我想她太羞涩了,不好意思亲自交给你。"

贝特曼用手拿起花冠,对那姑娘说了几句客气的表示感谢的话。

"你得把花冠戴上。"她羞红了脸,笑着说。

"我?我可不想这么做。"

"这是我们这儿的一个非常迷人的习俗。"阿诺德·杰克逊说。

他面前也放着一个花冠,他拿起来戴到自己的头上,爱德华也跟着这么做了。

"我想我的穿着不适合戴这个。"贝特曼有些不安地说。

"你要不要一条帕里奥?"伊娃赶紧问道。"我马上去给你取一条来。"

"不,谢谢你。我这样很舒服。"

"让他看看应该怎么戴,伊娃。"爱德华说。

这时候,贝特曼恨起他的最要好的朋友来了。伊娃从桌旁站起身来,欢笑着把花冠戴在他的黑头发上。

"你戴着十分合适,"杰克逊太太说,"看着是不是怪合适的,阿诺德?"

"当然如此。"

贝特曼的每个汗毛孔都在往外冒汗。

"真可惜天已经黑了,"伊娃说,"否则,我们可以给你们三个人一起拍一张照。"

贝特曼觉得自己实在幸运,天已经黑了。他感到自己穿着一套蓝色哔叽衣服,系着高领——非常整洁,一副绅士派头——头上却戴着一个滑稽可笑的花冠,看上去一定显得十分愚蠢。他不禁怒火中烧,他一辈子从来没有像现在这样竭力控制自己,始终在表面上显出一副乐呵呵的样子。看着那个坐在桌子上首的老头儿,半裸着身子,好看的白发上戴着一个花冠,一副圣徒似的面容,他就无比恼火,整个处境真是万分险恶。

后来晚餐结束了,伊娃和她母亲留下来收拾桌子,三个男人则坐在外面的游廊上。天气十分暖和,空气中弥漫着夜晚开放的白花的香气。晴朗无云的天空中,一轮明月缓缓移动,在广阔的海面上照出一条通道,直通向浩瀚无垠的永恒王国。阿诺德·杰克逊开始说起话来。他的嗓音浑厚悦耳。现在他谈到这儿的土著居民和古老传说。他对他们讲起过去发生的离奇故事,讲起探索未知世界的冒险经历,讲起爱情和死亡,仇恨和报复。他谈到发现那些遥远的岛屿的冒险家,谈到在那些岛上安家落户的水手,他们跟一些酋长的女儿结了婚,也谈到那些在银色海岸边过着各式各样生活的流浪汉。贝特曼颇为困窘地窝着一肚子火,脸色阴沉地听着,但是不一会儿,他就被杰克逊话语中的一股魔力吸引住了,坐在那儿听得出了神。传奇的幻景使平凡的日常生活黯淡无光。难道他忘了阿诺德·杰克逊的伶牙俐齿了吗?难道他忘了杰克逊就是凭着这张利嘴骗取了轻信他的公众的大量钱财?就是凭着这张利嘴使自己几乎逃脱了刑事处罚?谁也没有他那么动听的口才,谁也不像他那样懂得如何一步步把话题引向高潮。可是他突然站起身来。

"好了,你们两个小伙子好久没有见面了。我得让你们俩好好聊聊。什么时候想要上床歇息,特迪会领你去你的房间。"

"哦,但我并没有打算在这儿过夜啊,杰克逊先生。"贝特曼说。

"你会发现这儿更加舒服。我们会设法及时叫醒你。"

接着阿诺德·杰克逊谦恭有礼地跟他握了握手,神态庄严,看上去就像一个身披法衣的主教,离开了他的客人。

"当然了,如果你想回帕皮提①的话,我会驾车送你回去,"爱德华说,"但我还是劝你住下来。明儿一大早驾车回去,那才叫妙呢。"

有好几分钟,两个人谁也没有开口说话。贝特曼不知道该怎样开始这场谈话,白天的经历使他觉得这场谈话变得越发刻不容缓。

"你什么时候回芝加哥?"他突然问道。

爱德华有一阵子没有搭腔,接着他懒洋洋地转身望着他的朋友,脸上挂着笑容。

"我不知道,也许永远也不回去了。"

"天哪,你究竟是什么意思?"贝特曼大声嚷道。

"我在这儿十分幸福。再做出改变不是太愚蠢了吗?"

"哎呀,你总不能一辈子都住在这儿。这不是正经人过的生活。这种生活跟死也没有什么两样。哦,爱德华,趁现在还不太晚,赶紧走吧。我已经觉得事情有些不对头了。这个地方把你迷住了,你已

---

① 帕皮提,位于塔希提岛西北岸,是南太平洋法属波利尼西亚的首府。

经受到邪恶势力的控制,但是只要你狠一狠心,仍然可以脱出身来。一旦你摆脱了这个环境,就会感谢所有的神明了。你会像一个吸毒成瘾的人把毒品戒掉那样。你会明白这两年来,你一直呼吸的都是有毒的空气。当你的肺里再次充满了故乡的新鲜、洁净的空气时,你想象不出那会有多舒畅。"

他说得很快,心情激动地一句接一句地脱口而出,声音里充满了真诚和深切的感情。爱德华被感动了。

"你对我这么关心,真是太感谢你了,老朋友。"

"明儿跟我一起走吧,爱德华。你从最初到这个地方来,就是一个错误。你不应该过这种生活。"

"你谈到这种生活、那种生活。你认为一个人怎样才能得到生活中最美好的东西呢?"

"嗨,我认为对这个问题只有一个答案。要得到生活中最美好的东西,只有恪尽职守,努力工作,完成他的身份和地位所规定要求的一切义务。"

"那什么是他的报偿呢?"

"他的报偿就是意识到自己实现了起初立志所从事的事业。"

"这对我来说似乎有点高不可攀。"爱德华说。贝特曼借着夜晚的微光看到他面带笑容。"恐怕你会认为我已经堕落到可悲的地步。我认为现在有些事情,三年以前,大概在我眼里也是无法容忍的。"

"你这一套都是从阿诺德·杰克逊那儿学来的吧?"贝特曼轻蔑地说。

"你不喜欢他?也许根本就不能指望你喜欢他。我刚到这儿来的时候也是这样。我也跟你一样对他抱有成见。他是一个很不寻常的人。你自己也看到了,他对自己曾经坐牢的经历并不加以隐瞒,我不知道他对坐牢,或者对导致他坐牢的那些罪行是否感到悔恨。我听到他唯一抱怨过的事儿,就是出狱以后健康受到损害。我想他压根儿就不知道什么叫懊悔。他完全没有道德观念。他对发生的无论什么事儿都加以接受,对自己的所作所为也是如此。他为人慷慨大方,亲切友好。"

"他对别人的钱财,"贝特曼打断了他的话,"始终相当慷慨。"

"我发现他是一个很好的朋友。我根据自己对一个人的印象来看待他,难道不合乎常情吗?"

"结果就是你无法区分是非对错的界限。"

"不,在我心里,这种界限跟以前一样划得十分清楚,让我感到有点儿困惑的只是好人和坏人的界限而已。阿诺德·杰克逊究竟是一个做好事的坏人呢,还是一个做坏事的好人?这是一个很难回答的问题。也许我们把人与人之间的差别区分得太清楚了。也许我们当中那些最好的人实际上却是罪人,而那些最坏的人倒是圣徒。谁知道呢?"

"你永远也不能叫我相信黑就是白,白就是黑。"贝特曼说。

"我肯定做不到,贝特曼。"

贝特曼不明白,为什么爱德华在同意他的说法时嘴唇上掠过一丝笑容。爱德华沉默了一会儿。

"今儿早上,我刚见到你的时候,贝特曼,"随后他又开口说,"好像看到了两年以前自己的模样。同样的衣领,同样的皮鞋,同样的蓝色服装,同样充满活力,同样也立下了壮志。天哪,那会儿我干劲十足。这地方那种懒洋洋的行事方法简直叫我的血液都沸腾起来了。我四处走动了一下,无论在什么地方都看到了可以创业发展的大好希望。这儿可以发财致富。在我看来,把这儿的椰肉干装在麻袋里运到美国去榨油,实在荒唐。如果在当地提炼,利用廉价的劳动力,又省去运费,那样可以合算很多。我似乎已经看到在岛上四处涌现出巨大的工厂。另外我觉得他们取得椰肉干的方法也很不完善。我发明了一种裂壳剥肉的机器,每小时可以加工两百四十个椰子。这儿的港口也不够大。我制定了扩建港口的计划,然后组织一个辛迪加购置土地,为到这儿来的游客兴建两三家大饭店和一些平房。我还有一个为了吸引来自加利福尼亚的游客而改善轮船服务公司的方案。二十年后,这儿就再也不是这个半法国化的、懒洋洋的帕皮提小城,在我眼前出现的是一座繁华的美国城市,到处是十层高的大楼和电车,还有剧场、歌剧院和股票交易所,以及一位市长。"

"开始干吧,爱德华,"贝特曼嚷道,兴奋得一下子从椅子上跳了起来。"你既有设想又有才干。嗨,你可以成为澳大利亚和美国之间最富有的人了。"

爱德华格格地轻声笑了笑。

"但我不想这样。"他说。

"你是说你不想要钱,不想发财,发几百万的大财吗?你知道拿了这些钱,你都能干些什么吗?你知道它能带给你多大的权力吗?如果你自己不把钱放在眼里,想想你能用它做些什么事儿,为人类的事业发展开辟新的渠道,给成千上万的人创造就业的机会。你刚才的那番话使我眼前浮现出一幅幅景象,弄得我头都晕了。"

"那你就坐下吧,亲爱的贝特曼,"爱德华笑着说,"我的椰子果破碎机永远都不会有人使用,就我来说,帕皮提悠闲的街道上也永远不会行驶电车。"

贝特曼重重地一屁股坐回到自己的椅子上。

"我不明白你的意思。"他说。

"我也是一点一点地明白的。我逐渐喜欢起这儿的生活来,喜欢这儿的安闲自在,喜欢这儿的人们,他们都性情温和,总带着欢乐的笑脸。我开始琢磨,以前我从来没有时间用心思考。我也开始读书。"

"你始终都没有停止读书啊。"

"我那时读书是为了应付考试,为了在谈话中坚持自己原有的观点,为了课程要求。在这儿,我学会了为乐趣而读书,我学会了交谈。你知道吗?谈天是生活中一项最大的乐趣。但是谈天需要闲暇。以前我一直太忙碌了。渐渐地,过去对我极为重要的那种生活开始显得无关紧要,俗不可耐。所有那种奔波劳碌,那种奋斗不息有什么用呀?现在我一想起芝加哥,就看到一座阴沉、灰暗的城市,到处都是石头砌的房屋——样子好像一座监狱——始终骚动不宁。所有那一切活动究竟是为了什么呢?一个人在那儿能享受到生活中最美好的事物吗?我们来到世界上难道就是为了这样——急急忙忙地赶去上班,一小时也不停地工作到晚上,然后赶回家去吃晚饭,再上剧场看戏?难道我必须这样度过我的青春时代?青春持续的时间那么短暂,贝特曼。等到我年纪大了,我还能盼望什么呢?仍然早上从家里急急忙忙地赶去上班,一小时也不停地工作到晚上,然后赶回家去吃晚饭,再上剧场看戏?如果你想发财,那倒也值得一做。我不知道,那得看一个人的天性了。但是如果你不想发财,那还值得这样做吗?我想要使自己的生活过得更有意义一些,贝特曼。"

"那么你认为生活中什么最重要呢?"

"恐怕你会笑话我的。真、善、美。"

"你认为在芝加哥就得不到这些事物吗?"

"也许有些人可以,我可不成。"爱德华一下子站起身来。"我告诉你,每逢我想起自己以前的那种生活,就感到毛骨悚然。"他口气热烈地大声说。"一想到我所避免的危险,我就吓得浑身发抖。以前我从不知道我有自己的灵魂,直到来到这儿,我才找到。如果我一直是个有钱的人,也许我早就永远失去了灵魂。"

"我不明白你怎么能这么说,"贝特曼气愤地嚷道,"我们过去经常讨论这个问题。"

"是的,我知道。那实际上就跟聋哑人讨论和声一样没有意义。我永远也不回芝加哥了,贝特曼。"

"那伊莎贝尔怎么办呢?"

爱德华走到游廊边上,身子朝前探着,凝神注视着迷人的蓝色夜空。当他再次对贝特曼转过身来的时候,脸上挂着淡淡的笑容。

"对我来说,伊莎贝尔实在太好了。我爱慕她,胜过我见过的任何一个女子。她十分聪明,内心的善良也不亚于外貌的美丽。我敬佩她充沛的精力和雄心壮志。她生来就是为了在生活上取得成功的。我压根儿就配不上她。"

"她并不这样想。"

"但你必须把我的话告诉她,贝特曼。"

"我?"贝特曼嚷道。"我最不适合去做这件事。"

爱德华把背对着皎洁的月光,看不见他的脸。他会不会又在微笑呢?

"你想把什么事儿瞒着她是没有用的,贝特曼。她脑子反应很快,不出五分钟就会完全明白你心里想的事儿。你最好一见到她,就马上把所有的情况都告诉她。"

"我不明白你是什么意思。当然我会告诉她我见到你了。"贝特曼说话的时候有些激动。"老实说,我真不知道该对她说什么。"

"告诉她我没有飞黄腾达。告诉她我不仅贫穷,而且还安于贫穷。告诉她我因为工作懒散、心不在焉而被解雇了。告诉她今儿晚上你见到的一切,以及我跟你说的一切。"

突然闪现在贝特曼脑海里的一个念头使他一下子跳了起来,带着无法控制的烦乱情绪站到爱德华面前。

"什么,你不想跟她结婚吗?"

爱德华神情严肃地望着他。

"我决不能要求她解除婚约,给我自由。如果她希望我信守诺言,我会尽力做一个忠实的、爱她的丈夫。"

"你希望我把这个消息告诉她吗,爱德华?哦,我可不能这么做。这太糟糕了。我连做梦也没有想到你竟然不想跟她结婚了。她爱你。我怎么能让她遭受这样的羞辱?"

爱德华又露出了笑容。

"你自己为什么不跟她结婚呢,贝特曼?你已经爱了她那么久了。你们俩彼此再合适也不过了。你会让她十分幸福。"

"别跟我这样说话,我可受不了。"

"我甘愿做出退让,贝特曼。你是一个更加适当的人。"

爱德华语气中的什么东西使得贝特曼迅速抬起头来,但爱德华的眼神相当严肃,没有露出笑意。贝特曼不知道该说什么是好。他心慌意乱,不知道爱德华会不会疑心他到塔希提来是怀有一项特殊的任务。尽管他明白这件事儿十分糟糕,但却无法阻止内心的狂喜。

"如果伊莎贝尔写信来解除了她跟你的婚约,你打算怎么办?"他慢腾腾地说道。

"活下去。"爱德华说。

贝特曼心情十分激动,竟然没有听到他的回答。

"我希望你穿的是日常的衣服,"他有些气恼地说,"你做出的是一项无比重大的决定。你穿的这件稀奇古怪的衣服却让人觉得你的话完全是信口而出。"

"我向你保证,我穿着帕里奥,头上戴着玫瑰花冠可以同戴着高顶大礼帽,穿着常礼服一样严肃认真。"

接着贝特曼脑子里闪过另一个念头。

"爱德华,你不是为了我的缘故才这样做的吧?我也说不清楚,但是也许这件事会使我的未来发生重大的变化。你不是为了我而打算牺牲自己吧?你知道,那是我不能忍受的。"

"不,贝特曼。我在这儿学会了不再犯傻,也不再感情用事。我希望你和伊莎贝尔幸福,但是我一点也不希望自己不幸福。"

这个回答叫贝特曼感到有点寒心。他觉得爱德华的话里有点玩世不恭的意味。要是他能表现出高尚的风度,心里就不会感到歉疚了。

"你的意思是不是说你安心在这儿浪费自己的生命?这简直跟自杀一样。我想到咱们念完大学时你的那种远大抱负,而如今你却甘心在一家小杂货店里当伙计,这实在太糟糕了。"

"哦,我只是暂时凑合一下,我正在积累大量宝贵的经验。我头脑里还有一个计划。阿诺德·杰克逊在波摩塔斯①有一个小岛,距离这儿大概有一千英里。那是一个环形岛屿,围绕着一个环礁湖。他在那儿种植了椰子树。他已经提出要把那个地方送给我。"

"为什么他要这么做?"贝特曼问道。

"因为如果伊莎贝尔解除了我们的婚约,我就跟他的女儿结婚。"

"你?"贝特曼一下子惊呆了。"你不能跟一个混血儿结婚。你还不至于疯狂到这种地步吧。"

"她是一个好姑娘,性情温柔随和。我想她会使我十分幸福。"

"你爱上她了吗?"

"我不知道,"爱德华沉思着回答,"现在我爱她跟我以前爱伊莎贝尔并不一样。我崇拜伊莎贝尔。我觉得她是我见到过的最了不起的姑娘。我连她的一半都比不上。跟伊娃在一起,我就没有这样的感觉。她就像一朵来自异域的美丽的花朵,需要为她遮挡住寒风的侵袭。我想要保护她,而谁都不会想到要去保护伊莎贝尔。我想伊娃爱我是爱我这个人,而不是为了我以后可能成为怎样的人。无论我今后怎么样,我都不会叫她失望。她对我比较合适。"

贝特曼没有再说什么。

---

① 波摩塔斯,即土阿莫土群岛,为南太平洋法属波利尼西亚东部岛群。

"咱们明儿一早就得起床，"爱德华最后说，"咱们真的该睡觉了。"

接着贝特曼开口讲话了，声音里流露出发自内心的痛苦。

"现在我给弄得心里乱糟糟的，不知道该说什么是好。我到这儿来是因为我觉得一定出了什么问题。我以为你没有完成最初想要做到的事儿，由于失败而没脸回去。我绝没有想到会遇到这种情况。我感到极为遗憾，爱德华。我太失望了。我本来希望你会干出一番轰轰烈烈的事业。想到你用这样可悲的方式浪费自己的才华和青春，也错失良机，简直叫我受不了。"

"别难受了，老朋友，"爱德华说，"我并没有失败。我成功了。你想象不出我多么热切地期望投入生活，生活对我来说多么充实，多么富有意义。当你跟伊莎贝尔结婚以后，有时候你会想到我的。我会在珊瑚岛上修建一所房子，我要住在那儿，照看我的树木——用他们已经采用了无数岁月的那种古老的方式取出椰子壳里的果肉——我会在我的花园里种植各式各样的花草，我还要捕鱼。有的是活儿让我忙个不停，而又不会叫我感到枯燥乏味。我会有我的书籍和伊娃，也有几个孩子——我希望，特别是，我会有变化无穷的海洋和天空，清新的黎明，灿烂的落日和辉煌壮丽的夜晚。我会在不久以前还是一片荒野的土地上开垦出一个花园。我会创造出一些东西。岁月不知不觉地流逝，等到我年纪大了，回顾一生，我希望自己过的是快乐、纯朴、宁静的日子。我也会以这种不起眼的方式在"美"当中度过一生。你是不是认为我满足这些东西，太没有志气了？我们知道，如果一个人得到了整个世界而丢失了自己的灵魂，那对他也不会有什么益处。我觉得我已经获得了我的灵魂。"

爱德华把他领到一个摆放了两张床铺的房间里,自己倒头躺在一张床上。不出十分钟,贝特曼就从他那均匀的、好像孩子一样平静的呼吸中知道他已经睡着了。可是贝特曼自己却无法安定下来,心里老是乱糟糟的,直到晨光好似幽灵一般悄悄地钻进房间,他才进入睡乡。

贝特曼把他的这段漫长的经历给伊莎贝尔讲完了。除了他觉得可能会伤害她感情或者使自己显得可笑的内容外,他什么都没有隐瞒。他没有告诉她自己曾被迫戴上花冠坐在桌子旁,也没有告诉她只要她解除了跟爱德华的婚约,爱德华就预备同她舅舅的混血女儿结婚的事。不过,也许伊莎贝尔的直觉要比他了解的更为敏锐,因为他把自己的这番经历越往下讲,伊莎贝尔的眼神就变得越冷漠,嘴唇也抿得越紧。不时她会仔细地瞅上他一眼,如果他不是那么一心放在叙述上,可能就会对伊莎贝尔的这副神情感到诧异。

"那个姑娘长得什么样子?"伊莎贝尔在他说完后问道。"我是说阿诺德舅舅的女儿。你觉得我和她的模样之间有相似的地方吗?"

贝特曼对这个问题感到相当意外。

"我从来没有想到这个问题。你知道除了你之外,我从来都不留意别人的样子,我也从不认为有哪个人长得像你。谁会长得像你呢?"

"她的样子好看吗?"伊莎贝尔说,听了他的话脸上露出淡淡的笑容。

"我想是的,大概有些男人会说她长得很漂亮。"

"噢,这实在无关紧要。我觉得我们没有必要再谈论她了。"

"你打算怎么办，伊莎贝尔？"他接着问道。

伊莎贝尔低头看了看自己的手，手上仍然戴着爱德华在他们订婚时送给她的那个戒指。

"我不愿意让爱德华解除婚约，是因为我本来以为这样会鼓起他的劲儿。我想成为一个鼓励他前进的人。当时我觉得，如果还有什么事儿能促使他取得成功，那就是让他想到我是爱他的。我已经竭尽全力。如今没有希望了。要是眼下再不承认事实，那我就太软弱了。可怜的爱德华，他不是哪个人的仇敌，而只是跟自己过不去。他是一个讨人喜欢的好人，但是身上缺少点儿什么，大概缺乏的就是毅力吧。我希望他幸福。"

她褪下手指上的戒指，把它放在桌子上。贝特曼望着她，心儿跳得飞快，几乎都喘不过气来了。

"你真了不起，伊莎贝尔，实在太了不起了。"

她面带笑容，站起身来，把手朝贝特曼伸了过去。

"我怎样感谢你为我所做的一切呢？"她说。"你帮了我一个大忙。我早就知道我可以信赖你。"

贝特曼抓住她的手，握在自己的手中。她从来没有显得如此俊俏。

"哦，伊莎贝尔，我可以为你做的事儿远不止这些。你知道，我只请求你允许我爱你，并且为你效劳。"

"你真是坚强，贝特曼，"她叹了口气说，"这给了我那么一种舒畅的充满信心的感觉。"

"伊莎贝尔，我十分爱你。"

他自己也搞不明白怎么灵机一动，突然把伊莎贝尔紧紧搂在怀里。伊莎贝尔一点也没有推拒,只是笑吟吟地看着他的眼睛。

"伊莎贝尔,你知道打我见到你的头一天起,我就想要跟你结婚。"他充满激情地大声说。

"那你为什么不向我求婚呢?"她答道。

她也爱他。贝特曼几乎不敢相信这是真的。她把可爱的嘴唇凑过去让他亲吻。当他这样把她抱在怀里的时候,眼前浮现出一幅图景:亨特马达牵引和汽车公司的规模越来越大,地位越来越重要,最后占地一百英亩,生产出几百万个马达,而且他还收集了大批画作,叫纽约的那些收藏家都显得黯然失色。他会戴上一副角质镜架的眼镜。而伊莎贝尔呢,在贝特曼两只胳膊的美滋滋的环抱下,则幸福地舒了口气。她想到的是她会有一所修建得精巧富丽的房屋,里面摆满了古典家具,她会在那儿举行音乐会、茶舞会①,以及只有最有教养的人方可参加的宴会。贝特曼应该戴一副角质镜架的眼镜。

"可怜的爱德华。"她叹着气说。

---

① 原文为法语,是午后吃茶点时举行的舞会。

红 毛

船长把一只手伸进裤子口袋,十分费劲地把一个大银怀表掏出来,因为口袋不是开在两旁,而是开在前边,他又是一个胖子。他看了看表,又看了看正在西沉的太阳。那个掌舵的卡内加人朝他瞥了一眼,但没有开口说话。船长的眼睛落在他们渐渐靠近的那个岛屿上。一道白色泡沫标明了堡礁所在的位置。他知道那儿有一个缺口,大得足以让他的这条船通过。只要船再挨近一点儿,他肯定就会看到那个缺口。离天黑几乎还有一个小时光景。环礁湖里的水很深,他们可以轻松自在地抛锚停泊。他已经看到椰子树丛里的那个村子,村长是大副的一个朋友,上岸去过上一宿,准会相当愉快。这时候,大副走上前来,船长朝他转过身子。

"咱们随身带上一瓶酒,再找几个姑娘来跳舞。"他说。

"我没有看到那个缺口。"大副说。

大副是一个卡内加人,相貌英俊,肤色黝黑,样子有点儿像罗马帝国晚期的一个皇帝,看上去仍有发胖的趋势;但是他眉眼清秀,轮廓鲜明。

"我肯定这儿就有一个缺口,"船长说,一面用望远镜四处察看。"我真不明白为什么找不到。派一个水手到桅杆上去看看。"

大副叫来一个水手,命令他到桅杆上去观察一下。船长瞅着那个卡内加人爬上桅杆,等着他回话。可是那个卡内加人朝着下面叫嚷说,除了一道连绵不断的泡沫外,他什么也没看到。船长的萨摩亚话说得跟当地人一样流利。他对那个水手破口大骂。

"还要不要他待在上面?"大副问道。

"待在上面有什么屁用?"船长回答说。"这个该死的傻瓜看不到一点有用的东西。如果我在上面的话,毫无疑问,准会发现那个缺口。"

他怒气冲冲地望着那根细长的桅杆。对一个一辈子爬惯椰子树的当地人来说,那是完全没有问题的,但是他身子又胖又笨重。

"下来吧,"他大声嚷道,"你就跟一条死狗一样毫无用处。咱们只好沿着堡礁朝前开去,直到发现那个缺口为止。"

这是一条装着煤油发动机、载重量为七十吨的纵帆船,如果不遇到顶头的逆风,一小时可以走上四五海里。这条帆船已经成了一个相当破旧的玩意儿,很久以前,船身曾被漆成白色,如今却又脏又黑,花花搭搭。它发出浓烈的煤油和它经常装运的货物——椰肉干的气味。现在他们已经到了距离堡礁一百英尺的地方。船长吩咐操舵手沿着堡礁一直开到缺口那儿。但是走了两三英里以后,操舵手明白他们已经错过了缺口。他掉转船头,又缓缓地往回行驶。表明堡礁所在位置的白色泡沫绵延不断,而这时候,太阳正在下落。船长咒骂了手下的愚蠢后,只好认命,准备等到次日早晨再说。

"把船掉过头来,"他说,"我不能在这儿抛锚停泊。"

纵帆船朝大海中间驶出去一点儿，不久天就完全黑了。他们抛锚停泊。一旦船帆都收拢了，船身就剧烈地晃动起来。据阿皮亚的人说，这条船总有一天会翻个底朝天的。这条船的船主，那个经营一家大型商店的德裔美国人曾说，无论出多少钱，他也不会坐这条船出海。船上的厨师，一个穿着又脏又破的白裤子和薄薄的白褂子的中国人，跑来说晚饭准备好了。船长走进舱房，看到轮机手已经坐在桌旁。轮机手是一个又高又瘦的汉子，脖子上几乎就包着一层皮。他上身穿着无袖的运动衫，底下穿着蓝色的工装裤，露出两条细瘦的胳膊，从胳膊肘到手腕都刺满了花纹。

"真见鬼，得在外面过夜啦。"船长说。

轮机手没有搭腔，他们默不作声地吃饭。舱房里点着一盏昏暗的油灯。他们吃掉罐头杏子，用完了这顿晚饭后，厨师给他们端上茶来。船长点起一支雪茄，来到上层甲板。眼下在夜色的映衬下，那个海岛看上去只是墨黑一团。天上的星星十分明亮。浪涛不断拍击的哗哗声就是周遭唯一的声响。船长一屁股坐到帆布躺椅上，懒洋洋地抽着雪茄。不一会儿，有三四个水手也上来坐下。一个带着班卓琴，另一个拿了六角手风琴。他们开始演奏，其中一个人就唱起歌来。本地民歌经这些乐器一奏，听上去十分奇特。接着有两个人就跟着歌声跳起舞来。那是一种野蛮的舞蹈，粗犷原始，节奏飞快；跳的时候手脚动作急速，身体不住扭动。整个舞蹈显得相当性感，甚至有些色情，不过是没有激情的色情。它完全体现出动物的特征，直率、古怪而并不神秘，总之显得相当自然，甚至几乎可以说是天真稚气。最后他们跳累了，就手脚舒展地躺在甲板上睡着了，一切又变得寂静无声。船长费劲地从椅子上站起身来，爬下升降口的扶梯。他走进舱房,脱掉身上的衣服,爬上自己的床铺,躺在那儿。在夜晚的闷热中,他有点呼吸急促。

可是次日早晨,当晨光渐渐地把宁静的大海照亮时,可以看见他们头天晚上没有找到的那个缺口就在他们东面不远的地方。纵帆船驶进了环礁湖,湖面平静如镜。在珊瑚礁石的缝隙深处,可以看到不少色彩鲜艳的小鱼游来游去。船长把船抛锚泊好,吃完早饭,就走上甲板。太阳在万里无云的天空中亮闪闪地照耀着,但是清晨的空气却凉爽宜人。那天正好是星期天,四周有一种宁静的感觉,一种好像大自然也在休息的静默无声的感觉,让船长觉得格外舒坦。他坐在那儿,望着树木茂盛的海岸,懒洋洋的,相当悠闲自在。不一会儿,他的嘴上渐渐现出了笑容,他把雪茄烟头扔到水里。

"我看我得上岸去一下,"他说,"把划子放下去。"

他动作僵硬地爬下舷梯,让水手把他划到小海湾去。椰子树一直长到水边,尽管并不是排列成行,倒也间隔得井然有序。这些椰子树就像一群在跳芭蕾舞的老处女,上了年岁,但却仍然举止轻浮,她们装腔作势地站在那儿,仍然露出昔日的风韵,挂着虚假的笑容。他懒散地漫步穿过椰子树丛,顺着一条隐约可见的蜿蜒曲折的小路前行,不久就来到一条宽广的小河边。小河上架着一座桥,这座桥是用十几根椰子树干首尾相接地搭建而成,依靠接头处顶端打进河床的枝丫支撑着。你必须在光溜溜的、滚圆的树干上行走,又窄又滑,而且没有扶手。要过这样一座桥,必须脚步稳健,充满勇气。船长犹豫了一下,但是他看到对岸有一所掩映在树丛中的白人的房屋,于是打定主意,小心翼翼地开步走去。他仔细地瞅着自己的脚,在各根树干衔接的地方都有一点高低不平,他走过这种地方的时候,步子有点蹒跚。他总算走过最后一根树干,双脚终于踏上对岸坚实的土地,不禁宽慰地喘了口气。他先前一直全神贯注地费劲过桥,压根儿没有察觉有人在注视着他,因而听到有人在对他说话,不由得吃了一惊。

"如果没有走惯的话,要过这样的桥可真得有点胆量。"

他抬起头来,看到一个人就站在他的面前。这个人显然是从他先前看到的那所房屋里走出来的。

"我看到你有些迟疑,"那个人继续说,嘴唇上浮现出一丝微笑,"我一直在看着你会不会掉下去。"

"绝对不会。"船长说,眼下他又恢复了自信。

"我自己以前就掉下去过。我记得,有天黄昏,我打猎回来,连人带枪一起掉了下去。现在,我总叫一个男孩子来给我背枪。"

他这个人年纪已经不轻了,下巴上长着一小把胡子,如今已经有点灰白,面庞瘦削。他身上穿着一件没有袖子的汗衫,下面是一条帆布裤子,打着赤脚。他讲的英语略微带点口音。

"你就是尼尔森吗?"船长问道。

"是呀。"

"我听人说起过你。我想你就住在附近什么地方。"

船长跟着主人走进那所带有游廊的小平房,重重地坐到主人请他就座的椅子上。趁尼尔森出去拿威士忌和酒杯时,他朝屋子里四下打量了一番,眼前的景象叫他万分惊讶。他从来没有见过这么多书。四壁都是书架,从地板一直到天花板,上面塞满了书籍。有一架大钢琴,上面杂乱地堆着几本乐谱。一张大桌子上,乱七八糟地放着一些书刊。这间屋子叫他感到有些局促不安。他想起来尼尔森是个古怪的家伙。谁都不大了解他,尽管他已在海岛上住了这么多年,不过,凡是认识他的人,都一致认为他相当古怪。他是一个瑞典人。

"你这儿倒有一大堆书。"尼尔森回来的时候,他说。

"这并没有什么害处。"尼尔森笑吟吟地答道。

"这些书你全都看过吗?"船长问道。

"绝大部分看过。"

"我也爱看一点儿东西,我订了一份《星期六晚邮报》。"

尼尔森给客人倒了一大杯浓烈的威士忌,又给了他一支雪茄。船长主动略微自我介绍了一下。

"我是昨儿晚上到的,但是我找不到那个缺口,只好把船停在外面。我以前从来没有走过这条路线,但我手下的人有些东西要送到这儿来。有个叫格雷的人,你可认得他?"

"认得,他在离这儿不远的地方开了一家店铺。"

"噢,他要我们给他送一大批罐头食品过来,他也有一些椰肉干要卖掉。大家觉得我与其无所事事地待在阿皮亚,不妨到这儿来跑一次。我大多数是在阿皮亚和帕果帕果①之间往来行船,但是如今那儿正在闹天花,没有什么买卖。"

他喝了一口威士忌,点起了雪茄。他是一个寡言少语的人,但是尼尔森身上的什么东西叫他神经紧张,而神经一紧张,他就想开口说话。那个瑞典人正端详着他,两只深色的大眼睛里露出淡淡的

---

① 帕果帕果,太平洋中南部美属东萨摩亚的首府和主要港口,位于图图伊拉岛南岸中部的帕果帕果湾内。

感到有趣的神情。

"你这个地方倒弄得相当整洁。"

"我真是费尽心力。"

"你这些树一定会带来不少收益,看上去都长得不错。椰肉干现在的价钱可高啦。我自己一度也有一个小种植园,在乌波卢岛上,但后来不得不把它卖掉了。"

他又朝屋子里四下看了一眼,那些书带给他一种莫名其妙的不友好的感觉。

"不过,我想你在这儿一定觉得有一点寂寞吧。"他说。

"我已经习惯了。我在这儿已经住了二十五年。"

这时候,船长想不出还有什么话可说,就闷声不响地抽起烟来。尼尔森显然也不想打破沉默。他沉思地打量着他的客人。客人身材很高,超过了六英尺,而且十分肥胖。他的脸庞红扑扑的,上面长满疙瘩,两颊上布满青筋,五官都好像陷在肥肉当中。他的眼睛充满血丝,脖子给隐没在一层层的肥肉中。除了后脑勺上那一小圈几乎全白的长鬈发之外,他的头差不多都秃光了。他的脑门无比开阔,闪闪发亮,原来可能会造成一种假象,似乎他很聪明,如今却反而使他显得特别蠢笨。他穿着一件蓝色的法兰绒衬衫,领口敞开,露出肥厚的、长满红毛的胸脯,底下是一条很旧的蓝色哔叽裤子。他坐在椅子上,姿势笨拙难看,朝前腆着大肚子,张开两条粗胖的腿,四肢完全失去了弹性。尼尔森漫不经心地暗自琢磨,不知他年轻时是什么模样。我们几乎无法想象这个庞然大物曾经是一个四处跑动的小伙子。船长喝完了威士忌,尼尔森把酒瓶推给他。

"请自己倒吧。"

船长探身向前,用一只大手抓住了酒瓶。

"那你怎么会到这一带来的呢?"

"哦,我是为了健康的缘故才到海岛上来的。当时我的肺很不好。人家说我连一年也活不到。你看他们没有说对。"

"我是说,你怎么就会在这儿定居下来的?"

"我是一个感情用事的人。"

"哦!"

尼尔森知道这个船长根本不明白他的意思,他朝船长看了一眼,深色的眼睛里闪现出嘲讽的神情。也许正是因为这个船长如此粗俗蠢笨,他才突发奇想地要继续谈下去。

"你先前过桥的时候,一心忙着保持身体平衡,根本没有时间注意,但一般都认为这儿景色优美。"

"你在这儿搞了一所漂亮可爱的小房子。"

"噢,我最初到这儿的时候,并没有这所房子。原来这儿有一所本地的茅屋,上面是蜂窝状的屋顶,还有几根柱子。整所房屋给笼罩在一棵开满红花的大树的阴影之中;周围有一片巴豆灌木丛,叶子的颜色有黄有红,也有金色的,形成一道色彩缤纷的围篱。另外四处都是椰子树,好像女人那样充满幻想,爱好虚荣。椰子树都生长在水边,整天顾盼着自己在水中的倒影。那时候,我是一个年轻人——天哪,已经是四分之一个世纪以前的事啦——我要趁自己没有合眼归天,在我所能得到的这段短促的时间里,享受一下人间所有的美妙生活。我觉得这儿是我一生见到过的最美的地方。我头一次见到这个地方,心里就有一种堵得慌的感觉,真怕自己会哭起来。当时我只有二十五岁,尽管我拼命装出若无其事的样子,但是我真不想死。不知怎么的,我觉得这个地方的美景,似乎使我比较容易接受自己的命运。我一来到这儿,就感到自己过去的一切生活都消失不见了。斯德哥尔摩①和那儿的大学,还有后来在波恩②的旅居,似乎都是别的什么人的生活,仿佛这时我终于找到了我们那些哲学博士——要知道,我也是一个哲学博士——曾经讨论得那么热烈的实在③。'一年,'我暗自喊道,'我还有一年的时间。我要在这儿度过,然后心满意足地死去。'"

"我们在二十五岁的时候,总是傻里傻气,感情用事,举止夸张。可是如果不是这样,我们活到五十岁的时候,也许就不会那么明智了。

"请喝吧,我的朋友。你可不要受到我的这番胡言乱语的干扰。"

他用那只细瘦的手朝着酒瓶一挥,船长把杯子里剩下的酒都喝完了。

"你一点也没有喝。"他一边说,一边伸手去拿酒瓶。

"我对饮酒一向很有节制,"瑞典人笑着说,"我用一些在我看来更为巧妙的方式来自我陶醉。不过,也许那只是自命不凡。总之,那样效力更为持久,结果也不那么有害。"

"据说如今在美国有许多人吸可卡因。"船长说。

尼尔森格格地笑了笑。

---

① 斯德哥尔摩,瑞典首都,位于波罗的海西岸、迈拉伦湖入海处,系由十二个大小岛屿和斯堪的纳维亚半岛部分陆地组成。
② 波恩,德国西部城市,位于莱茵河畔。
③ 实在,在哲学上指实际存在与可能存在的事物。

"可是我并不经常见到白人,"他继续说,"我认为偶尔喝一点威士忌,也不见得对我会有什么害处。"

他给自己倒了一点儿,加上苏打水,呷了一口。

"不久,我就发现这个地方为什么会有这样一种超凡脱俗的美了。爱情曾在这儿停留过片刻,就像一只候鸟偶然遇到海洋当中的一艘船,就暂且收拢它那疲乏的翅膀那样。一种美好的激情的芳香,在这个地方上空萦绕不去,闻上去宛如五月里在我的家乡牧场上的山楂花香。我觉得凡是人们经历过爱情或痛苦的地方,总保留着一种至今尚未完全消逝的淡淡的香味,好像获得了一种含有精神意义的东西,这种东西如今仍然对每个路过此处的人产生神秘的影响。我真想把意思表达得清楚一点。"他略微笑了笑。"不过,就算我说明白了,我想你也不会理解。"

他停顿了一下。

"我想这个地方之所以美丽,是因为它曾受到美好的爱情的垂顾。"说到这儿,他耸了耸肩膀。"不过,也许这只是由于年轻人的爱情和相称的环境两者的巧合使我的审美感得到了满足。"

就算是一个不像船长那么愚钝的人,如果听了尼尔森的这番话摸不着头脑,也该得到原谅。因为尼尔森有点显得似乎在嘲笑自己所说的话,好像他是出于某种感情才这么说的,而他的理智却觉得这种感情荒唐可笑。他已经说过他是一个感情用事的人,而如果感情用事再加上怀疑主义,结果往往就会难以收拾。

他沉默了一会儿,随后望着船长,眼睛里突然显露出困惑不解的神色。

"你知道,我不由得认为,我以前在什么地方见过你。"他说。

"我可不敢说我记得你。"船长答道。

"我有一种奇怪的感觉,好像你很面熟。我已经苦苦思索了好一会儿。可是,我想不起究竟在哪个地点或什么时间见过你。"

船长相当明显地耸了耸他那厚实的肩膀。

"自打我首次来到这些海岛,已经有三十年了。一个人不可能指望自己在这么长的时间里记得他所见过的每一个人。"

那个瑞典人摇了摇头。

"你知道,有时候,一个人会有这么一种感觉,他对一个自己以前从来没有到过的地方却熟悉得出奇。我看到你似乎就有这样的感觉。"他露出一副古怪的笑容。"说不定我在前世认识你。也许,也许你是一艘古罗马战船的船长,而我则是划桨的奴隶。你在这一带已经有三十年了?"

"整整三十年。"

"我不知道你是否认识一个叫作红毛的汉子。"

"红毛?"

"我只知道他叫这个名字。我并不认识他本人。我从来没有见过他。然而,我对他似乎比对许多人都了解得更加清楚,比如说对我的几个兄弟,尽管我跟他们一起生活了好多年。他生活在我的想象中,就像保罗·马拉泰斯塔①或者罗密欧②那样形象鲜明清晰。不过,你大概从来没有念过但丁或者莎士比亚的作品吧?"

---

① 保罗·马拉泰斯塔(1246—1285),意大利里米尼领主马拉泰斯塔·达·维罗基奥的第三子,因与其长兄、后来继任领主的詹乔托之妻弗兰切斯卡私下相爱而双双被杀。这一事件当时轰动一时,但丁将其写入《神曲·地狱篇》的第五章中。
② 罗密欧,莎士比亚悲剧《罗密欧与朱丽叶》中的男主人公。

"没有念过。"船长说。

尼尔森吸着雪茄,身子往椅背上一靠,神色茫然地望着漂浮在静定无风的空中的烟圈。他的嘴唇上露出一丝笑意,但两只眼睛却显得十分严肃。接着他望着船长。在船长那粗大臃肿的身躯里有种格外令人厌恶的东西。他露出一种因为身体肥胖而无比得意的神情。这真叫人无法忍受,也使尼尔森感到紧张不安。可是,在他面前的这个人同他心目中的那个人之间的明显差别,却令人感到愉快。

"红毛似乎是人们所见过的最俊美的一个人儿。我跟当时认识他的不少人,也就是白种人谈过,他们都一致认为,你头一次看到他的时候,他的美貌简直会叫你大吃一惊。人们管他叫红毛,是因为他有一头火红的头发,样子天生鬈曲,他把头发留得很长。拉斐尔前派[①]的画家所热烈赞赏的,一定就是这种奇妙的颜色。我觉得他不会为此而自以为了不起。他头脑实在太单纯了,不会这样做。但是如果他这样做了,也没有人会责怪他。他个子很高,六英尺一二英寸的样子——在原来坐落在此处的那所本地的茅屋中,在那根支撑着屋顶的主要树干上,就有一个用刀刻出来的表示他身高的记号——他长得就像希腊神话里的天神,宽肩细腰。他的样子好像阿波罗[②],既有

---

① 拉斐尔前派,十九世纪中叶出现于英国的一个画派,代表画家亨特、罗赛蒂、密莱和伯恩-琼斯均为拉斐尔前派兄弟会的成员,他们力图复兴拉斐尔以前意大利画家的风格,所画作品用色清新,画风审慎而细致,爱用留着波浪式浓密红色长发、皮肤白皙的女子作为其画中的模特。

② 阿波罗,希腊神话中的太阳神,也是医疗、音乐、诗歌、预言、男性美的守护神。

普拉克希特里斯①刀下的那种柔滑与丰满,又有那种温柔的女性风韵,其中含有某种令人困惑的神秘的地方。他的皮肤是乳白色的,白得耀眼,好像缎子一般。他的皮肤就跟女人的皮肤一样光滑细腻。"

"我小时候皮肤也很白。"船长说,他那布满血丝的眼睛一下子变亮了。

可是,尼尔森并没有对他加以理会。眼下他正在讲故事,一下子给对方打断了,心里很不耐烦。

"而他那张脸呢,也跟他的身体一样美。两只蓝色的大眼睛,颜色很深,因此有人说他的眼睛是黑色的。而且,跟大多数红头发的人不同,他的眉毛是深色的,睫毛很长,也是深色的。他相貌端正,无懈可击,那张嘴活像一个鲜红的伤口。当时他二十岁。"

说到这儿,瑞典人有点夸张做作地停了下来,呷了一口威士忌。

"他是独一无二的。从来没有一个比他更美的人儿。他的出现,就像野生植物开放出神奇美妙的花朵一样,并没有什么道理。他是大自然的机缘巧合的产物。

"有一天,他打你今儿早晨停靠的那个小海湾登陆。他是一个美国水手,从停泊在阿皮亚的一艘军舰上开了小差。他说服一个好性儿的当地人,让他搭上一条正要从阿皮亚开往萨福图②的独桅纵帆船,后来又坐上一条独木舟在这儿上岸。我不知道他开小差的原因。也许军舰上的生活和种种约束使他感到厌烦了,也许他陷入了

---

① 普拉克希特里斯,公元前四世纪中期的希腊雕塑家,作品风格柔和细腻,充满抒情感。
② 萨福图,太平洋南部西萨摩亚最大岛屿萨瓦伊岛北岸的一个重要村镇。

困境,也许是被南太平洋和这些富有浪漫色彩的岛屿深深吸引住了。这些场所时而会奇怪地把一个人迷住,随后这个人就发觉自己好像一只落到蜘蛛网中的苍蝇一样无法脱身。可能他身上有处软弱的地方,这些青山碧海以及和风一下子就拿掉了他身上那股北方人的劲头,就像大利拉①取走了那个拿细耳人②的力气一样。不管怎么说,他想躲藏起来,他觉得在这个与世隔绝的偏僻角落里待到他那艘军舰离开萨摩亚,管保万无一失。

"小海湾边有一所茅屋,他正站在那儿,不知究竟该朝哪个方向走的时候,一个年轻姑娘走了出来,请他进屋。他几乎听不懂几句本地话,而那个姑娘同样对英语也几乎一无所知。可是,他完全明白姑娘笑容的含义和那优美的手势,就跟着她走进屋子。他在草席上坐下,那个姑娘把几片菠萝拿给他吃。谈到红毛,我只能根据传闻,但是我在他们最初相遇的三年后见到那个姑娘,那会儿她几乎还不到十九岁。你简直无法想象她是多么娇美。她具有木槿那种热烈奔放的气度和色彩绚丽的风姿。她个子很高,身材苗条,有着她那种族的清秀的容貌,两只大眼睛宛如棕榈树下的两汪宁静的水潭;她的头发又黑又鬈,垂在背后,头上戴着一个用香气扑鼻的花儿编织的花冠。她的两只手也实在可爱,样子那么小巧,手指那么纤细,看了叫你的心弦一下子抽紧了。在那些日子里,她动不动就发出笑声,她的笑容欢快得简直叫你的膝盖发颤。她的皮肤就像夏天

---

① 大利拉,《圣经》中参孙的非利士情妇,她探得参孙力大无穷的秘密,剪去了参孙宝贵的头发,将他出卖给非利士人(见《旧约·士师记》)。
② 拿细耳人,原指古希伯来人中的修行者,他们自愿发誓献身给上帝,在还愿期间不剃头,不饮酒,不接触尸体。这种誓愿有定期的,也有终身的。此处专指士师参孙。

一片成熟的麦田。天哪,我哪能描写得出她的模样?她实在美得好像天上的仙女。

"这两个年轻人,姑娘十六岁,小伙子二十岁,一见钟情了。那是真正的爱,不是那种出于同情、共同兴趣或彼此理解的爱,而是纯净的爱,朴素的爱。那是亚当在乐园里一觉醒来,发现夏娃两只水汪汪的眼睛正凝视着自己,心里对她怀有的爱。那是让动物相互吸引、也让神灵彼此亲近的爱,那是把人世化为奇迹的爱,那是使生命具有丰富含义的爱。你大概从来没有听到那个头脑聪明、愤世嫉俗的法国公爵①曾经说过这样一句话儿:在一对情侣中,总是有一个去爱对方,而另一个去接受对方的爱。这是一个严酷的事实,我们大多数人都只好甘心表示接受。可是偶尔,也会出现两个人同时去爱、也被对方所爱的情形。那时,你就可能认为太阳真像约书亚对以色列人的上帝祷告时那样,停在空中不动了②。

"就连到了现在,经过这么多年以后,一想到他们两个人,那么年轻,那么美丽,那么纯朴,一想到他们的爱,我心头就突然感到一阵剧痛。我的心被一下子撕裂了,正如某些夜晚,我看到清朗无云的天空中,一轮明月照耀着环礁湖,就感到撕心裂肺一样。每逢我凝神静观完好浑成的美,总叫我心里万分痛楚。

"他们都是孩子。她善良,可爱,体贴。我对红毛一无所知,但是我总认为,不管怎么说,当时他是真诚坦率的。我也认为他的心

---

① 应指拉罗什富科公爵(1613—1680),法国作家,曾参加投石党反王政的战争,著有《箴言录》五卷,内容主要表现其愤世嫉俗的思想。
② 据《旧约·约书亚记》所载,古代以色列人领袖约书亚在作战时祷告耶和华将日月停留不动,日月果然停留不动了一天(见《旧约·约书亚记》第十章第十二、十三节)。

灵跟他的身体一样美丽。不过,大概他跟天地产生初期树林里的生物一样,也没有复杂的心灵。那时候,他们用芦苇做成笛子,在山涧里沐浴洗澡。那时候,也许你还可以看到小鹿跟在长着胡须的马人①背后,飞跑过林中空地。心灵是叫人苦恼的玩意儿,一旦人的心灵得到发展,他就失去了乐园。

"噢,红毛来到岛上的时候,这儿刚刚发生过一场时疫,那是由白种人带到南太平洋来的,岛上三分之一的居民都死掉了。那个姑娘似乎失去了所有的近亲,当时她寄居在一个远亲家里。那户人家有两个干瘪的老婆子,弯腰曲背,满脸皱纹,还有两个年纪轻些的女人,一个男人和一个小男孩。红毛在那儿待了几天。可是,也许他觉得那儿离海岸太近了,有可能碰到白种人,那样就会泄露他的藏身之处。也许这两个相爱的人无法忍受同别的人待在一起,弄得连在一起欢聚的一点儿时间也没有。一天早晨,他们两个人出发了,带着属于姑娘的几样东西,沿着椰子树下的草径朝前走去,最后来到你所见到的那条小河前。他们必须穿过你刚才走过的那座桥,那个姑娘看到他感到害怕,欢快地笑起来,便握着他的手走到了头一根树干的尽头,随后他失去了勇气,只好又走回去。他不得不脱下身上所有的衣服,再来冒一次险。姑娘把他脱下来的衣服顶在头上,带过河去。他们就在对岸的一所空茅屋里住了下来。我不清楚究竟是姑娘对这所茅屋拥有什么主权(土地使用权在岛上是一件相当复杂的事儿),还是屋主在时疫期间死去了。反正谁也没有提出

---

① 马人,希腊神话中半人半马的生物,系拉庇泰人的国王伊克西翁和乌云女神湿菲勒所生的儿子,他们的头、手臂和胸部是人体,其余部分为马身。

异议,这所茅屋就归他们所有了。他们的家庭用具只有供他们睡觉的几条草席,一片破镜子,还有一两个碗。在这个舒适宜人的岛屿上,这样几件东西就足以开始居家过日子了。

"据说幸福的人儿是没有历史的,幸福的爱情当然也是如此。他们整天什么都不做,然而白昼似乎仍显得太短。那个姑娘有一个本地的名字,但红毛叫她莎莉。红毛很快就学会了当地那种不难掌握的语言,经常在席子上一连躺上好几个小时,而那个姑娘则在一旁欢快地跟他说个不停。他是一个寡言少语的小伙子,也许他的头脑不够灵活。他一刻不停地抽着姑娘用当地烟草和露兜树叶给他卷的烟卷,察看着姑娘用灵巧的手指编织草席。有些当地人经常跑到他们的住处,长篇大论地讲述岛上从前遭受部落战争的骚扰时发生的那些故事。有时候,他跑到堡礁那儿去钓鱼,把满满一篮子色彩鲜艳的鱼带回家来,有时候,他晚上也提了灯笼去抓龙虾。小屋四周生长着许多大蕉,莎莉拿来烘烤后用作他们简单的膳食。她会把椰子做成美味可口的食物,而小河旁边的面包果树也把果实提供给他们。每逢遇到什么节日,他们就宰一头小猪,放在火热的石头上烘烤。他们一起在小河里沐浴洗澡;到了黄昏,便在环礁湖上划桨泛舟,他们划的是装着舷外铁架的独木舟。大海一片湛蓝,在红日西沉的时候,泛出一片紫红色,宛如荷马史诗中所描写的希腊大海的景象①。但是环礁湖的颜色变幻无穷,时而现出浅绿色,时而化成紫蓝色,时而又泛出鲜绿色。夕阳瞬间又把水面染成明亮的金黄

---

① 荷马在《奥德赛》第五卷叙述奥德修斯启程归国途中在海上遭遇风暴时,曾对大海做过这样的描写:"宙斯用闪光霹雳对他的快船猛烈轰击,把他的船只在紫红色的海面上打成碎片。"

色。接着依次现出了珊瑚红、棕、白、粉红、红、紫等颜色,形状千奇百怪。这片湖水仿佛是一座充满魔力的花园,而穿梭来去的鱼儿则好像一群蝴蝶。它神奇非凡,宛如仙境。珊瑚之间都是白沙铺底的水潭,这儿的海水亮闪闪的,清澈见底,真是一个洗澡的好地方。于是在苍茫的暮色中,他们既凉爽又快活,手拉着手,踏着柔软的草径,漫步走回小河对岸。这时椰子树中间响起一阵八哥鸟的吵闹声。随后夜晚降临了,浩瀚的天空闪着金光,看上去似乎比欧洲的天空更为广阔,和风徐徐地吹过大门敞开的小屋,漫漫长夜又总是显得太短了。她十六岁,而他只有二十岁。晨光悄悄地从小屋的木柱之间透了进来,察看着这两个在彼此的怀抱中安睡的可爱的孩子。太阳藏在破破烂烂的大蕉树叶背后,免得打扰他们,但不一会儿,又调皮捣蛋地投来一线金光,宛如一只波斯猫伸出爪子,落在他们的脸上。他们睁开惺忪的眼睛,面带笑容地迎接另一天的到来。一个个星期渐渐延长成了一个又一个月,转眼一年就过去了。他们似乎彼此相爱得——我不大愿意说十分热烈,因为激情本身总带着一丝忧伤,含有一点酸楚或痛苦,倒不如说,他们彼此相爱得像他们头一天相遇时那样全心全意,那样纯朴,那样自然。他们那天乍一见,就明白神灵附在了他们的身上。

"如果你当时去问他们,我相信他们一定会认为,他们的爱情不可能会有终止的一天。我们不是知道爱情的基本要素就是相信爱情本身是不朽的吗?然而,说不定在红毛的心里,已经播下了一颗十分微小的种子,红毛自己并不知晓,那个姑娘也根本没有想到,但是到了适当的时候,这颗种子就会生根发芽,变成厌倦。因为有一天,小海湾旁的一个当地人告诉他们,在海岸那头不远的锚地上停着一艘英国捕鲸船。

"'哟,'他说,'我不知道能不能拿些干果和大蕉去换一两磅烟草。'

"莎莉双手不知疲倦地给他用露兜树叶做的烟卷抽起来味道不错,也够浓烈,但仍然不能叫他满意。他突然渴望吸到真正的烟草,那种强烈、难闻、刺鼻的烟草。他已经有好几个月没有抽上一斗板烟了。一想到板烟,他就口水直流。你也许会认为,莎莉可能会预感到某种灾祸而设法对他加以劝阻,但她的整个身心都完完全全地被爱情占据了,压根儿没有想到世上会有什么力量能把他从自己身边夺走。他们一起到山上去采了一大篮野橘子,皮色青绿,但甘甜可口,汁液充足。他们又在小屋周围摘了一些大蕉,从树上采了一些椰子、面包果和杧果。他们一起把这些果实抬到小海湾边,装到一条摇摇晃晃的独木舟上。随后红毛和那个把捕鲸船的消息带来的土著小孩就向着堡礁外面划去。

"这是她最后一次看到他。

"第二天,那个男孩独自回来了。他成了一个泪人儿。下面就是他说的事情经过。他们划了很长一段时间,才到了那艘捕鲸船旁边。红毛招呼了一声,有个白人朝船外看了一眼,就让他们上船。他们把随身带来的水果都拿上船去,红毛把水果堆放在甲板上。那个白人和红毛交谈起来,他们似乎达成了什么协议。有一个人跑到甲板下面去把烟草拿来。红毛立刻抓了一些,点着了烟斗。孩子模仿着红毛兴味盎然地从嘴里吐出一大串烟雾的样子。后来,他们对红毛又说了几句话,红毛便走进船舱。孩子从敞开的舱门口好奇地朝里张望,看到他们拿出一瓶酒和几个酒杯。红毛又是抽烟,又是喝酒。他们似乎在问他什么事儿,他摇摇头,笑了起来。最初跟他们说话的那个白人也笑了起来。他又给红毛的杯子里倒满了酒。他们继续一边交谈,一边喝酒,不久,孩子对眼前这种无关紧要的景象感到厌倦,便在甲板上面蜷缩起身子,睡着了。后来有人把他一脚踢醒了,他马上跳起身来,发现捕鲸船正在缓缓地驶出环礁湖。他看到红毛仍然坐在桌旁,脑袋沉重地枕在两只胳膊上,睡得正酣。他朝红毛走过去,想把红毛唤醒,但是一只粗暴的手抓住了他的胳膊,有个人满面怒容,嘴里说着他听不懂的话儿,指着舷侧。那个孩子对着红毛大声叫嚷,但是转眼之间,他已经给一把抓住,扔出船去。他无可奈何,只好绕个圈子,朝独木舟游去,独木舟已经漂开了一小段距离,他把独木舟推到堡礁旁边,爬了进去,一路哭哭啼啼地划回岸边。

"发生的事情已经相当清楚。那艘捕鲸船,由于水手开小差或生病,正好缺乏人手。红毛上船的时候,那个船长就要他签约受雇;遭到红毛拒绝后,船长就用酒灌醉了他,把他劫走了。

"莎莉悲伤得死去活来。她哭叫了整整三天。那些当地人竭尽全力地安慰她,但无法让她得到一点儿慰藉。她什么也不肯吃,后来困乏得一点力气也没有了,就陷入了阴沉淡漠的境地。她成天待在小海湾边,凝神望着环礁湖,满心希望红毛好歹会设法逃回来,但是白费心神。她坐在白沙滩上度过一个又一个小时,泪水顺着脸颊不住往下流淌。到了晚上,她拖着疲惫的身子过了小河,回到那所她曾在里面度过幸福时光的小屋。在红毛来到海岛之前跟他一起生活过的那些人,都希望她再回到他们那儿去,但是她不肯回去,她确信红毛仍会回来。她要让红毛在当初离开她的地方找到她。四个月后,她产下了一个死婴。那个在她分娩期间前来照顾的老婆子就留下来陪她住在小屋里。她失去了生活中所有的欢乐。如果她的痛苦随着时间的推移,变得不那么难以忍受了,其实那只是转变成了一种难以消除的忧郁而已。这些当地人的感情,尽管十分强烈,但也十分短暂。谁也不会想到,竟在他们中间发现一个对于爱情如此忠贞不渝的女人。她认为红毛早晚会回来的,从来没有失去这种坚定的信念。她时刻留神等着他,每逢有人走过那座用椰子树干做成的独木小桥,她总要抬头察看。说不定终于是他回来了。"

尼尔森不再说下去了,他轻轻地叹了一口气。

"结果她怎么样啦?"船长问道。

尼尔森苦笑了一下。

"哦,三年以后,她又结交了一个白人。"

船长发出一阵洪亮的嘲讽的笑声。

"她们一般都是这样。"他说。

那个瑞典人痛恨地朝他看了一眼。他不明白这个臃肿肥胖的汉子为什么会引起他如此强烈的嫌恶。可是,他无法集中思想,发觉自己的脑海里充满了对以往的种种回忆。他又回到了二十五年前。那时候,他对阿皮亚和那儿的痛饮豪赌、淫逸放荡的生活心生厌倦,初次来到这个岛上。他身子有病,只好甘心放弃原来那种充满远大抱负的生涯。他断然把名扬天下的所有希望都置诸脑后,安心知足地想过上可怜的短短几个月保养身体的日子,那就是他所指望活到的时间。他寄居在一个混血商人那儿,这个商人在几英里外的海边村子旁开了一家店铺。有一天,他漫无目的地沿着椰子树丛中的草径走去,偶然看到莎莉居住的那所小屋。那个地方的美好景色真使他销魂荡魄到了几乎痛苦的地步,接着他又看到了莎莉。莎莉是他一生所见过的最娇艳可爱的女子。她那两只极为动人的黑眼睛里的悲伤神色使他格外震动。卡内加人是容貌俊美的种族,在他们中间,美人并不稀罕少见,但那是形体匀称的动物的美,缺乏内在的精神。可是莎莉那双哀伤的黑眼睛却神秘莫测,让人感到一个正在探索的心灵的复杂难解的痛苦。那个商人对他讲了这个故事,叫他十分感动。

"你觉得他还会回来吗?"尼尔森问道。

"当然不会。嗨,要到两三年后才会给全体船员结清工资,那会儿,他早就把这个姑娘忘得一干二净。我敢说,在他刚刚醒来,发现自己遭到劫持的时候,他一定气得要命,哪怕他找哪个人打一架,我也不会感到奇怪。可是,他仍然得苦笑忍受。我猜要不了一个月,他就会认为,自己脱身离开海岛,倒是他一生当中最大的幸事。"

不过,尼尔森始终无法忘掉这个故事。也许因为他身子有病,虚弱无力,他总要想到红毛那身体健康、容光焕发的样子。他自己生得难看,模样寒碜,因而特别看重别人的美好姿容。他从来没有狂热地陷入情网,当然也从来没有受到别人的痴迷眷恋。那对年轻男女彼此的吸引带给他一种特殊的喜悦。他们的爱情具有那种难以形容的绝对的美。他又跑到小河畔的那所小屋那儿。他既有语言的天赋,又有奋发的决心,惯于用功学习,他已经花了不少时间来学当地的土话。他的老习惯总改不了,他正在为一篇论述萨摩亚语言的文章搜集材料。跟莎莉住在一起的那个干瘪的老婆子请他到小屋里去坐坐,又端出卡瓦酒来请他喝,拿出烟来给他抽。老婆子很高兴,有人可以闲聊。老婆子说话的时候,他就望着莎莉。她的模样使他想起那不勒斯博物馆里的那座普赛克雕像①。她的眉眼具有同样清晰纯净的线条,尽管她已经生过孩子,但她仍然保有处女的容颜。

他见过莎莉两三次以后,才促使她开口说话。而她开口说话,也只是为了问他是否曾在阿皮亚见过一个叫作红毛的汉子。红毛已经失踪两年了,但显然她仍旧时刻想着他。

没有多久,尼尔森就发觉自己爱上她了。如今只是凭着自己意志上的努力克制,他才没有每天都跑到小河边上去。他不跟莎莉在一起的时候,仍然始终想着她。一开始,他把自己看作一个垂死的人,只求能看看她,偶尔能听她说说话儿,这样的爱使他得到一种微妙的幸福感觉。他为这种爱的纯洁而欣喜若狂。他对莎莉并没有什么要求,只想有机会在这个举止优雅的人周围编织一张充满美好幻想的网。可是,野外的空气,稳定的气温,充足的休息和简单的饭菜,开始对他的身体产生了意想不到的效果。夜晚,他的体温已不再攀升到那么惊人的高度,他不大咳嗽了,体重也开始增加了。六个月过去了,他没有咯过一次血;突然他觉得自己有可能活下去了。他曾仔细研究自己的病情,心里开始产生了希望,觉得只要极其小心注意,他就可以阻止病情的发展。这使他兴奋得不禁又对未来抱有期望。他制订了一些计划。要再过什么活跃忙碌的生活显然是不可能了,但是他可以在海岛上过日子,他那点微薄的收入,在别的地方过日子不够,却完全可以维持他在这儿的生活。他可以种植椰

---

① 此处显然指的是一七二六年卡普阿城的古罗马圆形剧场里发掘出的那座普赛克雕像。按:普赛克在希腊神话中是人类灵魂的化身,常以长着蝴蝶翅膀的少女形象出现。

子树,这样可以使他手脚不闲。他可以请人把他的书籍和钢琴运来。但是他那灵敏的头脑知道,所有这一切,都只是想要掩饰那个让他无法摆脱的欲望而已。

他要莎莉。他不仅爱她的美貌,而且也爱她那两只忧伤的眼睛后面朦胧的灵魂。他要使她陶醉在自己的激情中。最终他就会使她忘掉过去。他完全沉浸在狂喜之中,设想着自己也可以给她带来幸福。这种幸福,他本来以为再也碰不到了,但如今却极为神奇地出现了。

他要求莎莉跟他一起生活。莎莉没有答应。他本来就料到莎莉不会答应,所以也并不怎么心情沮丧。他很有把握地认为,她早晚总会让步。他的爱是无法抗拒的。他把自己的愿望告诉了那个老婆子,结果有点意外地发现,她和邻居们早就觉察到他的心愿,都竭力劝说莎莉接受他提出的要求。说到底,所有的当地人都乐于为白种人管家,况且依照这个海岛上的标准来看,尼尔森也算得上一个有钱人了。那个为尼尔森提供食宿的商人也跑来劝莎莉不要犯傻;这种机会是不会再来的,经过这么长的时间之后,她不可能仍旧认为红毛还会回来。那个姑娘的抗拒反而增强了尼尔森的欲望,原来是一种十分纯洁的爱,如今却成了令人饱受煎熬的激情。他下定决心,不让任何东西挡住他的道儿。他搞得莎莉无法得到安宁。最后,由于他的百折不挠,时而发怒,时而恳求,外加周围每个人的劝说,莎莉给弄得疲惫不堪,只好答应了。可是,第二天,当他兴冲冲地跑去看莎莉的时候,他发现莎莉头天晚上已把那所她跟红毛一起住过的小屋烧成平地。那个老婆子跑到他的跟前,怒气冲冲地大骂莎莉,但是他并没有加以理会,这无关紧要。他们可以在小屋的原址上再建起一所带游廊的平房。如果他想把钢琴和大批书籍都搬运到这儿来,一所欧洲式样的房屋确实比较合适。

于是那所小木屋就造了起来,如今他已经在里面住了好多年,而莎莉也成了他的妻子。不过,经过最初几个星期的销魂陶醉后(在这几个星期中,他因获得了莎莉所奉献的一切而心满意足),他就感受不到什么幸福了。莎莉是出于疲惫不堪才对他做出让步的,而她让步的也只是她并不重视的东西。那个他曾隐约瞥见的灵魂始终没有被他控制。他知道莎莉一点也不爱他。她仍然爱着红毛,一直在等红毛回来。尼尔森心里清楚,尽管有他的爱情,他的温存,他的同情,他的大度,但是只要红毛招一招手,她就会毫不犹豫地离他而去。她根本没有想到他的苦恼。他的身心极度痛苦,面对她绷着脸儿抗拒他的那种排斥的样子,他发起了猛攻。他的爱情变得苦涩起来。他对她十分亲切和蔼,想以此来软化她的心,可是,那颗心仍然像先前一样强硬。他装出冷漠的样子,而她根本没有注意。有时候,他发起火来破口大骂,她就默默地流泪。有时候,他觉得她只是一个骗子,那个灵魂只不过是他自己虚构出来的东西,他之所以无法进入她内心的圣殿,是因为那儿根本就没有什么圣殿。他的爱情已成了一座牢狱,他渴望从那儿逃走,但是他就连打开大门——这是唯一需要做的事儿——走到户外去的那点力气也没有。那真是备受折磨,他终于变得麻木绝望了。最后那股激情都消耗完了。每逢他看到她的目光落在那座独木桥上的时候,他心头涌起的已不再是怒火,而是不耐烦了。他们出于习惯和便利而生活在一起,到现在也有好多年了。如今他回想起自己从前的激情,只是一笑置之。莎莉已成了一个老婆子,海岛上的妇女都老得很快。但即使他对莎莉已不再存有一点爱意,他仍然抱有宽容之心。莎莉却对他漠不关心。他只好从他的钢琴和书本中寻求安慰。

他的思绪使他想要接着把话说下去。

"如今当我回忆往事,想到红毛和莎莉那种短暂而热烈的爱情时,我觉得也许他们倒应感谢无情的命运,在他们的爱情似乎仍然处于顶点的时候,就把他们拆开。他们固然吃苦受罪,但他们是在容貌俊美的时候吃苦受罪。他们避免了真正的爱情悲剧。"

"我实在不太明白你的意思。"船长说。

"爱情的悲剧并不是生离死别。你觉得要过多久,他们俩中间才会有一个感到不再爱了?哦,看着一个你曾全心全意地爱过的女子,你曾觉得她一脱离你的视线,你就无法忍受,心里终于明白,如果从此再也看不到她也无所谓,那才是莫大的痛苦。爱情的悲剧就是冷漠。"

可是,就在他说话的当儿,发生了一桩不同寻常的事儿。虽然他一直在朝着这位船长说话,但他并不是在跟他交谈,而是把自己的思绪化为说给自己听的言辞,他的眼睛尽管盯着面前的这个人,但却视而不见。然而,如今他的眼前出现了一个形象,不是他看到的这个人,而是另一个人的形象。他好像在对着一面哈哈镜,镜子中的形象不是显得格外矮胖,就是长得惊人。不过,这会儿,情况正好相反,他在这个肥胖难看的老头身上隐约看到了一个年轻小伙子的影子。他很快朝这个老头敏锐地打量了一下。为什么这个人在随意地漫步时正巧来到这个地方呢?他心里猛地一惊,呼吸变得有点急促。他突然产生了一种荒唐的猜疑。他头脑里想到的事情是不可能发生的,然而,说不定那就是事实。

"你叫什么名字?"他突然问道。

那个船长的脸皱成一团,狡猾地低声笑了起来。这时候,他显得充满恶意,非常粗俗。

"他妈的已经这么久没有听到这个名字了,连我自己都快要忘记了。不过,三十年来,在这一带的海岛上,人们都一直管我叫红毛。"

他发出一阵低低的、几乎听不出的笑声,同时他那庞大的身躯不住颤动。那副样子真是令人发指。尼尔森不禁打了个寒噤。红毛却觉得极为有趣,泪水从他那充血的眼睛里顺着脸颊流了下来。

尼尔森倒抽了一口冷气,因为这时候,有个女人走了进来。她是一个当地人,一个外表颇有几分威仪的妇女,身体粗壮而并不臃肿,头发灰白得十分厉害,肤色很深,当地人的肤色总是随着年岁的增长而变深。她穿着一件黑色的宽大长罩衣,薄薄的衣料显出她那肥大的乳房。终于来到了紧要关头。

她和尼尔森说了几句有关家务的话,尼尔森做了回答。尼尔森觉得自己的声音不大自然,但不知道她有没有听出来。她朝坐在窗旁椅子上的那个男人冷淡地扫了一眼,就径直走了出去。紧要关头出现后又过去了。

尼尔森一时间说不出话来。他异常震惊,后来他说道:

"如果你能留下来跟我一起吃点儿饭,我会非常高兴的。就是家常便饭。"

"大概不行,"红毛说,"我得去找那个叫作格雷的家伙。我把货物交给他以后就要走了。我想明儿就回阿皮亚。"

"我找一个孩子跟你一起去,给你带路。"

"那敢情好。"

红毛费劲地从椅子上站起身来,那个瑞典人把一个在种植园干活的孩子喊来,告诉他船长要到哪儿去。那个孩子便沿着小桥走去,红毛也准备跟他过桥。

"可别掉下去了。"尼尔森说。

"绝对不会。"

尼尔森看着他过桥,等到他的身影在椰子树丛中消失后,仍然继续望着。接着,尼尔森一屁股坐到椅子上,妨碍他得到幸福的,难道就是这个人吗?莎莉这些年来始终爱着的,并且如此不顾一切地等待着的,难道就是这个人吗?这实在荒唐可笑。他突然感到怒火满腔,产生一种冲动,想要跳起身来,把周围的一切东西都砸得粉碎。他上当受骗了。他们终于彼此见了面,却并不知道。他开始笑起来,神色凄然,他笑得越发厉害,直到变得无法控制。神明跟他开了一个残酷的玩笑。而现在他已经老了。

最后莎莉进来告诉他晚饭已经准备好了。他在她的面前坐下来想要吃饭。他暗自纳闷,如果他现在告诉她,刚才坐在椅子上的那个胖老头,就是她仍然用青春的全部热情思念着的那个情人,不知她究竟会说些什么。多年以前,他给她弄得极不愉快,当他为此而怨恨她的时候,他一定会乐意把这桩事告诉她的。那会儿,他真想去伤害她的感情,正如她伤害自己的感情那样,因为他的怨恨仅仅是出于爱。可是如今,他一点也不在乎了,只是懒洋洋地耸了耸肩膀。

"刚才那个人来干什么?"莎莉不久问道。

他没有立刻回答。她也上了年岁,成了一个又老又胖的土著女子。他不明白自己以前为什么会那样狂热地爱她。他曾把自己心灵中所有宝贵的东西都堆放在她的脚下,她却不屑一顾。真是白费心力,完全的白费心力!可是现在,当他望着她的时候,他心里感到的只是轻蔑。他的耐心终于消耗完了。他开始回答她刚才的问话。

"他是一条纵帆船的船长。他是从阿皮亚来的。"

"噢。"

"他给我带来了家里的消息。我大哥病得很厉害,我必须回去一次。"

"你会去很久吗?"

他耸了耸肩膀。

水　潭

当阿皮亚都市饭店的老板查普林把我介绍给劳森的时候，我根本没有对他怎么注意。我们早早地坐在酒吧间里喝着鸡尾酒，我饶有兴味地听着岛上的各种流言蜚语。

我受到查普林的款待。他本来是一个采矿工程师，也许是由于他的性格特点，他竟然定居在一个无从发挥其专业特长的地方。可是，据说他是一个极有能耐的采矿工程师。他身材矮小，不胖不瘦，黑色的头发已经灰白，头顶更显稀疏，嘴唇上留着一小撮乱糟糟的胡须，整张脸由于日晒和烈酒的影响而显得红扑扑的。他身为饭店老板，却徒有虚名，尽管饭店的名字气派堂皇，但实际上那只是一座两层的木板建筑而已。饭店由他的妻子管理，那是一个年纪大约四十五岁、高挑瘦削的澳大利亚女人，威风凛凛，神色果断。这个容易兴奋、经常喝醉的小个子男人心里对她十分害怕。陌生人不久就听说他们家所爆发的争吵，为了让他俯首帖耳，那个女人连拳头和脚掌都用上了。特别出名的是，在他一夜醉酒之后，那个女人竟然把他在自己的房间里关了二十四小时，他根本不敢离开那所牢房,后来有人看到他有些可怜巴巴地站在游廊上跟下面街上的行人交谈。

　　他是一个相当有趣的人。他的人生丰富多彩,无论真实与否,他在这方面的回忆使得他的话儿值得倾听一番。因此,当劳森悠闲地走进酒吧间的时候,我对这样受到打扰心里颇为不快。时间还没有来到正午,查普林显然已经喝了不少酒,我毫无热情地在他的一再坚持下,接受了再喝一杯鸡尾酒的提议。我知道眼下他的头脑已经有些迷糊,要是再喝一巡,出于日常的礼貌,只好由我来付钱要酒,那样一来,他就会变得相当活跃,到那时,查普林太太就会恶狠狠地看着我了。

　　劳森的外表也毫无英俊动人之处。他身材矮小瘦弱,长着一张灰黄色的长脸,下巴狭长单薄,高高的大鼻子骨头突出,两道眉毛粗黑浓重,让他看上去样子古怪。他的两只乌黑的大眼睛倒极为动人。他乐呵呵的,但他的那副欢乐样子在我看来并不是出自内心,而只是表面上的,是用来欺骗世人的一副面具,而且我疑心那副样子还隐藏了自己卑鄙的天性。他显然渴望让人觉得他是一个"光明磊落"的汉子,一个亲热随便的人。但是不知道为什么,我总觉得他狡猾诡诈,叫人难以捉摸。他用刺耳的声音说个不停,跟查普林彼此谈论着已经传为佳话的欢宴,谈论着在英国俱乐部度过的"喝得烂醉"的夜晚,谈论着曾经喝了惊人数量的威士忌后的狩猎探险,以及前往悉尼旅行,在那儿让他们引以为豪的是,他们竟然完全记不清从上岸到离开时的全部经历,两个人一个比一个讲得动听。真是一对酒鬼。如今四杯酒下肚,两个人都有些醉意朦胧,但就连在醉酒的时候,两个人之间也有巨大的差异:查普林显得粗野伧俗,而劳森即便醉了,身上仍然充满绅士的气派。

最后,他身子有些摇晃地从椅子里站起来。

"噢,我要回家去了,"他说,"晚饭前见。"

"太太好吗?"查普林问道。

"好。"

他走了出去,他用这个单音节词回答的语气有些不太寻常,我不禁抬起头来。

"好人啊,"查普林直截了当地说,"顶好的一个人,可惜的就是好酒贪杯。"他说话的时候,劳森已经走出门去,来到了阳光底下。

这种评论从查普林嘴里说出来,倒不无幽默的趣味。

"他一喝醉了,就想找人打架。"

"他经常喝醉吗?"

"每个星期,总有三四天都喝得烂醉如泥。是这个海岛让他变成这样的,还有埃赛尔。"

"埃赛尔是谁?"

"埃赛尔是他的妻子。他娶了老布雷瓦尔德的女儿,一个混血儿。他曾带着他的妻子离开此地,他只能这么做。可是埃赛尔受不了,他们就又回来了。要是他没有因为纵饮过度而死的话,那么总有一天,他会悬梁自尽的。好人哪。但是一喝醉了,就变得很难相处。"

查普林大声打了个嗝。

"我要去冲个淋浴,真不该喝最后那一杯。让人醉倒的总是最后那一杯。"

他决定到窄小的淋浴间去洗个澡,神色犹豫地望了望楼梯,随后站起身来,摆出一副做作的一本正经的样子。

"跟劳森交往对你大有好处,"他说,"他这个人博览群书。他头脑清醒的时候,会叫你感到相当诧异,而且为人也很聪明。值得跟他聊聊。"

查普林在这样为数不多的几段话中已把劳森的所有经历都对我说了。

黄昏时分,我顺着海岸坐车兜了一圈后回到饭店,劳森又在那儿。他身子笨重地坐在酒吧间的一把藤椅上,目光呆滞地望着我。他显然喝了整整一个下午,举止迟钝,脸上神色阴沉,充满恨意。他的目光在我的身上停留了一会儿,但是我能看出他并没有认出我来。周围有两三个别的人坐在那儿,摇动着骰子,他们都没有理会他,显然已经见惯了他的这种情况,不再加以注意。我坐到椅子上也开始玩起来。

"你们真是一伙爱好交际的人。"劳森突然说。

他从椅子上站起身来,两膝弯曲着,摇摇摆摆地朝门口走去。我不知道在这种景象中可笑的成分是否超出了可憎的成分。他走了以后,在座的一个人偷偷笑起来。

"劳森今儿醉得可不轻。"他说。

"如果我喝了酒就是他这副模样,"另一个人说,"我就把酒戒掉,不再喝了。"

谁会想到这个可怜的家伙本来是一个风流浪漫的人物,他的生活中竟充满了令人怜悯和恐怖的东西?理论家告诉我们这些东西都是取得悲剧效果的必不可少的因素。

接下来两三天,我都没有见到他。

一天傍晚,我正坐在可以俯瞰下面大街的饭店二楼的游廊上,劳森走上楼来,一屁股在我身旁的一把椅子上坐下。他头脑相当清醒,跟我随便说起话来,我有些心不在焉地回答着,他突然带着歉意地笑着又说道:

"前几天我醉得怪厉害的。"

我没有回答,实在也没有什么可说的。我大口抽着烟斗,希望把蚊子赶走,但是毫无用处。接着我就开始观看那些正在下班回家的当地人。他们迈开大步,缓缓走着,显得小心谨慎,而又不失尊严。他们赤裸的脚掌在地面上发出轻微的啪嗒声,听起来颇为奇特。他们那不是鬈曲就是直撅撅的浅黑色头发,也常常用石灰染成白色。他们的外表也跟别的人种极为不同,都长得身材高大,体态优美。接着,一群所罗门群岛①上的居民唱着歌,从眼前经过,他们是这儿的契约劳工,身材要比萨摩亚人矮小纤瘦,皮肤墨黑,脑袋很大,毛茸茸的短发都染成了红色。不时有个白人驾着马车经过,或者把车直接赶进饭店的院子里。环礁湖里面,平静的水面上倒映着两三条纵帆船优美的影子。

"在这个地方,除了沉入醉乡,我实在不知道还有什么可做的。"劳森最后说。

"你不喜欢萨摩亚吗?"我漫不经心地问,想要找些话说。

"景色确实很美,对吧?"

---

① 所罗门群岛,太平洋西南部的一大群岛,由一条双岛链组成,其西北部构成巴布亚新几内亚的一部分,其余部分构成所罗门岛国,以前为英国的保护地。

要描述这座岛屿难以想象的绮丽之处,他选用的这个词儿似乎远远不够,我不禁笑起来,一边笑着一边转身朝他看去。他那双忧郁而好看的眼睛里流露出的神情让我大吃一惊,那是一种难以忍受的痛苦。两只眼睛里透露出的那种深切的悲哀情感,我觉得他绝对无法承受得了。可是那种神情一闪而过,他笑起来了。他笑得相当单纯,有那么一点天真,这种笑容使他的整张脸都发生了变化,因此我最初对他产生的厌恶也开始动摇起来。

"我最初到这儿的时候,把整个地方都跑遍了。"他说。

他沉默了一会儿。

"大约三年以前,我离开了这个地方,打算再也不回来了,但是后来仍然回来了。"他停顿了一下。"我妻子想回来。你知道,她出生在这儿。"

"哦,我知道。"

他又沉默下来,随后贸然谈论起罗伯特·路易斯·斯蒂文森①来。他问我有没有去过维利马②。不知什么原因,他竭力想对我表现得亲切友好。他开始谈起斯蒂文森的作品,但话题不久就转到了伦敦。

"考文特花园剧场③大概仍然相当热闹,"他说,"我想正如心里相当怀念以前这儿的一切,我也很想看那儿上演的歌剧。你看过

---

① 罗伯特·路易斯·斯蒂文森(1850—1894),英国苏格兰小说家、散文家、诗人。一八八九年因健康原因,移居到南太平洋的萨摩亚群岛。
② 维利马,萨摩亚乌波卢岛上的一个村庄,位于阿皮亚南部大约四公里的地方,是斯蒂文森最后居住的地点。
③ 考文特花园剧场,位于伦敦考文特花园广场,建于一七三一年,一八五八年后成为皇家歌剧院。

《特里斯坦与伊索尔德》吗?"

他问我这个问题,好像答案对他着实相当重要。我大概有点漫不经心地对他说我曾看过,他听了显得很高兴。他开始谈起瓦格纳①来,并不是用音乐家的口气,而是作为普通人,觉得瓦格纳让他获得了他也无法解释清楚的情感上的慰藉。

"我想拜罗伊特②实在是个值得一去的地方,"他说,"倒霉的是,我根本没有钱。当然,演出情况可能比不上考文特花园剧场,那儿灯光明亮,妇女们都穿戴得十分华丽,音乐也很动听。《女武神》的第一幕真不错,对吧?还有《特里斯坦》的结尾,真是妙极了!"

他的眼睛这会儿闪闪发亮,整张脸神采飞扬,似乎完全变成了另一个人。他那灰黄色的瘦削的脸颊上微微有些泛红,我忘了他的声音刺耳难听,他的身上甚至还增添了几分魅力。

"的确,今晚我就想待在伦敦。你知道蓓尔美尔饭馆吗?以前我经常到那儿去。皮卡迪利广场③的商店灯火辉煌,人群熙熙攘攘。我觉得站在那儿,看着公共汽车和出租汽车川流不息地经过,好像永远都不会停歇,实在令人震撼。我也喜欢河滨大道④。关于上帝

---

① 瓦格纳(1813—1833),德国作曲家,毕生致力于歌剧(自称"音乐剧")的改革与创新,集音乐、戏剧、诗歌、传奇和表演于一体;代表作品有《漂泊的荷兰人》(1843)、《纽伦堡名歌手》(1868)、《尼伯龙根的指环》(包括《莱茵河的黄金》《女武神》《齐格弗里德》和《诸神的黄昏》(1853—1874)。《特里斯坦与伊索尔德》(1865)、《齐格弗里德的牧歌》(1870)。
② 拜罗伊特,德国东南部城市。一八七二年,瓦格纳在巴伐利亚国王路德维希二世支持下,为实践其歌剧改革主张,在该城自建剧院,演出其所作歌剧。
③ 皮卡迪利广场,英国伦敦西区一广场,为戏院、娱乐中心。
④ 河滨大道,英国伦敦中西部与泰晤士河平行的一条街道,从佛里特街通到查林十字架,以其旅馆和剧院著称。

和查林十字架①的那几行诗是怎么说的?"

我大吃一惊。

"你说的是汤普森②的诗作吧?"我问道。

我念出了那几行诗。

> 当哀伤到了不能再哀伤的时节,
> 痛哭吧,面对如此惨重的损失。
> 闪闪发亮、交通繁忙的雅各天梯,
> 就搭在天堂和查林十字架之间。③

他微微叹了口气。

"我读过《天堂猎犬》,写得真是好极了。"

"一般都这么认为。"我嘟囔道。

"在这儿,你碰不到什么读过书的人,他们认为那是卖弄炫耀。"

他脸上露出了怅惘的神情。我想我猜到了促使他前来找我的心情:我是与他怀念的那个世界,与他再也无从了解的一种生活连接的纽带。不久以前,我就待在他所热爱的伦敦,他对我充满了羡慕和敬畏。不过他也许开口说了不到五分钟,嘴里突然冒出几句口气激烈的话,让我大吃一惊。

---

① 查林十字架,伦敦一个不规则的广场,在河滨大道的西端,特拉法尔加广场之南。一二九一年,英国国王爱德华一世曾于此地立十字架,以纪念其王后灵柩停留之所。"查林"二字据传系从法语 chère reine(亲爱的王后)二字之音转成。
② 汤普森(1859—1907),英国诗人,作品有《诗集》《姐妹之歌》等,以诗篇《天堂猎犬》最为著名。
③ 此为汤普森《天国》一诗的第五节。

"我真感到腻味,"他说,"实在感到腻味。"

"那你干吗不走呢?"我问道。

他变得脸色阴沉。

"我的肺不大好,英国的冬天现在我受不了。"

这时候,另一个人来到游廊上坐到我们身边。劳森又陷入了沉默,显得闷闷不乐。

"该喝上一口了,"新来的那个人说,"谁要跟我去喝杯威士忌?劳森?"

劳森似乎来自另一个遥远的世界。他站起身来。

"咱们下楼到酒吧间去吧。"他说。

他走了以后,我对他的看法仍然要比原先预料的好很多。他既叫我困惑不解,又引发了我的兴趣。几天以后,我遇到了他的妻子。我知道他们已经结婚了五六年,但我惊讶地发现她仍然极为年轻。劳森和她结婚的时候,她应该不会超过十六岁。她出落得漂亮可爱,皮肤并不比一个西班牙人黑,个子娇小,体态优美,手脚小巧,身材纤细柔软。她的眉眼十分秀丽,但是我觉得,给我印象最深的还是她那细巧的外貌。混血儿的外表通常有些粗陋,模样看起来有点不够精细,但她所展现出的那种细巧娇美却让你目瞪口呆。她有一种极为文雅的气质,因而当你在这种环境中见到她时,不由得感到十分惊讶。你会想到拿破仑三世①宫廷里的那些引得全世界议论的著名美人。尽管她只穿着平纹细布的衣裙,戴着草帽,但是她的穿

---

① 拿破仑三世(1808—1873),拿破仑一世之侄,法兰西第二共和国总统(1848—1852),第二帝国皇帝(1852—1870),普法战争中战败投降,遭到废黜。

戴却显露出一个时尚女子的雅致。劳森最初见到她的时候,她一定极为娇艳迷人。

实际上只是在时间并不怎么久远之前,劳森才从英国来到这里管理一家英国银行设在当地的分支机构。他在旱季开始的时候到达岛上,就在这家饭店租了一个房间,他很快就跟当地的各色人等都相识了。岛上的生活轻松而愉快。他喜欢在饭店的酒吧间里跟人长时间地闲聊,也喜欢跟一群人在英国俱乐部里打台球,度过一个个欢快的夜晚。阿皮亚地处环礁湖边,店铺、平房,还有当地人的村落就散落在湖畔,他很喜欢这个城市。到了周末,他会骑马到某一个种植园主的家去,在山上度过两个夜晚。直到那时,他才明白什么叫自由或闲暇。他特别为这儿的阳光所陶醉。当他骑马穿过丛林的时候,周围的美景让他的头脑微微有些晕眩。乡间的土地肥沃得难以描述。一些地方仍生长着原始森林——那是一片杂乱奇特的树木、茂密的低矮灌木和藤本植物,让人感到神秘莫测,心神不安。

可是,最让他着迷的地点还是距离阿皮亚一两英里处的一个水潭,黄昏时他经常去那儿洗澡。那儿有条小河,汩汩地迅速流过岩石,形成了一个深深的水潭,随后清浅的河水继续向前流去,经过一片由巨大的石头围成的浅滩,当地人有时会到那儿去洗澡或者洗衣服。水潭周围的岸上密密丛丛地生长着许多椰子树,树木样子优雅,摇曳多姿,上面爬满了蔓生植物,倒映在绿色的水面上。这样的景色在德文郡①的群山中也可见到,但两者之间仍然存在差别,因为这儿具有热带的丰饶、激情以及令人倦怠的芬芳气息。这种气息似

---

① 德文郡,英国英格兰西南部一郡。

乎会使人的心变软。水潭里的水很清凉,但并不太冷,经过白天的炎热之后更能体味到它的美妙。在那儿洗澡,可以让人的身心都神清气爽,振作起来。

劳森去的时候,那儿没有一个人,他先在岸边待了很久,然后才悠闲地在水里漂浮,接着在夕阳下擦干身子,感受着孤身独处和令人愉快的寂静的乐趣。这时他不再为伦敦,为他放弃的生活而感到惋惜了,因为眼前的生活看上去完满而美好。

他就是在这儿头一次见到了埃赛尔。

一天为了赶上次日每月一次的水运航班,他写信写到很晚。黄昏时分,他骑马朝水潭奔驰而去,那会儿,天色几乎已经暗下来了。到了那儿,他把马拴好,接着就悠闲地走到水潭边上。一个姑娘正坐在那儿。他走过去的时候,那个姑娘朝四周扫了一眼,接着就悄无声息地滑到水中。她就像一个水中仙女被一个正在靠近的凡人吓了一跳,转眼就消失不见了。他感到既惊讶又好玩,不知道那个姑娘究竟躲藏在什么地方,就顺水游去,不久就看到她坐在一块岩石上。那个姑娘望着他,眼睛里一点没有露出好奇的神色。他用萨摩亚语大声地跟她打招呼。

"你好。"

她也回答了一声,突然露出笑容,随后又把身子钻到水里。她游得十分轻松,头发飘展在身体后面。他看着她游过水潭,爬到岸上。跟所有的土著女子一样,她也穿着宽大的长罩衣游泳,那件衣服完全给水浸湿了,正紧紧贴在她那苗条的身体上。她站在那儿,漫不经心地把头发拧干,那会儿她比任何时候都更像一个在树林中或水里的野生动物。劳森看出她是一个混血儿。他朝她游了过去,钻出水来,用英语跟她说起话来。

"你游得很晚嘛。"

她把头发甩到脑后,让浓密的鬈发披散在肩膀上。

"我喜欢一个人的时候游泳。"她说。

"我也喜欢。"

她笑起来,显出当地人的那种天真坦诚的样子。她把一件干的长罩衣套到头上,拉了下来,再把身上湿的那件长罩衣拉到脚下拽出来。她拧干潮湿的衣服,准备离开。她犹豫地停顿了片刻,后来仍然慢悠悠地走开了。夜幕突然降临。

劳森回到饭店,对在酒吧间里掷骰子赌酒的那几个人描述了一番,很快就知道那个姑娘是谁了。她的父亲是一个叫布雷瓦尔德的挪威人,经常可以看到他在都市饭店的酒吧间里喝加水的朗姆酒[1]。他是一个身材矮小的老头,样子就像一株盘根错节、枝干扭曲的古树。他四十年前来到这里的海岛上,当时他是一条帆船的大副。他曾先后做过铁匠、生意人、种植园主,一度相当富有,但是九十年代[2]的猛烈飓风把他的种植园给毁了,如今他只靠一小片椰子树林来维持生计。他先后有过四个土著妻子,他会带着刺耳的笑声告诉你,他的孩子多得数也数不清。但是有些没活下来,有些出去闯荡世界了,眼下留在家里的就只有埃赛尔一个人。

"她是一个美人儿,""莫阿纳号"的货物管理员[3]纳尔逊说,"我对她做过一两个媚眼,但好像没有什么用处。"

---

[1] 朗姆酒,用甘蔗或糖蜜等酿制的烈性酒。
[2] 指十九世纪九十年代。
[3] 货物管理员,指代表商船船主处理一切营业事务的主管人员。

"老布雷瓦尔德可不是那种傻瓜，小兄弟，"另一个叫米勒的人插嘴说，"他想找一个女婿，可以奉养他安度晚年。"

他们谈论那个姑娘的方式叫劳森感到十分不快。他提到了刚刚寄走的邮件，分散了他们的注意力。可是次日傍晚，他又前往那个水潭。埃赛尔也在那儿。夕阳的神秘，水的沉静，椰子树的轻盈优雅，都增添了她的姿色，使得她的艳丽富有深度，充满魔力，让劳森内心激动，产生了一种陌生的感情。那会儿，不知出于什么原因，他一时心血来潮，不想跟那个姑娘说话，而那个姑娘也没有注意到他，甚至都没有朝他所在的那个方向看上一眼。她在绿色的水潭里四处游动，时而潜到水中，时而又到岸上歇息，仿佛那里只有她一个人，因为他有一种奇怪的感觉，好像对方看不见自己的形体。有些已经忘了一半的诗歌片段又浮现在他的脑海里，甚至模模糊糊地记起了他在学校读书时曾经粗枝大叶地学到的有关希腊的知识。最后那个姑娘脱下潮湿的衣服换上干衣服，悠然自得地离开了。他在那个姑娘原先站立的地方发现了一朵深红色的木槿花。那是她来洗澡时戴在头上的花儿，下水前从头上摘了下来，后来忘了重新戴上，或是不想再戴了。他把那朵花拿在手里观看，心里有种奇特的感情。他本能地想把花儿留下来，但对自己这样感情用事又感到恼火，就把花儿扔掉了。看着那朵花儿顺着河水漂走了，他心里感到一阵痛楚。

他不知道究竟是那个姑娘性格中的什么奇特因素促使她来到这个四周不大可能有人的隐秘的水潭。海岛的居民对水十分依恋。他们每天总要在哪个地方洗上一次澡，经常两次，但他们是成群地一起洗的，一家人一起洗澡时，充满欢乐的笑声。你也可以经常看到一群姑娘在小河的浅水处泼水嬉戏,阳光透过树丛在她们的身上留下斑驳的影子,其中也有混血女子。这个水潭看上去好像蕴藏着什么秘密,把埃赛尔不由自主地吸引前来。

如今夜晚已经降临,四周一片寂静,充满神秘。他轻轻地下到水中,免得发出一点声响。在温暖的夜色中,他懒洋洋地游起来。水中似乎仍然有着她苗条的身体留下的芳香。在繁星点点的夜空下,他骑着马返回城里,心里感到与世无争了。

且说他每天黄昏都去水潭,每天黄昏都能见到埃赛尔。不久,他就消除了埃赛尔的羞怯。那个姑娘变得顽皮而友好。他们一起坐在水潭上方的岩石上,河水就在旁边快速流过。他们并排坐在可以俯视水潭的岩石突出的地方,望着越来越浓的暮色正神秘地把水潭一点点地盖没。他们约会的消息不可避免地很快传开了——在南太平洋地区,大家对各人的情况都了如指掌——于是饭店里的那些客人经常粗野地拿他打趣逗乐。他面带微笑,听凭他们谈论,甚至对他们下流的暗示也懒得加以否认。他的感情是极其纯净的。他爱埃赛尔,就像一个诗人喜爱月亮一样。在他看来,埃赛尔不是一个普通女子,她并不属于这个世界,而是那个水潭中的精灵。

一天在饭店里,经过酒吧间的时候,劳森看到老布雷瓦尔德正站在那儿,身上像往常一样穿着破旧的蓝色工装裤。因为他是埃赛尔的父亲,劳森想过去跟他谈谈。于是他走进酒吧间,点头招呼,给自己要了一杯酒,然后相当随意地转过身子,邀请老头跟他一起喝一杯。他们谈了一会儿当地的事务。劳森局促不安地发觉那个挪威人正用狡黠的蓝眼睛瞅着他。老头的举止并不叫人感到愉快。他的言行里充满了阿谀奉承,但在那副曲意逢迎的样子背后,这个在跟命运的抗争中失败的老头让人感受到的,仍是以前他身上所剩的那股凶狠好斗的劲儿。劳森记得他曾是一条从事奴隶买卖的纵帆船,也就是太平洋上被人称作"贩奴船"的船长。他的胸口上还有一个很大的突起疤痕,那是他在跟所罗门群岛上的居民争斗中受伤留下的。这时候,午饭的铃声响了。

"噢,我得走了。"劳森说。

"为什么你不找个时间到我的住处玩玩呢?"布雷瓦尔德呼哧呼哧地说。"房子并不怎么气派,但欢迎你来。你认识埃赛尔。"

"我很乐意前去。"

"星期天下午最为合适。"

布雷瓦尔德的平房寒碜破旧,坐落在种植园中的椰子树林里,距离通往维利马的大道有一点路。紧靠房子的周围种着不少高大的大蕉树,叶子都已残破,看去好像一个穿着破衣烂衫的漂亮女子,透出一股凄凉的美感。一切都显得乱糟糟的,缺乏妥善照管。几只黑色的小猪瘦瘦的,脊背高耸着,四处用嘴乱拱。许多小鸡吱吱地叫着,在这儿那儿的垃圾堆里觅食。三四个当地人正懒洋洋地待在游廊上。听到劳森说要找布雷瓦尔德,老头就用沙哑的嗓音对着他喊叫起来。劳森发现他正在会客室里抽着一个用老石南根制作的烟斗。

"坐下吧,不要拘束,"他说,"埃赛尔正在梳妆打扮。"

她进来了,穿着一件衬衫和一条短裙,头发是按照欧洲人的发式梳理的。尽管她身上没有了每天黄昏去水潭时的那种狂野、羞涩的风韵,但现在看起来却更加平常,也就更加容易接近。她跟劳森握了握手。这是他头一次碰到她的手。

"我希望你能和我们一起喝杯茶。"她说。

他知道她上过教会学校,她为他故意做出的那副客套样子,让他感到好玩,同时也很感动。桌子上已放好了茶点,过了一会儿,老布雷瓦尔德的第四个妻子就把茶壶拿来。她是一个相貌端庄的土著女子,已经不怎么年轻了,只能说几句英语,脸上老挂着笑容。茶点就是相当正规的一顿饭,许多涂黄油的面包和各种味道很甜的蛋糕给端了上来,谈话也是正儿八经的。随后一个满脸皱纹的老婆子轻轻走了进来。

"这是埃赛尔的外婆。"老布雷瓦尔德说道,同时声音很响地朝地上吐了口痰。

她坐在椅子边上,显得很不舒服,可以看出她平时很少这样坐,要是坐在地上也许倒会自在一些。她默不作声,用两只亮闪闪的眼睛凝神望着劳森。在房子后面的厨房里,有个人在拉六角手风琴,两三个正在唱圣歌的人突然提高了嗓门。他们唱圣歌倒并不是出于虔诚,而是为了从歌声中得到乐趣。

劳森走回饭店的时候,他莫名其妙地感到相当快乐。那些人杂乱无章的生活方式让他深受触动;布雷瓦尔德太太的笑容和温和的性情,那个矮个子挪威人奇异的人生经历,老外婆那亮闪闪的神秘的眼睛,都让他感到不同寻常,趣味无穷。这种生活比他所了解的任何生活更加自然,更接近亲切、肥沃的大地。在这个时刻,他对人类文明产生了反感,经过同这些更加具有原始天性的人们的轻微接触,他感到获得了更多的自由。

饭店已经叫他感到厌倦,于是他就搬了出去,住到一所属于他自己的整洁雪白的小平房里。房子面向大海,这样环礁湖那纷繁多变的色彩就时刻出现在他的眼前。他爱这座美丽的海岛。伦敦和英国在他的心目中变得无足轻重,他甘心情愿在这个被人遗忘的地方度过余生,这儿充满全世界最美好的东西,爱与幸福。他打定主意,无论会遇到哪种障碍,什么都无法阻止他跟埃赛尔结婚。

可是并没有遇到一点障碍。在布雷瓦尔德家里,他始终受到欢迎。老头对他奉承讨好,布雷瓦尔德太太则永远面带笑容。他也瞥见过几个当地人,他们似乎都属于这个家庭。有一次,他看到一个腰间系着拉瓦拉瓦的年轻人,他身材高大,身上刺着花纹图案,头发用石灰染成白色,正跟布雷瓦尔德坐在一起。据说这个年轻人是布雷瓦尔德太太的侄儿;但是他们多半待在他见不到的地方。埃赛尔跟劳森在一起时十分可爱。她见到他的时候眼睛里闪现出的光彩让他心花怒放。她显得娇艳动人,天真烂漫。她对他谈起她上过的教会学校,谈起那些修女,他听得如痴如醉。他和她一起去看每两个星期放映一次的电影,并在电影结束后举行的舞会上跟他跳舞。乌波卢岛上的娱乐活动本来就不多,所以大家从岛的四面八方纷纷赶来参加。在那儿,你可以见到当地所有社交界的人士:几乎不与别的族群交往的白种女人,神态优雅地穿着美国服装的混血儿,当地人,成群结队穿着白色长罩衣的皮肤浅黑的姑娘,还有穿着并不常见的帆布衣服和白色鞋子的年轻男子。一切都显得那么光鲜,那么欢快。埃赛尔高兴地向她的朋友展示这个始终与她寸步不离的白人爱慕者。流言很快就传开了,说劳森打算跟她结婚,埃赛尔的朋友们都羡慕地望着她。一个混血女子能让一个白人娶她,这是一件不同寻常的事儿,即便不那么正常的关系也比没有要强,但是谁也不知道那种关系最终会有怎样的结果。劳森身为银行经理,这种身份使他成为海岛上最理想的结婚对象之一。要不是他把全副心神都放在埃赛尔身上,他就会发现许多双眼睛都好奇地瞅着他,就会看到那些白种女人对他扫视的目光,察觉她们把脑袋凑在一起的窃窃私语了。

后来,那些住在饭店里的男子打算在上床睡觉前喝一杯威士忌,纳尔逊突然大声说道:

"嗨,据说劳森打算跟那个姑娘结婚了。"

"那他就是一个十足的傻瓜。"米勒说。

米勒是一个德裔美国人,把自己的姓氏从穆勒改成现在的姓氏,他身材高大,体形肥胖,脑袋光秃秃的,长着一张圆脸,胡子刮得干干净净。他戴着一副宽大的金边眼镜,这使他的样子显得和和气气,而他身上的帆布衣服也总是干净洁白。他是一个酒瘾很大的人,随时准备和"伙伴们"喝上一宿,但从来不会喝醉。他性情欢快,和蔼可亲,但为人十分精明。什么都无法干扰他的商业事务。他是旧金山一家商行派驻在这儿的代表,海岛上的一个货物批发商,销售印花棉布、机械等诸如此类的物品。他总摆出一副亲切友好的神气,那是他习惯采用的手法之一。

"他不知道自己会面对什么样的麻烦,"纳尔逊说,"应当把情况告诉他。"

"如果你听从我的建议,就不要去干涉那些与你无关的事儿,"米勒说,"当一个人打定主意要干傻事的时候,什么都阻止不了他。"

"我完全赞成和外面的那些姑娘快活一下,但要说到结婚,我要公开地说,鄙人一个也不要。"

查普林当时也在场,这会儿该他发言了。

"我见到很多小伙子这样干过,但是都没有好处。"

"你应该跟他谈谈,查普林,"纳尔逊说,"你比任何人都了解他。"

"我给查普林的建议是不要管这件事儿。"米勒说。

就算在那些日子里,劳森也不是很受欢迎,实际上没有哪个人对他具有浓厚的兴趣,肯为他的事儿花费心思。查普林太太跟两三个白种女人谈到这件事儿,但她们都光是表示这样实在可惜;当他明确地告诉她们他打算结婚的时候,看来为时已晚,再也无法采取什么行动加以劝阻了。

开始的一年,劳森过得十分幸福。在环抱阿皮亚的那个海湾上的一个地点,他租了一所平房,靠近当地人的一个村庄。房子朝着色彩鲜明的蓝色太平洋,美妙地掩映在椰子树丛中。埃赛尔在房子里走来走去,显得那样可爱,那样欢快,那样轻盈优雅,样子就像树林中的一头幼小的动物。他们时不时地发出笑声,说着一些毫无意义的话。有时候,饭店里的一两个客人会过来与他们一同消磨晚上的时光;星期天,他们经常到某个娶了土著女子的种植园主家去待上一天。偶尔,在阿皮亚开店的某个混血生意人会举行一场宴会,他们就去参加。如今那些混血儿对劳森的态度发生了很大的转变。由于他的婚姻,他成了他们中的一员,他们把他叫作伯蒂,跟他热烈拥抱,拍拍他的后背。他喜欢看到埃赛尔出现在这样的聚会上。那时候,她总是笑个不停,眼睛闪闪发亮。看到她那种喜洋洋的高兴神色也让他受益匪浅。有时候,埃赛尔的亲戚也会到他们的住处来,当然包括老布雷瓦尔德,她的母亲,还有她的表亲,一些亲属关系模糊的穿着宽大长罩衣的土著女子以及系着拉瓦拉瓦的男人和男孩子,他们的头发染成红色,身上刺着精细的花纹。他从银行回来,发现他们坐在那儿,他宽容地发出一阵笑声。

"可别让他们把咱们家吃穷了。"他说。

"他们是我的家人。他们提出要我帮助,我只好如此。"

他心里很清楚,如果一个白人娶了一个土著女子或混血女子,他就必须想到,他妻子的亲戚会把他看作取之不尽的财源。他用手捧住埃赛尔的脸,吻着她那鲜红的嘴唇。也许他无法指望埃赛尔明白,他的薪水养活一个单身汉绰绰有余,但要供养一个妻子和一家人就得细心规划。后来埃赛尔生下一个男孩。

当劳森头一次把孩子抱在怀里的时候,他心里猛然感到一阵剧痛。他没有料到孩子的皮肤竟然这样黑。不管怎么说,他只有四分之一的当地人血统,实在没有理由不像一个英国孩子。但这个孩子蜷缩在他的怀里,灰黄色的皮肤,头上已覆盖着黑色头发,两只乌黑的大眼睛,看上去完全就是一个当地孩子。由于他的婚姻,侨民中的白种女人都不再理睬他。以前他身为单身汉,习以为常地到一些男子家去吃饭,如今遇到他们,他们都显得有点局促不安,为了掩饰困窘的样子,他们都表现得过于热情友好。

"劳森太太好吗?"他们会说。"你真是一个幸运的家伙。真是一个漂亮女子。"

但是如果他们跟自己的妻子一起遇到他和埃赛尔,当他们的妻子纤尊降贵地朝埃赛尔点头时,他们就感到很不自在。劳森看到他们的样子禁不住哈哈大笑。

"他们沉闷乏味得就像一潭死水,整个这帮人都是如此,"他说,"即便他们不请我去参加他们那讨厌的社交聚会,也一点不会影响我今晚的睡眠。"

可是现在的情况叫他有点心烦。

那个深色皮肤的婴儿皱起眉头,那是他的儿子。他想起阿皮亚的那些混血孩子。他们的脸色看上去很不健康,灰黄而苍白;他们早熟得也令人生厌。他看到他们坐船前往新西兰上学,必须为他们选择一所接受当地血统孩子的学校。他们挤在一起,放肆而又胆怯,他们身上所具有的特点相当奇特地把他们和白人区分开来。他们之间讲着当地的语言,长大以后,因为血统的原因,他们只能领到低微的薪水。女孩也许可以嫁给一个白人,但男孩根本没有机会,要么娶一个跟他们一样的混血儿,要么娶一个土著女子。劳森打定主意,一定要把儿子带走,脱离这种屈辱的生活。无论付出怎样的代价,他都必须返回欧洲。他走进房去,看到埃赛尔虚弱可爱地躺在床上,身边围着几个土著女子,这样更增强了他的决心。如果他把埃赛尔带走,让她生活在自己的种族当中,她就会更加完整地属于自己。他对埃赛尔的爱无比强烈,因而希望她的整个身心都跟自己在一起。他清楚地意识到,埃赛尔跟当地的生活有着根深蒂固的联系,她心里总保留着一些他所不了解的东西。

他平静地上班去了,出于朦胧的保密本能,他给一个在阿伯丁一家航运公司担任合伙人的表弟写了一封信,信上说他的身体状况(跟好多人一样,他也为了自己的身体状况而出国来到这儿的海岛)已经好多了,目前似乎没有他不返回欧洲的理由。他请求他尽量利用他的影响,为他在迪赛德①找一份工作,无论薪水多么微薄都不要

---

① 迪赛德,英国苏格兰港口城市阿伯丁周边的一个市镇。

紧,因为那儿的气候特别适合像他这样一个身患肺病的人。书信从阿伯丁寄到萨摩亚要花五六个星期的时间,而且往来的信件肯定不止一封。他有充足的时间让埃赛尔在思想上做好准备。埃赛尔听到这个消息开心得像个孩子。看到她向朋友们夸耀说她要去英国了,他觉得很好玩儿。这对她来说是一个突破,她在那儿会变得相当英国化。随着出发日期的逐渐临近,埃赛尔也充满了兴趣,变得十分兴奋。最后来了一封电报,金卡丁郡的一家银行为劳森提供了一个职位,埃赛尔简直大喜若狂了。

经过漫长的旅程,他们终于在一个到处都是花岗石房屋的苏格兰小镇上安居下来。这时候,劳森意识到再次回到自己的种族当中生活对他是多么重要。回想在阿皮亚度过的三年时光,那简直就是一次流放,现在他又回到了看来似乎唯一正常的生活,不禁宽慰地松了口气。现在又可以打高尔夫球了,也可以钓鱼了,真正的钓鱼,心里真是舒畅。在太平洋地区钓鱼,几乎没有什么乐趣可言。在那儿,只要你把钓鱼线扔到水里,就能从到处是鱼的大海中把游动缓慢的大鱼一条接一条地钓上来。现在每天都会看到刊载当天新闻的报纸,会见到你可以交谈的男女同类了,心里真是舒畅。现在可以吃到不是冷冻的鲜肉,喝到不是罐装的牛奶了,心里真是舒畅。这儿不像太平洋地区,人们大都依靠自身的资源。他很高兴可以独自拥有埃赛尔。他们结婚两年了,他从来没有像现在这样全心全意地爱她,眼前几乎一刻也不能没有她的身影,他需要跟她进行更加亲密的交流,而这种需求正变得日益急迫。可是,奇怪的是,在抵达英国的最初那阵兴奋过去之后,埃赛尔对新的生活似乎并没有表现出他原来预料的那样多的兴趣。她不习惯周围的环境,样子显得有点无精打采。当美丽的秋天变得阴沉惨淡,逐渐走向冬天的时候,她开始抱怨天气寒冷。她半个上午都躺在床上,一天的其余时间就坐在沙发上,有时看看小说,但是更多的时候,什么事都不做。她看上去十分痛苦。

"不要紧,亲爱的,"劳森说,"你很快就会习惯的。耐心等着夏天到来吧。到了那会儿,这儿的天气就几乎跟阿皮亚一样热了。"

几年来,他从来没有感到身体这样良好,这样强健。

在萨摩亚照管房屋的时候,埃赛尔总是随便应付一下,那没有什么关系,但在这儿就不合适了。如果有客人前来拜访,劳森不希望家里看上去乱糟糟的。于是他笑了笑,取笑了埃赛尔几句,就自己着手把房里的东西收拾整齐了。埃赛尔在一旁懒洋洋地看着他。每天她都花费好几个小时跟自己的儿子一起玩耍,用她自己乡土的婴儿语言跟他交谈。为了给她排忧解闷,劳森努力在邻居中结交朋友,他们不时去参加一些规模不大的聚会,在那儿,女士们唱着社交界流行的民歌,男人们则默默地待在一旁,和蔼可亲地露出满脸笑容。埃赛尔有些腼腆,看起来似乎不愿跟别人坐在一起。劳森有时会突然焦虑起来,问她是不是感到不快乐。

"不,我很快乐。"她回答说。

可是她的眼神朦朦胧胧,似乎隐含着什么想法,劳森猜不出那究竟是什么。她似乎变得有些孤僻,劳森感到自己对她的了解并不比最初看到她在水潭里洗澡时更深多少。他有种不安的感觉:埃赛尔对他隐瞒着什么东西。他爱慕埃赛尔,所以这叫他相当苦恼。

"你不是在想念阿皮亚吧?"有一次他问埃赛尔。

"哦,不——我觉得这儿很好。"

一种模糊的疑虑驱使他在谈到海岛和岛上的居民时说了一些贬损的言辞。埃赛尔笑吟吟的，并没有回答。难得有那么几次，她收到从萨摩亚寄来的一包书信，接下来的一两天，她就神情呆板、脸色苍白地走来走去。

"说什么我也不会回到那儿去，"有一次他说道，"那个地方不适合白人。"

可是他发觉，有时埃赛尔在他不在家的时候，私下哭泣。在阿皮亚，埃赛尔很爱说话，嘴里滔滔不绝地说着他们日常生活中的琐事和当地的传闻，但现在她逐渐变得寡言少语，尽管他努力想让她开心一些，但她仍然无精打采。在他看来，埃赛尔对以往生活的回忆使她跟自己有了距离。他对那座岛屿和那片大海，对老布雷瓦尔德，对那些深色皮肤的当地居民充满了疯狂的妒意，现在一想到那些人，他心里就感到惊恐。每逢埃赛尔谈到萨摩亚的时候，他就冷嘲热讽，充满怨恨。晚春时节，白桦树都开始发出新叶，一天黄昏，他打了一场高尔夫球回来，发现埃赛尔并没有像平常那样躺在沙发上，而是站在窗口，显然是在等他回来。他一走进房间，埃赛尔便跟他打了个招呼。不过叫他诧异的是，埃赛尔用的是萨摩亚语。

"我受不了了，无法在这儿生活下去了。我恨这儿，我恨这儿。"

"看在上帝的分上，用文明的语言说话！"他气冲冲地说。埃赛尔朝他走过来，笨拙地用胳膊搂住他的身体，动作里透着野蛮的气息。

"咱们离开这儿吧，回到萨摩亚去。如果你让我留在这儿，我会死去的。我想回家。"

她的情绪突然爆发了，开始哭起来了。劳森的怒火一下子消失了,把她拉过来坐在自己的膝盖上。他对埃赛尔解释说他不可能辞去目前的工作,那毕竟是他们主要的收入来源。他原来在阿皮亚的位置早就安排了别人。要是回去的话,他会一无所有。他尽量设法把话说得通情达理,那儿的生活相当不便,他们必然会面临羞辱,那样也会给他们的儿子带来痛苦。

"苏格兰有着优质的教育和其他资源。学校条件完善,费用低廉。他可以去上阿伯丁大学。我要让他成为一个真正的苏格兰人。"

他们管他们的儿子叫安德鲁。劳森想要安德鲁成为一个医生,他将来会娶一个白种女人。

"我并不为自己有一半萨摩亚人的血统而感到羞耻。"埃赛尔闷闷不乐地说。

"当然不用这样,亲爱的。那没有什么可羞耻的。"

埃赛尔柔软的脸蛋贴在他的脸上,他感到自己极其软弱。

"你不知道我是多么爱你,"他说,"要是能让你知道我心中对你的爱意,我真愿意付出一切。"

他四下寻找埃赛尔的嘴唇。

夏天到了。高地的山谷里一片翠绿,芳香四溢。山上满是色彩鲜艳的石南花。在这个浓荫匝地的场所,一个晴天接着一个晴天。从大路上耀眼的阳光下,走到白桦树的树荫下,让人感到不胜舒畅。埃赛尔不再提到萨摩亚了,劳森也就不再那样紧张不安了。他以为埃赛尔已经甘心接受目前的环境,他觉得自己对埃赛尔的爱如此强烈,她的内心实际已容纳不了任何其他的憧憬了。有一天,当地的医生在街上挡住了他的去路。

"嗨,劳森,你太太现在在我们高地的溪流中洗澡,她应该小心一些才是。你知道,这儿可不像太平洋地区。"

劳森吃了一惊,无法神色镇定地加以掩饰。

"我不知道她在那儿洗澡。"

医生笑了起来。

"很多人都曾看到她。你知道,这引起了他们的一些议论,因为到桥上面的那个水潭洗澡,选择那个地方显得有点奇怪,那儿是不让洗的,但在里面洗一下实际也没有什么害处。只是我不知道那样的水她怎么受得了。"

劳森对医生提到的水潭并不陌生,他突然想到这个水潭和埃赛尔在乌波卢岛习惯每天黄昏都去的那个水潭在某种程度上倒很相似。一条清澈的高地小河蜿蜒流过满布岩石的水道,一路欢快地水花四溅地行进,随后形成一个平静的深水潭,水潭旁边有片小小的沙滩。水潭周围密密层层地满是遮天蔽日的树木,并不是椰子树,而是山毛榉。阳光断断续续地穿过树叶,照在亮闪闪的水面上。这幅景象叫他感到震惊。在他的想象中,他看到埃赛尔每天都去那儿,在岸边脱掉衣服,悄悄进入水中。水凉丝丝的,显然要比她在家乡所喜爱的那个水潭的水阴凉。埃赛尔似乎一时间又重新获得了以往的那种感觉。他发现埃赛尔又一次成为那个奇特、狂野的溪流女神。在他看来,是流水在向她发出召唤,真是不可思议。那天下午,他朝小河走去。他小心翼翼地穿过树林,长满青草的小路消除了他脚步的声音。不久,他就来到一个可以看到水潭的地点。埃赛尔正坐在水潭边上,低头看着水面。她静静地坐在那儿,看上去好像正无法抗拒地受到潭水的吸引。他不知道她头脑中乱糟糟地掠过一些什么奇特的念头。最后埃赛尔站起身来,有一两分钟消失在他的视线以外,随后又出现在他的眼前,埃赛尔穿着宽大的长罩衣,光着两只小脚,动作优雅地走过布满苔藓的潭岸,来到水边,把身子浸到水中,轻轻地没有溅起一朵水花。埃赛尔在水里静静地游来游去,游动的姿势里有种超凡脱俗的意味。他不知道这种景象为什么会如此奇怪地打动了他。他等待着,直到埃赛尔爬出水潭。她站了一会儿,湿漉漉的衣衫的褶纹都紧贴着她的身子,清晰地显露出她的体形。她用两只手缓缓地滑过自己的胸部,喜悦地轻轻舒了口气。随后她就失去了踪影。劳森转身走回村子,心里万分痛苦,因为他知道,埃赛尔对他来说仍然是一个陌生女子,他那饥渴的爱情注定无法得到满足。

他没有提到自己看到的一切,对整个事件完全不加理会,但是他用好奇的目光望着埃赛尔,试图猜出她头脑里的想法。他对埃赛尔越加充满柔情,想要凭借自己热烈的爱情让她忘掉自己内心深切的期盼。

后来有一天他回到家里,惊讶地发现埃赛尔并不在房子里。

"劳森太太在哪儿?"他向女仆问道。

"她带着孩子到阿伯丁去了,先生,"女仆答道,对他的问题有点奇怪,"她说她会坐最后一班火车回来。"

"哦,好吧。"

埃赛尔竟然一句话也没有对他提过这次短途旅行,他感到很恼火,但倒并没有心神不定,因为近来埃赛尔不时前往阿伯丁,去那儿逛逛商店,或许看场电影,他看到埃赛尔这样感到很高兴。他赶到车站去接埃赛尔,但埃赛尔并不在最后那班火车上,他突然惊慌起来。他回家来到卧室，立刻发现埃赛尔的梳妆用具都不在原来的地方了。他打开衣柜和抽屉，里面几乎空了一半。埃赛尔跑了。

他一下子怒火满腔。那天夜晚给阿伯丁打电话展开调查，时间已经太晚了，而他也知道他的调查可能会得到什么样的答案。埃赛尔极为狡猾地选了他们银行的定期结账日，让他根本没有机会去追赶她。他被自己的工作困住了手脚。他拿起一份报纸，看到次日早晨有一班开往澳大利亚的轮船。埃赛尔现在一定在去伦敦的途中，内心的痛苦让他禁不住抽泣起来。

"我对她已经仁至义尽了，"他大声说，"她竟忍心这样对待我，真是残忍，无比残忍！"

在苦恼中挨过两天后，他收到了埃赛尔的来信，信是用她那像小学女生一样稚嫩的笔迹写的，她写信总是很费劲儿。

亲爱的伯蒂：
　　我再也受不了了，我回家去了。再见。
　　　　　　　　　　　　　　　　　　埃赛尔

她没有说一句表示歉意的话，甚至根本没有要求他跟她一起走。劳森感到十分沮丧。他查到了那条轮船停靠的第一个地点，尽管他心里很清楚埃赛尔不会回来了，但他仍然给埃赛尔发了一封电报，恳求她回来。他可怜巴巴、充满焦虑地等待着，希望埃赛尔能回复哪怕只有一句表示爱意的话儿，但也没有回音。他度过了一段又一段心潮翻腾的时光。时而他告诉自己已经完全摆脱埃赛尔了，接着又想不给她钱，用这种手段逼迫她回来。他孤独愁闷，对埃赛尔和儿子朝思暮想。他知道，无论怎样自我排遣，只有一个解决方法，那就是随她而去。如今要是没有埃赛尔，他就再也无法生活下去了。他对未来的所有规划好似一所纸牌搭成的房屋，如今在一阵气急败坏的焦躁中，他把房屋推倒了，到处都是四散开来的纸牌。他并不在意自己是否会失去未来的机会，只想把埃赛尔找回来，别的事儿在他眼里都无足轻重。他尽快赶到阿伯丁，告诉银行经理他打算马上离开。银行经理加以反对，表示这样仓促的通知会造成麻烦。劳森不愿听从忠告，他打定主意，要在下一班轮船起航前获得自由。他终于把自己拥有的一切财物都卖掉了，登上了那条船的甲板，直到那时，他心里才恢复了几分平静。在此之前，那些同他有交往的人都觉得他的神志不那么正常了。他在英国采取的最后一项行动就是给身在阿皮亚的埃赛尔发了一封电报，告诉埃赛尔他就要去跟她团聚了。

到了悉尼，他又发了一封电报，最后随着黎明的来临，他坐的那条轮船穿过阿皮亚港口的沙洲，眼前又一次出现了散布在港湾各处的白色房屋，这时他不禁感到莫大的宽慰。医生和事务官都来到船上，他们俩都是他的老相识。看到他们熟悉的脸庞，他感到十分亲切。看在老交情的分上，他和他们一起喝了一两杯；同时也因为他心里极为紧张。他无法确定埃赛尔是否乐意见到他。当他坐上汽艇，接近码头的时候，他心神不安地朝等在码头上的那一小群人扫了一眼，埃赛尔不在那儿，他的心猛地往下一沉，但接着他看到了穿着蓝色旧衣服的布雷瓦尔德，心里又对他的岳父产生了好感。

"埃赛尔在哪儿？"他跳上岸后问道。

"她在家里，跟我们住在一起。"

劳森感到有些失望,但他仍然装出一副愉快的样子。

"噢,有我住的地方吗?大概我们需要一两个星期,才能安顿好。"

"当然有的,我想我们可以给你匀出一些地方。"

过了海关,他们去了饭店,有几个老朋友在那儿迎接他。大家一起喝了好几轮酒,他们才脱身离开。他们最终出了饭店朝布雷瓦尔德的房子走去,两个人都感到乐悠悠的。他在布雷瓦尔德家把埃赛尔搂在怀里,重逢的欢乐让他忘掉了所有的痛苦念头。他的岳母见到他很开心,岳母的母亲,那个年事已高、满脸皱纹的老婆子也是如此。几个当地人和混血儿也走进门来,他们在周围坐成一圈,满脸堆笑地望着他。布雷瓦尔德拿出一瓶威士忌,每个前来的人都呷了一口。劳森坐在当中,把他那深色皮肤的小男孩放在膝盖上,他们已经把他穿的英国衣服扒掉了,他全身光溜溜的,埃赛尔穿着宽大的长罩衣坐在一旁。他感到自己好像一个回头的浪子。下午他又前往饭店,回来的时候更加兴高采烈,他喝醉了。埃赛尔和她母亲知道白人有时会喝得烂醉,这种情况是可以预料得到的。她们把他扶上床去,同时温和地笑着。

过了一两天,劳森开始寻找工作,他心里清楚无法指望找到自己以前为了返回英国所放弃的那种工作,但是凭他所受的教育,到一家商行去找一份差事总是可以的,说不定这次变动并不会让他遭受什么损失。

"不管怎么说,你在银行工作是发不了财的,"他说道,"做生意才最为合适。"

他希望自己尽快成为一个必不可少的人物,这样就会有人跟他合作,几年以后,他必然会成为一个有钱人。

"我一安顿好了,咱们就去找一所木屋,"他对埃赛尔说,"咱们不能一直在这儿住下去。"

布雷瓦尔德的平房面积实在太小,大家都挤在一起,根本没有独处的机会,也谈不上什么安宁和清静。

"噢,不用着急。在咱们找到满意的住处之前,完全可以在这儿住下去。"

他花了一个星期才安排妥当,进了一家商行,那是一个叫贝恩的人开办的。可是当他对埃赛尔谈起搬迁的事儿时,埃赛尔说在孩子出生前,她想继续住在这儿,因为她又有了身孕。劳森想要跟她说理争辩。

"如果你不喜欢这样,"她说,"那你就住到饭店里去好了。"

他突然变得脸色煞白。

"埃赛尔,你怎么能说出这样的话来呢?"

她耸了耸肩膀。

"既然咱们可以住在这儿,再拥有一所自己的房子,又有什么好处呢?"

劳森只得依了她的意思。

劳森每天下班回到布雷瓦尔德家,总看到平房里挤满了当地人。他们闲散无事,有的抽烟,有的睡觉,有的喝卡瓦酒,说起话来没完没了。那个地方又脏又乱。他的儿子满地乱爬,正跟当地一些孩子嬉戏玩耍,满耳朵听到的都是萨摩亚语。他养成一个习惯,在下班回家的路上总顺便到饭店去喝上几杯鸡尾酒,因为有酒壮胆,他才能安然面对接下来的夜晚和那群亲切友好的当地人。至于埃赛尔，尽管他从来没有像目前这样热烈地爱她，但他始终觉得她正悄悄脱离他的掌握。孩子出生后，他再次提出他们应当搬到自己的房子里去，却又遭到了埃赛尔的拒绝。在苏格兰的居留似乎使她背叛了自己的种族，如今她兴高采烈地回到他们中间，似乎转而完全奉行她原来那种当地人的生活方式。劳森酒喝得更厉害了，每个星期六晚上，他都到英国俱乐部去喝得烂醉如泥。

他有一个特点，每逢喝醉了酒，就爱跟人争吵。有一次，他跟雇用他的老板贝恩发生了激烈的争执。贝恩就把他辞退了，他不得不另找一份工作。他闲散了两三个星期，在这段时间里，他不愿坐在家里，而是到饭店或英国俱乐部去闲荡并喝酒。那个德裔美国人米勒完全出于同情，把他带到自己的办公室里；不过米勒毕竟是一个生意人，尽管劳森在金融方面的技能很有用处，但是鉴于目前的情况，劳森几乎无法拒绝一份比以前要低的薪水，米勒毫不犹豫地表示愿意给他这样的薪水。埃赛尔和布雷瓦尔德都责怪他接受了这份工作，因为那个混血儿佩德森向他提出的薪水要高不少。可是一想到要听从一个混血儿发号施令，他就感到万分厌恶。埃赛尔在他的耳边唠叨个不停，他怒气冲天地嚷道：

"我就是死了，也不会给一个黑鬼干活。"

"你也许不得不如此。"她说道。

六个月后，他发现自己不得不接受这种无法改变的屈辱待遇。他渐渐无法抵挡自己对于烈酒的嗜好，经常喝得醉醺醺的，工作搞得一塌糊涂。米勒警告过他一两次，但劳森不是轻易就肯接受规劝的人。一天，在争吵过程中，他戴上帽子，走出门去。可是如今他已经声名狼藉了，谁也不会再聘用他。他闲散了一段时间，接着就得了震颤性谵妄①。他身体痊愈后,感到既丢脸又虚弱,再也无法顶住持续的压力,就去找佩德森,请他给自己安排一份工作。佩德森很高兴有一个白人在自己的店里干活,而且劳森在计算方面的能力也很有用处。

从那时起,他的境况迅速恶化。白人对他神态冷漠,只是出于对他的鄙夷和怜悯,同时害怕他喝醉酒后的凶猛狂暴,他们才没有完全对他不理不睬。他变得极其敏感,时刻留神提防别人对他的冒犯。

他完全生活在那些当地人和混血儿中间,但是他不再具有白人的威望了。他们感到他讨厌他们,而他们也怨恨他那种神气活现的架势。现在他就是他们中的一员,他们不明白为什么他还要装腔作势。以前一直对他巴结讨好、曲意逢迎的布雷瓦尔德,如今也对他嗤之以鼻。埃赛尔嫁给他显然是一笔赔本买卖。家里出现了不光彩的场面。有一两次,两个男人挥拳打起架来。每逢发生争吵,埃赛尔总是站在自己的家人一边。他们发现他喝醉的时候反倒比清醒的时候好,因为一旦喝醉了,他就会躺在床上或地面上呼呼大睡。

后来他发觉大家有什么事儿瞒着他。

每当他回到平房用晚餐(也就是那种粗劣难吃、部分属于当地出产的食物)时,埃赛尔往往不在家里。要是他问埃赛尔到哪儿去了,布雷瓦尔德就说埃赛尔和她的这个或那个朋友一起去消磨晚上的时光了。有一次,他也到布雷瓦尔德提到的那所房子去找埃赛尔,结果发现埃赛尔并不在那儿。埃赛尔回来后,他问埃赛尔究竟

---

① 震颤性谵妄,因过量摄入酒精引起的意识障碍,伴有幻觉、呓语、震颤等症状。

到哪儿去了，埃赛尔回答说她父亲弄错了，她实际上是到某某人的家里去了。但他知道埃赛尔是在说谎。那会儿，埃赛尔身上穿着她最漂亮的衣服，两只眼睛亮闪闪的，显得非常娇艳可爱。

"不要跟我耍什么把戏，我的姑娘，"他说，"否则，我要打断你身上的每一根骨头。"

"你这个醉鬼。"她轻蔑地说。

如今他觉得布雷瓦尔德太太和老外婆看他的眼神都充满恶意，而布雷瓦尔德这时却不同寻常地仍对他相当和气，他把这种情况看作布雷瓦尔德对自己的女婿藏奸耍滑的得意表现。另外他也动了疑心，他以为白人都用好奇的眼神看着他。每当他走进饭店的酒吧间时，那儿的客人就会突然安静下来。这种现象让他相信他们谈论的话题就是自己。一定出了什么事儿，大家都心知肚明，只有他一个人蒙在鼓里。他一下子感到妒火中烧。他认为埃赛尔一定跟哪个白人暗中勾搭，他一个接一个地对他们仔细察看，但没看出一点儿蛛丝马迹。他相当无奈。因为找不到哪个人可以确切地证实他的猜疑，他就像一个满口胡言的疯汉走来走去，四处寻找着那个可以让他发泄怒火的人。最后出于偶然的机会，他遇到一个其实最不应当遭受他暴力行为的人。一天下午，他独自闷闷不乐地坐在饭店里，查普林走了进来，在他的身旁坐下。也许查普林是如今整个岛上唯一对他抱有同情的人。他们要了几杯酒，谈了几分钟岛上不久就要举行的赛马会。随后查普林说：

"我想我们都得掏钱来给女士们买些新衣服。"

劳森吃吃地笑起来。因为查普林太太掌管着金钱，如果她要为这项活动买一件连衣裙，她肯定用不着向她的丈夫要钱。

"你的太太好吗?"查普林问道,希望显得亲切友好一点。

"那跟你究竟有什么关系?"劳森说,他那两道黑色的眉毛皱了起来。

"我只是问一个表示礼貌的问题。"

"噢,把这个表示礼貌的问题留给你自己吧。"

查普林并不是一个有耐心的人。他在热带地区住了很长时间,又爱喝威士忌,外加受到家庭事务的影响,因而他跟劳森一样也不大能控制住自己的脾气。

"嗨,老兄,在我的饭店里,你要表现得像个上流绅士,否则,我就马上把你扔到街上去。"

劳森那愠怒的脸上变得红一阵黑一阵。

"我再告诉你最后一次,你也可以转告其他人,"劳森充满怒火、气喘吁吁地说,"如果你们当中哪一个家伙敢跟我的妻子鬼混,那他最好小心一点。"

"你认为哪个人想跟你的妻子鬼混?"

"我并不像你想的那么傻,我的洞察力跟大部分人一样好。我不客气地提醒你注意,事情就到此为止。我无法容忍什么偷鸡摸狗的勾当,决不容忍。"

"听我说,你还是走吧,等到头脑清醒了,再回来。"

"我想走的时候自然会走,一分钟也不会提前。"劳森说。

这种大话说得实在欠缺考虑,因为查普林身为饭店老板,这种经历使他掌握了与人交往的一种特殊技能,他更看中的是客人的地位,而不在乎是否有他们相伴。劳森的话刚说出口,他就发现自己的领子和胳膊被抓住了,整个人给猛地推到街上。他跌跌撞撞地下了台阶,来到明亮耀眼的阳光底下。

正是由于这桩事儿,他跟埃赛尔之间才头一次出现了暴力的场面。他深感羞辱,心里十分难受,不愿再回饭店,那天下午回家就比平时要早。他看到埃赛尔正在梳妆打扮,准备出门。平常埃赛尔总是穿着宽大的长罩衣,光着两只脚,黑头发上插着一朵花儿,懒懒散散地消磨时间;但是眼下,她穿上了白色长丝袜和高跟鞋,正在把她最新的那条平纹细布的粉红色连衣裙穿上身去扣好。

"你把自己打扮得十分漂亮,"他说,"究竟要到哪儿去呀?"

"到克罗斯利家去。"

"我和你一块儿去吧。"

"为什么?"埃赛尔冷淡地问道。

"我不想让你总是一个人四处游荡。"

"他们并没有请你。"

"我才不在乎这一点呢。没有我,你也去不成。"

"你最好先躺下,等我准备好。"

埃赛尔以为他喝醉了,一躺到床上,很快就会进入睡乡。他却坐到一把椅子上抽起烟来。埃赛尔越来越烦躁地看着他。等她准备好了,他也站起身来。正巧这时候平房里一个人也没有,这种情况是很少见的。布雷瓦尔德在种植园里干活,他妻子到阿皮亚去了。埃赛尔正眼望着他。

"我不跟你一块儿去,你喝醉了。"

"这是谎话。没有我,你也去不成。"

埃赛尔耸了耸肩膀,想从他的身旁走过去,但他一下子抓住了她的胳膊,抱住了她。

"放开我,你这个讨厌的家伙。"她突然用萨摩亚语说。

"为什么你不想要我陪你去?不管你耍什么鬼把戏,我都无法容忍,我不是跟你说过这一点吗?"

埃赛尔捏紧拳头,朝他的脸上打去。他一下子失去了控制,所有的爱和恨都从心头涌起,他完全气疯了。

"我要教训你一下,"他嚷道,"我要教训你一下。"

他一把抓起正好放在手边的马鞭,狠狠地对埃赛尔抽去。她尖声喊叫起来,这种尖叫使他更加恼怒,他继续一鞭又一鞭地抽打着。埃赛尔的叫声在房子里回荡;他一边挥鞭抽打,一边嘴里咒骂,接着便把埃赛尔扔到床上。埃赛尔躺在那儿,因为疼痛和恐惧而呜咽起来。他丢下马鞭,冲出房去。埃赛尔听到他走了,停止了哭泣。她小心地朝四周看了看,随后站起身来。她感到身上很疼,但受的伤并不怎么严重。她看了看身上的连衣裙有没有撕坏。土著女子对于挨打早已习以为常。她并没有被劳森的这种行为所激怒。她对着镜子,梳了梳头发,两只眼睛亮闪闪的,透出一种奇特的神采。也许她从来没有像那时对他的感觉那样近于爱情。

可是,劳森不辨东西南北地朝前跑去,跌跌撞撞地穿过种植园,他突然感到精疲力竭,虚弱得如同一个孩子,一下子扑倒在一棵大树脚下。他感到痛苦和羞愧。他想到埃赛尔,在他那充满柔情蜜意的爱情中,他身体内部的所有骨头似乎都已变得酥软了。他想到了过去,想到了心中的期望,他被自己的行为吓呆了。他从来没有像现在这样渴望拥有她,他想要把她搂在怀中。他必须马上回去。他站了起来,但身子虚弱不堪,走路摇摇晃晃。他走进房子,埃赛尔正在窄小的卧室里,坐在镜子前面。

"哦,埃赛尔,原谅我吧。我十分羞愧,我不知道自己做了什么。"

他在埃赛尔面前跪了下来,怯生生地抚摸着她的连衣裙下摆。

"真不能想象我所干的事儿,太可怕了。我觉得我疯了,世上没有一个女人能让我像爱你那样爱她。为了让你免遭痛苦,我什么都愿意做,而我竟然伤害了你。我永远都不能原谅自己,但是看在上帝的分上,告诉我说你原谅我了。"

埃赛尔的叫声仍在他的耳边回响,叫他实在无法忍受。埃赛尔默默地望着他,他想去抓住埃赛尔的两只手,泪水从他的脸上淌了下来。他在羞辱中把脸藏在埃赛尔的裙兜里,虚弱的身子因为抽泣而不住颤抖。埃赛尔的脸上露出了全然轻蔑的神情,跟其他当地女人一样,她也看不起一个在女人面前低声下气的男人。一个可怜虫。埃赛尔一度几乎觉得这个人有几分男子汉的气概,而他如今却像条野狗似的趴在自己脚下。埃赛尔有些鄙夷地踢了他一脚。

"滚出去,"她说道,"我恨你。"

劳森想要去抱住她,但是被她推开了。她站起身来,脱下身上的连衣裙,甩掉脚上的鞋子,拉下长袜,随后换上原来那件破旧的长罩衣。

"你要到哪儿去?"

"那与你有什么关系?我要到水潭去。"

"让我也去吧。"他说道。

他问话的语气就像一个孩子。

"你就不能放手让我去吗?"

劳森用手捂住脸,伤心地哭起来,而埃赛尔经过他的身旁,走了出去，她的目光冷冰冰的，充满敌意。

打那时起，埃赛尔就完全不把他放在眼里了。尽管所有的人都聚集在面积不大的房子里，劳森和埃赛尔带着两个孩子，布雷瓦尔德、他的妻子和岳母，还有那些始终待在那儿或在周围游荡的关系模糊的亲戚和食客，大家不得不相当拥挤地生活在一起，但是劳森已经变得无足轻重，几乎不受哪个人的注意。他早上吃罢早饭就出门，只在吃晚饭的时候才回来。他不再跟人争斗，如果手里没有钱去英国俱乐部，晚上他就同老布雷瓦尔德和当地人玩红心牌戏①来消磨时间。在没有喝醉的时候，他自惭形秽，无精打采。埃赛尔待他像一条狗似的。当他暴跳如雷的时候，埃赛尔偶尔会顺从一下，随之而来的仇恨却让她不寒而栗。后来他变得奴颜婢膝，哭哭啼啼，那时埃赛尔对他无比蔑视，真想朝着他的脸啐上一口唾沫。有时他蛮横动粗，但是埃赛尔已做好了应对的方法。如果他动手打人，她就又踢又抓，还用牙咬。他们之间发生了激烈的打斗，他并不总能占据上风。不久，整个阿皮亚都知道他们夫妻的关系很不好。几乎没有人对劳森表示同情。在饭店里，大家对老布雷瓦尔德没有把他赶出家门都感到相当惊讶。

"布雷瓦尔德是个脾气相当暴躁的家伙，"其中一个人说道，"要是他哪天把一颗子弹射到劳森的体内，我也一点不会感到奇怪。"

埃赛尔仍然每天黄昏都到那个静寂的水潭去洗澡。那个水潭似乎对她具有一种超凡的吸引力，正如你能想象到的那样，大海那清凉的、带着咸味的浪涛同样也会叫一个具有灵魂的美人鱼痴迷向

---

① 红心牌戏，一种玩牌者必须避免吃进红心花色的牌的牌戏。

往。有时候，劳森也去。我不知道究竟是什么东西促使他到那儿去。他的到场显然叫埃赛尔感到很恼火。也许是因为他希望在那儿重新感受到最初见到埃赛尔时充满内心的那种销魂荡魄的喜悦；也许跟那些害着疯狂单相思的人一样，仅仅感到只要坚持去爱，就能逼迫对方接受。一天他又缓缓地走到那儿，心里产生了如今他很少出现的一种感觉。他突然感到与世无争了。黄昏正在逐渐降临，暮色似乎紧贴着椰子树的树叶，看上去好似一小片薄云。微风悄悄地拂动树叶。树顶上面挂着一个月牙儿。他走到岸边，看到埃赛尔正仰面浮在水里，长发飘荡在身体周围，手里拿着一朵很大的木槿花。他站住脚，停了片刻，以便仔细观赏，埃赛尔的样子真像奥菲利亚①。

"嗨，埃赛尔。"他欢快地大声说。

埃赛尔猛地做了一个动作，手里红色的木槿花掉在了水面上，悠然地向远处漂去。她又划了一两下水，直到可以踩到水底了，才站起身来。

"走开，"她说道，"走开。"

劳森笑起来。

"别那么自私。水潭有充足的地方，可以供咱们俩一起洗澡。"

"为什么你不能让我独自待一会儿？我就想一个人待着。"

"真该死！我也想洗澡。"他心情愉快地回答说。

---

① 奥菲利亚，莎士比亚《哈姆雷特》中的女主人公。哈姆雷特装疯后，她悲痛欲绝，在河边采花时失足落水而死。不少画家用自己的画作来表现奥菲利亚落水的场景。英国拉斐尔前派画家约翰·埃弗雷特·密莱（1829—1896）就曾有一幅《奥菲利亚》的画作，表现了奥菲利亚在水中的美好形象。

"你到桥那边去。我不希望你待在这儿。"

"我对这一点深表歉意。"他仍然面带笑容地说。

他一点也不生气,几乎没有注意到埃赛尔正满腔怒火。他开始脱下上衣。

"走开,"她尖声叫道,"我不想让你待在这儿。你就不能让我清静一下吗?走开。"

"别傻了,亲爱的。"

埃赛尔弯下身子,拾起一块边角锐利的石头,飞快地朝他扔过去。他闪躲不及,石头正好击中了太阳穴。他大叫一声,伸手捂住了头,把手拿下来的时候,上面已经沾满了血。埃赛尔仍一动不动地站在原处,气得直喘粗气。他变得脸色煞白,什么话也不说,拿起上衣走了。埃赛尔又把身子钻到水里,让河水把她缓缓地带到下游的浅滩。

石头造成了一个锯齿形伤口,接下去的几天,劳森只好头上缠着绷带,四处走动。他编了一个听上去可信的谎言,打算在俱乐部的那群人问起他这场意外时加以解释,但他根本没有机会来使用这个谎言。谁也不提这桩事儿。他看到他们偷偷摸摸地朝自己的脑袋瞥上几眼,但是都没有开口说话。沉默只能说明他们知道他是怎么受伤的。眼下他已经确定埃赛尔有一个情人,大家都知道那个人是谁,而他却连一点可以追踪的蛛丝马迹都没有发现。他从没有见到埃赛尔跟哪个人在一起,也没有人表现出想要跟埃赛尔在一起的愿望,或者对他的态度露出什么奇特反常之处。他气得七窍生烟,却找不到哪个人可以发泄自己的怒火,于是酒喝得越来越多。就在我来到海岛之前不久,他又一次患上了震颤性谵妄。

我是在一个叫卡斯特的人家里见到埃赛尔的。卡斯特和他的土著妻子住在距离阿皮亚有两三英里的地方。我跟他打了一阵网球,我们打累了,他提出去喝杯茶。我们走进房子,在乱糟糟的起居室里,看到埃赛尔正跟卡斯特太太在聊天。

"嗨,埃赛尔,"卡斯特说,"我不知道你在这儿。"

我禁不住好奇地对她仔细端详,想要弄清楚她身上究竟有什么东西竟会让劳森如此神魂颠倒。但是这种事儿谁又说得清呢?她确实娇艳可爱,让人想起红色的木槿花,萨摩亚灌木树篱中常见的花朵,样子总是那样雅致,那样娇柔,那样充满激情。不过考虑到那时我了解的有关她的大量传闻,最叫我感到吃惊的,还是她所表现出的青春活力和淳朴天性。她寡言少语,有点儿羞涩,身上没有一点粗俗或爱好炫耀的地方,也没有表现出混血儿常有的那种兴高采烈的样子。几乎无法相信她会是一个泼妇,但他们夫妇间发生的激烈争吵说明了这一点,而且这种情况如今也变得尽人皆知。她穿着漂亮的粉红色连衣裙和高跟鞋,看上去样子很像一个欧洲人。你几乎无法猜想在当地这种愚昧落后的生活背景下,她会感到自己更加舒适自在。我认为她一点也不聪明。如果一个男人跟她生活了一段时间后发现,原来促使他对自己的意中人发生兴趣的那股激情已经渐渐消退,开始产生厌倦,我一点也不会感到惊讶。在我看来,她的天性实在叫人难以捉摸,好像一个念头出现在人的意识中,但在被用话语说明前又倏忽不见了;她身上的特殊的魅力就表现在这种方面。不过那也许只是一种幻觉。如果我先前对她的情况毫无了解,我就只会把她当作一个娇小漂亮的混血儿看待,与其他混血儿并无什么区别。

她跟我谈到了各种不同的话题,这些话题都是他们跟萨摩亚的陌生游客经常谈起的。她谈到了旅行,问我是否到帕帕瑟去滑过滑水岩①,是否打算住在当地人的村子里。她还跟我说起苏格兰,我似乎听出她想要多谈谈她在那儿的豪华住所,甚至天真地问我是不是认识这位太太或那位太太,她们都是她住在英国北部时结识的。

　　接着,米勒,那个身材肥胖的德裔美国人,走了进来。他非常热情地跟周围所有的人握了握手,坐了下来,用他那欢快、响亮的嗓音要了一杯加苏打水的威士忌。他太胖了,全身汗水淋漓。他摘下金边眼镜,把镜片擦擦干净。那时你就看到原来在那副很大的圆镜片眼镜后面显得相当温和的小眼睛,露出精明、狡猾的目光。在他来之前,房里的气氛有点儿沉闷,但他是一个很会讲述逸闻趣事的心情欢快的家伙。不久,他就用说笑打趣的话让那两个女人,也就是埃赛尔和我朋友的妻子开心地笑起来。在这个岛屿上,他以善于博得女士的欢心而出名。你可以看到这个肥胖臃肿、又老又丑的家伙身上仍然具有潜在的令人着迷的地方。他的幽默能让周围的人听懂,言辞充满了活力和自信,而他那美国西部地区的口音又给他的讲述增添了特别的风味。最后他转身对我说道:

　　"噢,要是咱们想要回去吃晚饭的话,那么最好现在就走。如果你愿意,我可以用车子带你回去。"

　　我对他表示感谢,接着站起身来。他跟其他人握了握手,迈着沉重坚实的步子走出房子,爬上他的汽车。

　　"真是个娇小的美人儿,劳森的妻子。"我们驾车朝前行驶的时

---

① 帕帕瑟的滑水岩是萨摩亚的著名旅游景点,位于阿皮亚南部。

候,我开口说。

"他对埃赛尔太坏了,老是揍她。一听说男人殴打女人,就叫我火冒三丈。"

我们又朝前行驶了一会儿,随后他说道:

"他和埃赛尔结婚真是十足的傻瓜,我当时就这么说。如果没有结婚,他就可以支配埃赛尔。他疑心很重,他就是这样,疑心很重。"

一年行将结束,我离开萨摩亚的时间也日益临近。我坐的那条轮船定于一月四日开往悉尼。大家在饭店里庆祝圣诞节,举行了一些适当的仪式,但看起来不过是为新年所做的排练而已。我们这些习惯在酒吧相聚的人决定在新年前夕痛快地玩上一晚。大家吃了一顿热闹的晚餐,随后步态从容地前往英国俱乐部,也就是一幢简易的木板房屋,去打赌注台球。俱乐部里充满了欢声笑语,大家忙着下注打赌,但有些人的球技实在不高,而米勒却不是这样,虽然他喝酒喝得跟别人一样多,年岁又比无论哪个人都要大好多,但是他敏锐的目光和稳健的出手却一点也没有受到影响。他心情愉快、温文尔雅地把年轻人输掉的钱装进自己的口袋。一个小时以后,我感到厌倦,走出门去,穿过马路,来到海滩上。那儿有三棵椰子树,好像三个月宫仙女正等着她们的情人从海中踏浪而来。我在一棵椰子树下坐下,观看着环礁湖和夜空中汇聚的群星。

我不知道劳森原来晚上究竟待在哪儿,但是在十点到十一点之间,他上俱乐部来了。他步履蹒跚地顺着满是尘土的、空旷的马路走来,心里感到烦闷无聊。他来到俱乐部后,并没有去台球房,而是先到酒吧间去独自喝上一杯。眼下当很多白人聚在一起的时候,他对加入他们的行列心里会有些顾忌,所以需要喝上一杯烈性威士忌来给自己壮胆。他手里拿着酒杯站在那儿,忽然米勒朝他走了过来。米勒穿着衬衫,手里仍拿着球杆,朝酒吧间的伙计瞥了一眼。

"出去,杰克。"他说。

那个伙计是个当地人,穿着白色短上衣,腰间系着红色的拉瓦拉瓦,他一句话也不说,悄悄地溜出小房间。

"听着,劳森,我一直想跟你说几句话。"那个胖乎乎的美国人说。

"噢,那倒是这个该死的海岛上免费的、不用花钱、无须自掏腰包的一桩少有的事儿。"

米勒把他的金边眼镜往鼻子上按了按,让它更加稳固一些,随后用冷漠、坚定的目光盯着劳森。

"听我说,愣小子,我知道你又动手殴打你的太太了。这种情况是我无法容忍的。如果你不马上罢手,我会把你这个肮脏的小矮个子身上的每一根骨头都打断。"

这时劳森知道了他长久以来一直想要查明的情况。原来那个人是米勒,看到这个肥胖秃顶的人的模样,他那光溜溜的圆脸,双下巴,金边眼镜,他的年龄,他那好像一个叛教牧师的温和精明的神气,再想到那样苗条、纯洁的埃赛尔,他一下子感到不寒而栗。无论劳森的身上有什么缺点,他都不是一个胆小鬼。他一句话也不说,挥拳狠狠地就朝米勒打去。米勒赶紧用拿着球杆的手挡住他的拳头,接着猛地抡起右胳膊,把拳头打向劳森的耳部。劳森比美国人要矮上四英寸,而且身体也不够结实。他在疾病、令人倦怠乏力的热带气候以及烈酒的影响下,变得虚弱不堪。他立刻直挺挺地倒了下去,昏昏沉沉地躺在酒吧柜台的脚下。米勒摘下眼镜,用手帕擦了擦镜片。

"我想现在你知道会有什么结果了。我已经给了你警告,最好不要忘了。"

他拿起球杆,走回台球房,那儿闹哄哄的,谁也不知道刚才发生的事儿。劳森站起身来,用手摸了摸耳朵,那儿仍在嗡嗡作响。随后他悄悄地溜出了俱乐部。

我看到一个人穿过马路,在黑暗的夜色中只是一团白色,但是不知道那个人是谁。他走到海滩上,从我坐在底下的那棵椰子树旁经过,低头望着地面。那会儿我才发现原来那个人是劳森,他肯定喝醉了,我就没有开口。他继续犹豫不决地朝前走了两三步,接着又折了回来。他走到我的面前,弯下身子,瞅着我的脸。

"我就想是你呀。"他说。

他坐下来,掏出烟斗。

"俱乐部里太热了,而且闹哄哄的。"我主动开口说道。

"你干吗坐在这儿?"

"我在等着大教堂的午夜弥撒。"

"要是你愿意,我跟你一起去。"

劳森如今相当清醒。我们默默地坐在那儿抽了一会儿烟。环礁湖里不时传来大鱼溅起水花的声响。稍远一点,靠近环礁湖缺口的地方,显露出一条纵帆船的灯光。

"你下个星期坐船回去,是吧?"他问道。

"是的。"

"又一次回家,真叫人高兴。可是那样我绝对受不了。你知道,那儿天气太冷。"

"眼下在英国,大家正在炉火旁索索发抖呢。想到这一点,真是奇特。"我说。

周围连一丝风也没有,柔和的夜色好像施了魔法似的让人着迷。我身上只穿了薄薄的衬衫和一套白帆布衣裤。我体味着令人倦怠的美好的夜晚,舒坦地伸展开四肢。

"这样的除夕是不会让人想对未来做出立志从善的决心的。"我笑着说。

他没有回答,我不知道我随口说的一句话在他的头脑里引起了怎样的思绪,因为他很快就开口说起来。他声音低沉,面无表情,但是他说话的腔调表明他受过教育。他的鼻音和粗鲁的腔调一度让我的耳朵深受其害,现在听他这样讲话让人感到欣慰。

"我把事情搞得一团糟,显然是这样,对不对?我掉到了陷坑坑底,无法脱身出去。'眼前是一片沉沉的黑暗'①。"我感到他在引用这句诗的时候脸上露出了笑容。"而奇怪的是,我看不出自己究竟错在哪儿。"

我屏住了呼吸,因为在我看来,没有什么比一个人向你赤裸裸地展示灵魂更让人肃然起敬的了。接着你又发现没有哪个人像他那样无足轻重,那样低下,以至身上的一点火花都会引起别人的同情。

"如果我能看出那都是我的过错,事情就不会如此糟糕了。不错,我好酒贪杯,但如果事情是另一种样子,我就不会喝酒上瘾。我

---

① 此为英国诗人威廉・欧内斯特・亨利(1819—1903)的《不屈》中的一行诗句。

不会真正喜欢上烈酒的。我想我不应该跟埃赛尔结婚,要是我只是养着她,就不会出现什么问题。但是我确实那么爱她。"

他说话的声音不住颤抖。

"她不是一个坏人,你知道,真的不是。只是我运气不好。我们本来可以十分幸福。当她离开的时候,我想我应该放她走的,但我不能那样做——当时我对她痴迷眷恋,而且我们还有孩子。"

"你喜爱孩子吗?"我问道。

"那时喜爱的,你知道,有两个孩子。但是眼下,他们对我没有那么重要了。在无论什么地方,你都会把他们当作本地人。我也得用萨摩亚语来跟他们说话。"

"一切重新开始为时太晚了吗?你能不能鼓起劲来离开这儿呢?"

"我没有力气了,不行了。"

"你仍然爱你的妻子吗?"

"现在不了,现在不了。"他重复着这句话,声音里透出惊恐的样子。"我现在也完全搞不清楚了,我落魄潦倒了。"

大教堂的钟声响了起来。

"如果你真想跟我一起去参加午夜弥撒,咱们最好现在就走吧。"我说。

"好吧。"

我们站起身来,顺着马路朝前走去。大教堂完全是白色的,面向大海,巍峨壮观,相比之下,新教教堂看起来就像一些普通的礼拜堂。路上只有两三辆小汽车,却有大量轻便马车,不少马车就靠在路边的墙上。大家从岛屿的四面八方赶来参加弥撒,从敞开着的高大的门洞里,可以看到里面挤满了人,高高的圣坛上灯火辉煌。人群中只有几个白人,有一些混血儿,但绝大多数是当地人。所有的男子都穿着长裤,因为教会认定拉瓦拉瓦颇不得体。我们在教堂后面找到座位坐了下来,那儿靠近敞开的门口。不久,我用眼睛随着劳森的目光,看到埃赛尔和一群混血儿走了进来。他们都穿戴得十分漂亮。男人都围着既高又硬的领子,穿着闪闪发亮的皮靴。女人则戴着宽大的色彩鲜艳的帽子。埃赛尔穿过走道的时候,朝她的朋友们点头微笑。弥撒开始了。

弥撒结束后,我和劳森站在一侧看着人群鱼贯而出,随后劳森向我伸出手来。

"再见,"他说,"希望你归途愉快。"

"哦,但是我走之前仍会见到你的。"

他吃吃地笑起来。

"问题是你究竟想见到我喝醉酒的时候呢,还是我头脑清醒的时候。"

他转身离开了我。我记得他那又大又黑的眼睛,在两道浓眉下狂热地闪闪发亮。我犹豫不决地停下来,一点也不感到困倦。我想无论如何,要再到俱乐部去盘桓一个小时,然后再上床歇息。到了那儿,我看到台球房里已经空无一人,但酒吧间里有五六个人正围坐在一张桌子周围打扑克。米勒在我走进去的时候抬起头来。

"坐下来跟我们打一盘。"他说。

"好吧。"

我买了一些筹码,就开始跟他们一起打牌。当然,这是世上最令人着迷的游戏。我停留的时间从一个小时延长到两个小时,随后又延长到三个小时。尽管时间这么晚了,但那个当地的酒吧间伙计心情欢快,毫无倦意,在我们身旁为我们提供酒水,还不知从哪儿弄来一块火腿和一个面包。我们继续打牌。大多数人都喝了好多酒,对他们的身体有害无益,但大家在牌桌上正打得兴起,谁也顾不上那么多了。我出手不大,既不想赢,也不担心输掉,但我看到米勒打牌时心神无比专注。他跟其他人一起一杯接一杯地喝着,却始终头脑清醒,保持冷静。他的那摞筹码在不断增加,面前放着的一张整洁的小纸片上,记录着他借给其他陷入困境的牌手的不同钱数。他对那些输钱给他的年轻人露出了亲切的笑容。他老是无休无止地开着玩笑,滔滔不绝地讲述着各种趣闻逸事,但是遇到抽补牌的机会,他从来都不错过;其他牌手的任何表情也不会逃过他的眼睛。最后晨光带着一点局促不安的羞涩神气,悄悄钻进窗户,好像它无权来到这儿,接着白天降临了。

"噢,"米勒说,"我想我们相当隆重地送走了旧的一年。现在让我们再用累积赌注①来一盘,然后我就钻进蚊帐去睡觉。别忘了,我五十岁了,我无法再熬着不睡了。"

清晨美丽而清新,我们都站在游廊上,面前的环礁湖好像一大片五彩缤纷的玻璃。有人提出到湖里去泡一泡再上床睡觉,但是谁也不愿意去,因为湖水黏糊糊的,脚踩下去也有危险。米勒的汽车就停在门口,他提议把我们带到水潭去。我们跳上汽车,顺着那条荒僻无人的大路朝前行驶。我们到达水潭后,那儿的天似乎还没有

---

① 累积赌注,指扑克牌戏中必须有人持有一对 J 牌以上的强牌时方可开局下注的赌注。

亮。树下的潭水仍然处在幽暗之中，夜晚的寂静笼罩着一切。我们都兴高采烈，但没有毛巾，也没有任何可替换的衣服，我一贯行事审慎，不知道洗完澡后怎样擦干身体。我们每个人都穿得不多，很快便脱下身上的衣服。纳尔逊，那个小个子货物管理员，头一个脱光了衣服。

"我要到水底去看看。"他说。

他跳进水中，不一会儿，另一个人也跟着跳进水中，但水并不深，在前面不远的地方又钻了出来，随后，纳尔逊也浮出水面，匆忙朝岸边游来。

"嗨，把我拉出来。"他说。

"怎么啦？"

显然出了什么问题。他脸上露出了惊恐的神情。两个人把手伸给他，他爬了出来。

"嗨，水底下有个人。"

"别傻了，你喝醉了。"

"噢，要是没有的话，就让我得震颤性谵妄好了。不过，我告诉你们，水底下确实有一个人。我都吓得要发疯了。"

米勒打量了他一会儿。这个小个子脸色煞白，浑身上下不住哆嗦。

"来吧，卡斯特，"米勒对那个高大的澳大利亚人说，"咱们最好下去看看。"

"他站在那儿，"纳尔逊说，"全身穿着衣服。我看到他了。他想要抓住我。"

"别说了，"米勒说，"准备好了吗？"

他们跳到水中。我们在岸上静静地等着。他们在水下待的时间长得似乎超出了任何一个活人可以屏气的时间。接着卡斯特出来了,后面紧跟着米勒,他的脸涨得通红,好像马上就要愤然发作的样子。他们拖着后面的什么东西。另外一个人跳到水里去帮他们,三个人一起把那个东西拖到水边,接着把它推到岸上。这时我们发现原来那是劳森,他的外套里系着一块大石头,跟两条腿捆在一起。

"他是打定主意不想活了。"米勒说,一面把他那双近视眼里的水擦干。

火奴鲁鲁

聪明的旅行家只在想象中旅行。一名法国老人①(他实际上是一个萨瓦人)曾写过一本叫作《在自己房间里旅行》的书。我并没有读过这本书,也不了解书的内容,但是书名却激发了我的想象力。要是以这种方式旅行,我就可以环游世界了。壁炉台旁的一幅画像将把我带往充满大片的白桦树林、到处是白色穹顶教堂的俄罗斯。伏尔加河②宽阔无边,在分布得疏疏落落的村庄尽头的酒店里,留着胡须的男子穿着粗糙的羊皮袄,坐在地上喝酒。我站在拿破仑③头一眼看到莫斯科的那座小山上,俯视着广大的城市。接着走下山

---

① 指格扎维埃·德·迈斯特(1763—1852),他出生于法国东南部萨瓦地区,该地区原为萨伏依公国所在地,曾归属于意大利。《在自己房间里旅行》(1794)是他所写的一部幻想作品。
② 伏尔加河,位于俄罗斯西南部,是欧洲最长的河流。
③ 拿破仑,即拿破仑一世(1769—1821),法兰西第一帝国(1804—1814)和百日王朝皇帝(1815)。一八一二年六月,他率领五十万大军攻入俄国境内,九月十四日进入莫斯科,后在俄军统帅库图佐夫指挥的俄军的反攻下,法军战败,他带领法军残部退出俄国国境,损失达四十七万人。

去,见到不少比我的许多朋友更为亲切的人——阿辽沙①、沃伦斯基②,还有其他十来个人。可是,我的目光落到一件瓷器上,我从它上面闻到了来自中国的辛辣的气味。我坐上一顶轿子,沿着狭长的堤道穿过稻田,或者绕过绿树葱茏的山峦。轿夫们在明亮的晨光中费劲地朝前走去,彼此愉快地交谈着,耳边不时传来寺院低沉的钟声,显得遥远而神秘。北京的街头有着各色人等,人群不时散开,好让迈着优雅的步子前行的骆驼队伍通过;它们来自蒙古的戈壁滩,把皮革和奇异的药物运来。在英国伦敦,某些冬天的午后,浓云低垂,光线暗淡得让你心情沮丧,不过那时你可以眺望窗外,眼前就会出现密集地生长在珊瑚岛海岸上的椰子树。阳光下,你在银白色的沙滩上漫步时,眼睛给那儿闪亮耀眼的光泽晃得简直无法直视。头顶上,八哥鸟发出十分吵闹的叫声,海浪永无休止地拍打着堡礁。诸如此类都是最美妙的旅行,是你在自己的壁炉旁进行的旅行,因为这时候,你不会失去所有的幻想。

可是有人喜欢在咖啡里放盐,他们认为这样的咖啡更加浓郁,别有风味,独特而迷人。同样,对于有些戴着浪漫光环的地方,当你亲眼目睹的时候,一定也体验过大失所望的感觉,这是不可避免的,但也增添了特别的趣味。你期待某件事儿完美无缺,到头来获得的印象却比完美本身要错综复杂得多。那就如同一个伟大人物性格中的缺陷——大家对他的崇拜会因此而降低,但是对他的为人也更

---

① 阿辽沙,俄国作家陀思妥耶夫斯基(1821—1881)的小说《卡拉马佐夫兄弟》中的幼子,是作者心目中的理想人物。
② 沃伦斯基,俄国作家托尔斯泰(1828—1910)的小说《安娜·卡列尼娜》中的一名军官,安娜的情人。

感兴趣。

我本来并没打算前往火奴鲁鲁。那儿离欧洲实在过于遥远，我是从旧金山经过一次十分漫长的旅行才到达那个地方的，它又有一个引起如此奇特的美好联想的名字①，因此乍一见到这座城市，我简直不敢相信自己的眼睛。我不知道自己心中是否对预期见到的景象已经有了多少确切的构想，但是我的所见所闻却让我大吃一惊。这是一座典型的西方城市，棚户房跟石头大厦紧紧挨着，破旧失修的木屋跟装着平板玻璃窗的时髦商店互为比邻；电车轰鸣着沿街驶去；福特、别克和帕卡德牌的小汽车排列在路边。店铺里的商品繁多，摆满了美国文明的必需品。每隔两座房子就是一家银行，每隔四座房子就是一家轮船公司的代理处。

大街上十分拥挤，人种多得难以想象。美国人对天气毫不理会，穿着黑外套，浆硬的领子高耸着，头上戴的是草帽、呢帽和圆顶礼帽。淡褐色皮肤的卡内加人，头发鬈曲，只穿着衬衫和长裤，而那些混血儿则系着花哨的领带，穿着漆皮靴，样子显得非常潇洒。日本男子脸上挂着谄媚的笑容，穿着白帆布衣服，显得干净整洁，而穿着和服、背着婴儿的日本女人在他们身后一两步远的地方跟着；日本孩子穿着色彩鲜艳的罩衫，脑袋剃得光光的，看上去好像是奇特有趣的布娃娃。接下去就是中国人，男人身体肥胖，生活富足，却古怪地穿着美国人的衣服；但是女子却显得娇媚动人，黑头发梳理得紧密整齐，让你觉得永远都不会乱蓬蓬的。她们穿着白色、深蓝色或黑色的束腰外衣和裤子，显得十分整洁。最后是菲律宾人，男人

---

① 火奴鲁鲁一名源自夏威夷语，由 hono(港口)和 lulu(美好)组成，意为"良港"。

戴着巨大的草帽,女人则穿着袖子宽大蓬松的鲜黄色平纹细布服装。

这是东西方交汇的地方。新事物和无限古老的事物彼此接触。就算在这儿找不到你所期待的浪漫气息,却仍能遇到某件格外叫你感兴趣的事儿。在这儿,所有这些陌生的种族彼此十分接近地生活在一起,他们语言不同,思想各异,信奉着各自的神祇,具有不同的价值观。但他们都具有两种相同的情感:爱与饥饿。不知怎么的,当你仔细观察他们的时候,你就得到一种印象:他们身上具有不同寻常的活力。尽管清风如此柔和,天空如此湛蓝,但是你会感到,一股火热的激情好像跳动的脉搏似的在人群中奔突脉动,不过其中的缘由我并不清楚。马路拐角处,当地警察拿着白色的警棍,站在高台上指挥交通,整个场景看上去相当得体,但你禁不住感到这种得体只是表面上的,在往下稍稍深入的地方,便充满了神秘和黑暗,让你惊恐不安,心跳几乎都要停止了,那副情景正如你夜晚待在森林中,突然传来一阵低沉的、连续不断的击鼓声,周围的寂静也好像一下子颤动起来。你期待着马上就要出现的情况,但我也不清楚究竟会是什么事儿。

如果我强调了火奴鲁鲁不协调的地方,那是因为,在我看来,正是这一点才使我要讲的故事具有意义。这是一个有关原始迷信的故事。在一个即便算不上高度发展但也相当精致的文明世界里竟然出现这种事儿,真叫我大吃一惊。这种难以置信的事儿竟然发生,或者至少被认为出现在,比如说打电话的过程中,出现在电车上,以及日报上,我对这一点始终无法理解。那个领着我观赏火奴鲁鲁市容的朋友身上也存在着这样的不协调,从一开始我就感觉到了,实际上这也是他身上最显著的特征。

　　他是一个名叫温特的美国人,我把纽约一个熟人给我写的介绍信带给他。他的年龄介乎四十到五十之间,长着一头稀疏的黑头发,两鬓已经花白,一张瘦削的脸庞轮廓分明,两只眼睛闪闪发亮,大大的角质眼镜让他显得一本正经,但也使他看上去十分有趣。他是一个瘦高个儿,出生在火奴鲁鲁。他的父亲开了一家大型商店,销售针织品和时髦人士所需要的物品,从网球拍到防水油布等都有,买卖十分兴隆。因此,当温特不肯进入这个行业而宣称他要去当一名演员时,他的父亲大发雷霆,想来也是完全可以理解的。我的朋友在舞台上花了二十年光阴,有时待在纽约,但大部分时间都为了工作而四处奔走,因为他的天赋实在有限。他并不愚蠢,最后终于得出结论,他最好还是留在火奴鲁鲁销售吊袜带,而不是到俄亥俄州的克里夫兰①去演一些小角色。于是他不再登台演戏,开始经商。我觉得在经过了多年充满风险的日子后,他尽情体味着目前这种奢华生活的乐趣,驾着一辆很大的汽车,住在高尔夫球场附近的漂亮房子里。我确信,他是一个很有才干的人,所以能把生意管理得井井有条。可是,他无法跟艺术完全割断关系,既然他不能再演戏了,他就开始绘画。他把我领到他的画室里,向我展示他的画作。画得倒并不坏,但是与我对他的期望仍有一些差距。他只画静物,都是一些小型画作,大概有八英寸宽、十英寸长大小。他画得非常精细,刻意修饰完善。显然他十分喜爱描摹细节。他笔下的水果

---

① 克利夫兰,美国俄亥俄州东北部城市,位于伊利湖南岸,库亚霍加河口,为水陆交通枢纽。

让你想到吉兰达约①画中的水果。你一方面为他的耐心而感到有些惊讶,另一方面又不禁被他的灵巧笔触所吸引。我猜想,他之所以没能成为一个成功的演员,细加考虑的话,是因为他身上能够吸引观众的因素既不显著,也不丰富,无法让他走完自己的演艺道路。

我受到这个富有家产的人的款待,但他带着我在城里四处转悠时,脸上却露出嘲讽的样子。在他心里,他认为美国哪个地方都不能跟火奴鲁鲁相比,可是他也相当清楚,自己的态度有些滑稽。他开车带我去看了许多不同的楼房建筑,当我对它们的建筑风格合乎礼貌地表示赞赏时,他感到十分得意。他又领我去看了不少有钱人的宅第。

"那是斯塔布斯家的房子,"他说,"修建这所房子花了十万美元。斯塔布斯家族是这儿最有名望的几个家族之一。斯塔布斯的老爸是七十多年以前以传教士的身份来到这儿的。"

他稍微犹豫了一下,接着透过那副镜片又大又圆的眼镜,用闪闪发亮的眼睛看着我。

"我们这儿最有名望的家族都是传教士的家族,"他说,"如果你的父亲或祖父没有让一个异教徒信奉基督教,那你就算不上一个真正的火奴鲁鲁人。"

"是这样吗?"

"你熟悉《圣经》吗?"

"十分熟悉。"我回答说。

---

① 吉兰达约(1449—1494),意大利文艺复兴初期的佛罗伦萨画家,擅长画有故事情节和大量人物的大型湿笔画。

"其中有一节经文说:父亲吃了酸葡萄,儿子的牙酸倒了①。我想在火奴鲁鲁是不同的。做父亲的给卡内加人带来了基督教,但他们的子女却霸占了土地。"

"自助而后天助②。"我嘟囔道。

"当然如此。岛上的当地人信奉基督教的时候,他们实在没有别的东西可以信奉。国王们把土地赏赐给传教士来表示对他们的尊重,而那些传教士却通过在这片乐土所积累的财富来购置土地。这肯定是一项收益丰厚的投资。有一个传教士放弃了自己的行当——我想把他从事的工作称作行当并无冒犯的意思——成了一个地产商,但那只是一个例外。通常的情况都是由他们的孩子来照管他们的经济事务。噢,要是有一个五十年前上这儿来传教的父亲,那可真不错。"

可是他看了看手表。

"哎呀,表停了。这说明该去喝杯鸡尾酒了。"

我们顺着一条两边开满红色木槿花的开阔的大道疾驰而去,回到了城里。

"你去过联盟酒馆③吗?"

"还没有。"

"咱们就去那儿。"

我知道这是火奴鲁鲁最有名的地方,我带着强烈的好奇心去了酒馆。到那儿需要从国王大街穿过一条狭窄的道路,道路两旁都是

---

① 见《旧约·以西结书》第十八章第二节。
② 西方谚语。
③ 联盟酒馆,以前位于火奴鲁鲁市的商人街和圣殿街的拐角附近,今已不存。

一些办事处,那些口渴的人可以去酒馆,也可以在此喝上一杯。酒馆是一个宽敞的四四方方的房间,有三个入口,柜台从一面墙壁伸展到另一面,对面的两个角落给分隔成两个小房间。根据传说,当年这样修建是为了让卡拉库阿国王①喝酒时不被他的臣民们看到。想到在这样一个小房间里,一个皮肤墨黑的君主可能曾经跟罗伯特·路易斯·斯蒂文森一起坐在那儿饮酒,真是很有意思。酒馆里有一幅他的油画像,镶嵌在鲜亮的金黄色画框中,还有两幅印制的维多利亚女王②的画像。墙上还挂着几幅十八世纪的古老线雕铜版画,其中一幅(天知道怎么会来到这儿)所模仿的对象是德·怀尔德③笔下的戏剧人物画像。另外还有从二十年前的《图片报》和《伦敦新闻画报》的圣诞增刊上撕下的石印油画,威士忌、杜松子酒、香槟酒和啤酒的广告,以及棒球队和当地管弦乐队的照片。

  这个场所似乎并不属于我丢在外面明亮的街道上的那个喧嚣嘈杂的现代世界,而是属于一个行将死亡的世界。这个场所具有昔日的风味。灯光昏暗,朦朦胧胧,隐隐地具有一种神秘的气氛,你完全可以做出下述想象:这倒是一个非常适合做秘密交易的地点。这个场所也使人想到以前一段更加森然可怖的时期,那时候,冷酷无情的人把生死置之度外,凶狠狂暴的行为则给一成不变的生活添加了趣味。

---

① 卡拉库阿国王(1836—1891),夏威夷王国国王(在位时间 1874—1891),是最后一位实际统治夏威夷王国的君主。
② 维多利亚女王(1819—1901),英国女王(在位时间 1837—1901),在她即位后,英国加紧向外扩张,建立了庞大的殖民地,工商业亦迅速发展,因而她的统治时期被一些英国历史学家称为英国历史上的"黄金时代"。
③ 赛缪尔·德·怀尔德(1751—1832),祖籍荷兰的英国肖像画家和蚀刻画家,以戏剧人物画像而出名。

我走进酒馆，里面已经相当拥挤。一群做买卖的人站在柜台旁边，谈论着事务，两个卡内加人在一个角落里喝酒，两三个看上去好像店主模样的人正摇着骰子。其余的人显然都以大海为生；他们都是航线不定的货船船长、大副和轮机长。柜台后面，两个高大的混血调酒师正忙着调制火奴鲁鲁鸡尾酒，酒馆就是以这种鸡尾酒而闻名遐迩，他们都穿着白色服装，身材肥胖，皮肤浅黑，胡子刮得干干净净，头发浓密而鬈曲，两只眼睛又大又明亮。

温特似乎认识酒馆里的一大半人，我们朝柜台走去时，一个戴眼镜的矮胖男子要请他喝一杯，这个男子正独自站在那儿。

"不，你来跟我喝一杯吧，船长。"温特说。

他朝我转过身子。

"我希望你认识一下巴特勒船长。"

这个小个子男人跟我握了握手。我们开始说了几句话，但是周围的环境叫我无法集中心神，我并没怎么注意他的样子，我们各自要了一杯鸡尾酒，然后就分开了。当我们又回到汽车里准备驾车离开时，温特对我说：

"我很高兴咱们碰到了巴特勒。我本来就希望你跟他认识一下。你觉得他这个人怎么样？"

"很难说我对他会有多高的评价。"我回答说。

"你相信超自然的力量吗？"

"很难确切地说我相信这种力量。"我笑着说。

"一两年前，他遇到一桩十分离奇的事儿。你应该让他给你讲一下。"

"什么样的事儿？"

温特没有回答我的问题。

"我自己也无法解释清楚,"他说,"但是情况是确切无疑的。你对这种事儿感兴趣吗?"

"你说哪种事儿?"

"符咒、魔法,以及所有这类东西。"

"我遇到的每个人都对这类事儿充满兴趣。"

温特停顿了一会儿。

"我本人可不想告诉你。你应当听他亲口说一下,这样你就可以加以判断。你今晚有什么安排?"

"我什么事也没有。"

"那么,天黑之前我来跟他联系一下,看看咱们能不能到他的船上去。"

温特跟我讲了一些关于他的情况。巴特勒船长整个一生都是在太平洋上度过的。他以前的境况比现在要好得多。起初他是一艘定期在加利福尼亚沿海航行的客轮上的大副,接着升任船长,但后来他失去了自己的船只,许多旅客也跟着葬身海底。

"我猜是酗酒的缘故。"温特说。

当然展开了一场调查,他失去了自己的驾船执照,后来就更加远离了这个领域。他在南太平洋漂泊了几年,但他现在负责管理一条在火奴鲁鲁及四周几个岛屿之间航行的小型纵帆船。船主是一个中国人,在他看来,船长没有执照就意味着不必付给他高昂的薪水,而由一名白人来管理船只总是有利的。

现在既然知道了他的情况,我就尽力准确地回忆一下他究竟是怎样一个人。我记得他戴着一副圆眼镜,镜片后面是两只圆圆的蓝眼睛，他的形象就这样慢慢地重新浮现在我眼前。他身材矮小，体型肥胖，没有什么突出的轮廓，脸庞圆如满月，鼻子周围也有一点肥厚；浅黄色的头发剪得很短，脸膛儿红润，胡子刮得干干净净。他的手胖乎乎的，指节处尽是小坑，两条腿又粗又短。他是一个乐呵呵的人，他所经受的悲惨遭遇似乎并没有给他留下什么伤痕。虽然想必已经到了三十四五岁的年纪，但他看上去要年轻得多。可是不管怎样，我先前并没有对他多加注意。现在知道了他经历的灾难后——显然他的一生都给这场灾难断送了，我指望下次再见到他的时候，一定更加仔细地察看他一番。在不同的人物身上观察他们不同的情绪反应，是一桩十分奇妙的事儿。有些人可以经历可怕的争斗、死亡逼近前的恐惧和难以想象的恐怖，而心灵却一点不受伤害；而其他一些人，看到月亮浮动在荒凉的大海上，听到小鸟在灌木丛中歌唱，都会引起内心的震撼，以致整个人都发生了变化。这是由于人们性格上的优缺点，想象力匮乏或者性情不够稳定吗？我也说不上来。我脑海中设想起沉船当时的情景，想到那些掉在水里的人的尖叫和恐怖，想到后来他在调查过程中所经受的煎熬，想到那些因亲友遇难而悲痛欲绝的人，想到他一定会在报纸上看到的那些措辞严厉的报道，想到他所感受的羞惭和耻辱，同时却突然震惊地回想起另一个画面：巴特勒船长像个中学男生那样，正用赤裸裸的下流语言谈论着那些夏威夷姑娘，谈论着伊维雷红灯区①，谈论着他的那些成功的艳遇。他动不动就发出一阵笑声，而本来人家以为他再也笑不出来了。我想起了他那亮闪闪的白色牙齿，那是他身上最显

---

① 伊维雷红灯区，范围约为火奴鲁鲁中国城的西北部直达现今三十八号码头的区域。

著的特征。他开始引起了我的兴趣,想到他的样子,他那欢快的无忧无虑的神气,我忘了他以前的特殊经历,为了听到他的那番经历,我要再去见他。我想见他,也更想在可能的情况下,进一步弄清楚他是怎样一个人。

温特做好了必要的安排,晚饭以后,我们就走到码头边。纵帆船派来的划子已在那儿等待,我们就划了出去。纵帆船停泊在港口那头的某个地方,距离防波堤不远。我们划到纵帆船的一侧,听到了尤克里里琴①的声音。我们沿着舷梯爬了上去。

"我猜他在船舱里。"温特说,一面在前面领路。

船舱很小,破破烂烂,肮脏不堪。一侧放着一张桌子,周围是一圈宽阔的长椅,我想旅客就睡在这些长椅上面,他们坐这样的船旅行实在考虑得不够周全。一盏石油灯发出微弱的光,一个当地姑娘在弹着尤克里里琴,巴特勒正半睡半躺地斜靠在椅子上,头枕着那个姑娘的肩膀,用一只胳膊揽住她的腰。

"你可别受我们的打搅,船长。"温特开玩笑地说。

"进来吧,"巴特勒说,一面站起身来跟我们握了握手。"你们要喝些什么?"

这是一个温暖的夜晚,从开着的舱门口,可以看到夜空中布满了无数繁星,天空仍然近乎蓝色。巴特勒穿着一件无袖汗衫,露出两条又白又胖的胳膊,下面的那条裤子脏得叫人难以置信。他光着脚,头发鬈曲的脑袋上戴着一顶非常破旧、扁塌塌的毡帽。

"让我给你介绍一下我的女朋友。她是不是一个美人儿?"

---

① 尤克里里琴,一种类似吉他的四弦拨奏乐器。

我们跟这个十分俊俏的姑娘握了握手。她的身材比船长要高出许多。就算宽大的长罩衣也无法掩盖她那美丽的形体,这种服装是上一代的传教士为了讲究体统,逼迫当地土著穿在身上的,尽管他们心里并不情愿。我们只能猜测,随着年岁的增长,她会变得有些身体臃肿,但眼下她却显得优雅而灵活。她褐色的皮肤细腻光洁,眼睛漂亮动人,一头黑发又浓又密,编成粗粗的辫子盘在头上。当她带着自然迷人的笑容向人致意时,露出的牙齿细小、整齐而洁白。她当然是一个令人销魂的尤物。不难看出,船长狂热地爱着她。船长简直无法把自己的目光从她的身上移开,时时刻刻都想挨着她。这一点很容易理解,但令我感到奇怪的是,那个姑娘显然也爱着他。她眼睛里闪烁着的光芒是不会骗人的,微微张开的嘴唇仿佛发出欲望的叹息。这是令人兴奋的,甚至有些叫人感动,我不由得感到自己有些碍事。一个陌生人跟这样一对热恋的男女有什么相干呢?我真希望温特没有把我带到这儿来。在我看来,这个昏暗肮脏的船舱已经变了样子,如今它似乎已为这样激烈的恋情提供了一个十分合适的场所。我大概永远都不会忘掉这艘纵帆船,它停泊在布满船只、远离世界的火奴鲁鲁港口内,头顶上是一片浩瀚的星光灿烂的天空。我欣然想到那些夜晚在空旷寂寥的太平洋上一起航行的情侣,他们正从一个满是小山的绿色岛屿驶向另一个这样的岛屿。一阵似乎带有浪漫气息的和风轻轻地拂过我的脸颊。

可是,巴特勒是世上最不可能叫你联想到浪漫传奇的人,很难看出他身上有什么地方能激起爱情。穿着现在这身衣服,他的样子越发显得矮胖,而那副圆眼镜使他的圆脸盘看上去更像一个循规蹈矩的胖娃娃。他的形象更让人联想到倒霉的助理牧师。他的谈话中充满了最古怪的美国英语的特点。我对依照他的原话来加以转述，根本不抱什么希望，因此我想在后面用自己的话来讲述他的故事，不管那样会失去多少鲜明生动之处。况且，尽管他性情温和，但是他说的每句话儿都要带上一句咒骂。这种说话方式虽然只会让那些规矩正经的人听了不舒服，但印成文字未免显得粗俗。他是一个爱好欢乐的人，也许这可以说明为什么他在情场上几乎无往不胜，因为女人多半都是举止轻浮的生物，如果男人们对她们老是一本正经，她们就会厌烦得要命。面对那些让她们开怀大笑的小丑，她们几乎没有一点抵抗的能力。她们的幽默感相当肤浅。以弗所的狄安娜①为了那个坐在礼帽上的红鼻子演员，随时打算把她的谨慎想法丢到九霄云外。我意识到巴特勒船长颇有魅力。要是我不知道他经历过不幸的沉船遭遇，我会认为他的一生都过得无忧无虑。

　　一进船舱，我们的主人就拉了拉铃，这会儿，一个中国厨师端着更多的杯子和几瓶苏打水走了进来。威士忌和船长的空酒杯先前已在桌子上摆好了。我一看到这个中国人，确实吓了一跳，因为那肯定是我见过的相貌最为丑陋的人。他身材矮小，但相当结实，拖着一条瘸腿；穿着汗衫和长裤，裤子原来是白色的，但如今已肮脏不堪；蓬乱、粗硬的灰色头发上戴着一顶破旧的粗呢猎鹿帽。一般中国人戴这种帽子会显得古里古怪，但是他戴着却显得无比荒唐。他

---

① 以弗所的狄安娜，原指古代小亚细亚西岸的古城以弗所城中狄安娜（即希腊神话中的月亮和狩猎女神阿耳忒弥斯）神庙中的狄安娜雕像，据说该座有着许多乳头的狄安娜（狄安娜在当地以丰产女神的形象受到敬奉）雕像的躯干和双腿都给包裹在充满华丽饰物的衣衫中。神庙遗址位于今天土耳其的埃奥尼亚海滨。此处借用来指一般女性。

那宽大的、四四方方的脸庞平坦得好像受过重拳的猛击,上面布满了很深的天花的疤痕。不过,最叫人厌恶的是他脸上那极为明显的兔唇,由于从未动过手术修复,上唇朝着鼻子的方向裂开,裂口处露出一颗巨大的黄色獠牙,真是吓人。他走了进来,嘴角叼着一个烟头,不知道为什么,这样一来,他的神情就显得充满邪恶。

他倒好了威士忌,打开一瓶苏打水。

"不要加好多水,约翰。"船长说。

他一声不吭,给我们每人递过来一杯酒,然后就出去了。

"我看到你在打量我的中国佬。"巴特勒说,他那肥胖、光亮的脸上堆满了笑容。

"我可不愿意在黑夜里遇到他。"我说。

"他确实其貌不扬,"船长说,不知什么原因,他说这句话的时候似乎带着特别满意的口气。"不过,我要告诉世人的是,他在某一件事上可着实不错。只是你每次看到他的时候,需要提前喝一杯。"

可是,我的目光落到挂在桌子上方墙上的一个葫芦碗上,就站起来上前观看。我一直在寻找一个古老的葫芦碗,以前我在博物馆之外所见到的任何一个葫芦碗都不如面前这个葫芦碗制作得这么完好。

"那是一个海岛上的酋长送给我的,"船长望着我说,"我为他做了一件好事,他想送我一样好东西。"

"他的确送了你一样好东西。"我回答说。

我暗自琢磨,不知道能不能小心地向巴特勒船长开个价钱来购买这件东西,我无法想象他会珍视这个玩意儿,这时候,他似乎看出了我的心思,说道:

"这件东西就是出一万美元,我也不卖。"

"我想你也不会卖的,"温特说,"卖掉它无异于犯罪。"

"为什么?"我问道。

"这跟那个故事有关,"温特答道,"是不是这样,船长?"

"当然如此。"

"那就给我们讲一下。"

"夜色还不够深。"他答道。

后来黑夜显然已经完全降临,他满足了我的好奇心。那会儿,我们已喝下大量的威士忌,巴特勒船长给我们讲述了他以前在旧金山和南太平洋的经历。最后那个姑娘睡着了。她蜷缩起身子躺在椅子上,脸枕着自己褐色的胳膊,胸口随着呼吸轻微地一起一伏。她在睡眠中的脸色有些阴沉,但是却显得神秘而美丽。

他是在群岛中的一个岛屿上碰到那个姑娘的,他那摇摇晃晃的旧帆船就穿行在群岛之间,什么时候需要运货就立刻前往。卡内加人几乎不愿干活,所以勤劳的中国人,精明的日本人便从他们手中抢走了生意。那个姑娘的父亲有一块狭长的土地,种上了芋头和香蕉;另外还有一条船,用来打鱼。他跟纵帆船上的大副有远亲关系,有一次,大副带着巴特勒船长到他家那所破旧的小木屋去,度过一个闲散的夜晚。他们随身带了一瓶威士忌和尤克里里琴。船长不是一个羞怯的汉子,一看到这个漂亮姑娘便向她求爱。他的当地话讲得十分流利,不久他就克服了那个姑娘的羞涩。他们整个晚上都在一起唱歌跳舞,临到结束的时候,那个姑娘已经坐到他的身旁,而他也用胳膊搂着她的腰了。他们正巧要在岛上耽搁一些日子,船长并不是一个急性子的人,也就没有努力缩短停留的时间。他在这个不受风浪侵袭的小港口里怡然自得,日子显得十分悠长。清早他围着帆船游上一圈,黄昏再游一圈。海边有一家杂货店,水手们可以上那儿去喝一杯威士忌,他则跟那个混血儿店主打克里比奇①,度过白天的大部分时光。晚上,他和大副就到那个漂亮姑娘居住的房子去,唱上一两首歌,讲讲故事。是那姑娘的父亲提出让他把姑娘带走。他们友好地商讨这个问题;那时候,姑娘偎依在船长身边,两只手按在他的身上,不时用温柔的、充满笑意的目光扫他一眼,催促他把自己带走。船长对那个姑娘十分迷恋,他又是一个喜爱家庭生活的人。有时候,他感到海上生活有点枯燥乏味,在那条旧船上有这样一个漂亮的小人儿,会是一桩非常开心的事儿。另外,他也确实有着实际的需求,他意识到身边有个人为自己缝补袜子,照管衣裤,显然很有益处。他厌倦了让一个中国佬来给自己洗衣服,那个家伙把所有的东西都撕成碎片。当地土著洗得要好多了。当船长在火奴鲁鲁离船上岸时,他时常喜欢穿上一套漂亮的白帆布衣服去出出风头。这只是商定一个价钱的问题。姑娘的父亲希望他能拿出二百五十美元,船长并不是一个省吃俭用的人,一时无法拿出这样一笔款子。可是他素来慷慨大方,况且姑娘那娇嫩的脸庞正贴着自己的脸儿,他不愿意讨价还价。他提出先付一百五十美元,三个月后再付余下的一百美元。那天晚上,双方争执不休,无法达成协议。船长老想着这件事,心情激动,晚上也不像平时睡得那么好。可爱的姑娘老是出现在他的梦境中,每次醒来,他似乎都感到她那柔软、性感的嘴唇正贴在自己的嘴唇上。到了清晨,他仍在咒骂自己,因

---

① 克里比奇,一种二人、三人或四人玩的纸牌戏,用插在有孔的记分板上的小定计分。

为上次在火奴鲁鲁打牌时,他整个晚上都牌运不佳,弄得身上的现钱所剩无几。如果说头天晚上,他是爱上了那个姑娘,那么这天早晨,他已经为她神魂颠倒了。

"听我说,巴纳纳斯,"他对大副说,"我必须得到那个姑娘。你去告诉他父亲我今晚带钱过去,她整理收拾一下。我想咱们明儿天一亮就起航。"

我不知道大副怎么会有这样古怪的名字①。他本来名叫惠勒,可是即便拥有这样一个外号,他身体里也没有一滴白色的血。他身材高大,体格匀称,不过已有发胖的趋势,肤色要比一般夏威夷人的肤色深得多。他的岁数不小了,浓密鬈曲的头发已经灰白;嘴里上部的门牙也镶成了金牙,他对此十分自豪。他的眼睛明显是斜视的,因而神情显得有些阴郁。船长素来爱开玩笑,这就成了他源源不断的幽默源泉,总是毫不犹豫地拿大副身上的这个缺陷打趣,因为他知道大副对此十分敏感。巴纳纳斯与大多数当地人不同,是一个沉默寡言的家伙。巴特勒船长素来性情温和,不会不喜欢什么人,要是情况不是这样,那他管保会引起船长的嫌恶。巴特勒船长出海的时候想要有个人可以说说话儿,他本来就是一个喜爱闲聊、交际的人,要是天天跟一个闷声不响的家伙待在一起,这种情况简直会迫使一个传教士去喝酒。所以,他竭尽全力地想让大副活跃起来,换句话说,他毫不留情地戏耍大副,但结果只把自己引得哈哈大笑,那可实在扫兴。于是他得出结论,无论在醉酒还是清醒的时候,对于一个白人来说,巴纳纳斯都不是一个合适的伙伴。不过,他是

---

① 巴纳纳斯(Bananas)在英语中是香蕉的意思。

一个精干老练的船员。船长相当精明，知道有一个可以信赖的大副是多么重要。出海的时候，他经常在船上什么都干不了，而只是躺在床铺上睡觉。知道他可以躺在那儿，一直睡到酒醒为止，倒也不无裨益，因为巴纳纳斯可以让人放心。但他是一个不爱交际的家伙，而身边拥有一个可以交谈的人，终究叫你感到心情愉快。那个姑娘就很合适。再说，如果他离船上岸时，知道有个姑娘在他回船时等着他，那他也就不大可能喝醉了。

他去找他的那个开船具物料供应店的朋友，要了一杯杜松子酒，便开口向他借钱。一个船长总可以为船具物料供应商在一两件事儿上提供帮助。两个人经过一刻钟的低声交谈（没有必要让大伙儿知道个人事务），船长就把一叠钞票塞进他的屁股口袋，那天晚上，姑娘就跟他一起上了船。

巴特勒船长努力去实现当初出于某些原因所做出的决定，他所预期的结果果然出现了。他并没有把酒戒掉，但是他不再毫无节制地饮酒。离开城市两三个星期后，跟他的伙伴们待上一晚，他感到十分开心，而回到他的姑娘身边，他同样也感到心情愉快。他想到她一定正安静地睡着，当他走进船舱，俯身望着她的时候，她会怎样睁开惺忪的睡眼，朝他张开两只胳膊。嗨，这是多么幸福的事儿。他发现自己开始攒起钱来，他一贯用钱大手大脚，在那个姑娘看来，他这样做是对的。他送给她几把银背毛刷来梳理她的长发，还送了一条金项链和一个经过加工的红宝石戒指。嗨，活着多么美好！

一年过去了，整整一年，他并没有对这个姑娘感到厌倦。他不是一个善于分析自己感情的人，但这种情况实在意外得叫他也不得不加以注意。那个姑娘身上一定有什么非常奇妙的东西，他禁不住发现自己越发对她痴迷眷恋了。有时候,他脑海中会出现这样一个念头:说不定娶这个姑娘做老婆,倒也不赖。

后来有一天,大副没有前来吃饭,也没有前来用茶点。巴特勒在吃第一顿饭时并没有对他的缺席加以注意,但到了第二顿饭时,他问那个中国厨师:

"大副在什么地方?他不来用茶点吗?"

"不清楚。"那个中国佬说。

"他没有生病吧?"

"不知道。"

第二天,巴纳纳斯又露面了,但是比以往更加神色阴郁。午饭以后,船长问那个姑娘他究竟怎么了。那个姑娘露出笑容,接着耸了耸她那漂亮的肩膀。她告诉船长说,巴纳纳斯爱上了她,遭到了她的责备,为此感到痛苦。船长是一个脾气很好的人,生性不爱妒忌。但巴纳纳斯竟然也会爱上别人,让他感到实在滑稽可笑。像巴纳纳斯这样一个斜视眼的人,谈情说爱的机会极为渺茫。到了用茶点的时候,他又欢快地拿大副打趣,他假意把话说得含含糊糊,这样大副就无法确定他已经知道了什么情况,但他仍然颇为巧妙地讥刺了大副几句。那个姑娘并不像他自己认为的那样,觉得那些话多么风趣,后来就求他不要再说了。看到姑娘一本正经的样子,他感到很吃惊。那个姑娘说他不了解他们这个民族,这儿的人一旦产生了激情,是什么事儿都干得出来的。她有点儿害怕,而他觉得这实在太荒唐了,不由得放声大笑。

"如果他来骚扰你,你就威胁说要告诉我,这样他就不会再干了。"

"我想还是把他辞退的好。"

"绝对不行。凡是优秀的船员,我一眼就能看出来。如果他仍然对你不肯放手,我就要把他揍得死去活来。"

也许姑娘具有女性的非同寻常的智慧。她知道一个男人一旦拿定了主意,再跟他争论下去就毫无用处,那只会让他更为固执,所以她没有再开口说话。于是,当这条破旧的纵帆船在平静的海面上,从那些可爱的岛屿之间穿行而过时,船上正在上演一出神秘、紧张的戏剧,那个胖乎乎的小个子船长对此一无所知。那个姑娘的抵抗激怒了巴纳纳斯,弄得他完全失去了理智,只剩下了疯狂的欲望。他不再温柔或欢快地向她求爱,而表现出恶狠狠的凶猛样子。那个姑娘对他的轻蔑如今已转变成了仇恨。当他苦苦向她哀求的时候,她所做的回答就是愤怒、辛辣的嘲弄。不过,这番争斗都是在静默当中进行的。过了一阵子,当船长问她巴纳纳斯是否仍在骚扰她时,她没有吐露实情。

可是,有天晚上,他们停泊在火奴鲁鲁的时候,他好不容易及时赶回船上。他们第二天拂晓就要起航。巴纳纳斯白天上岸去喝了一些当地烈酒,已经喝醉了。船长划着小船挨近纵帆船的时候,听到一些声音,叫他十分惊讶。他赶紧爬上舷梯,看到巴纳纳斯气得发狂,正试图打开舱门。巴纳纳斯对着那个姑娘大喊大叫,赌咒发誓说如果姑娘不让他进去,就要把她杀死。

"你究竟在搞什么名堂?"巴特勒大声说。

大副放开了把手,用凶恶、仇恨的目光瞅了他一眼,就一言不发地走开了。

"站住。你想把那扇舱门怎样?"

大副仍然没有回答,只是无奈地、充满愠怒地望着他。

"我要告诫你不要跟我耍什么鬼花招,你这个肮脏的、长着斜视眼的黑鬼。"船长说。

他比大副要矮上整整一英尺,根本不是大副的对手,但他熟悉跟当地船员打交道的方式,手上总戴着一个指节钢套以备急用。也许这不是一个绅士应该使用的器具,但巴特勒船长并不是一个绅士,也没有同绅士交往的习惯。巴纳纳斯还没有弄清船长的意图,巴特勒的右胳膊已经挥了起来,戴着钢套的拳头不偏不倚地打在了他的下巴上。他摔倒在地,就像一头公牛倒在了战斧下。

"这会给他一个教训。"船长说。

巴纳纳斯一动不动地躺在那儿,姑娘打开舱门走了出来。

"他死了吗?"

"没有。"

船长喊来几个人,吩咐他们把大副抬到他自己的床铺上去。他满意地搓了搓手,镜片后面的蓝色圆眼睛闪闪发亮。可是那个姑娘却异常沉默,伸出两只胳膊搂着他,似乎想要使他免受无形的伤害。

过了两三天,巴纳纳斯才重新下床。他走出自己的船舱,脸上撕开了口子,肿了起来。在浅黑色的皮肤上,可以看到青灰色的瘀伤。巴特勒看到他打算沿着甲板溜走,就叫住了他。大副走了过来,一句话也不说。

"听我说,巴纳纳斯。"他说道,一面扶了扶鼻梁上的眼镜,因为天气炎热,鼻梁有些湿滑。"我不会因为那桩事儿就把你辞退,但是你要知道,只要我出手的话,就会很重。你可别忘了这一点,别让我再见到你的什么歪门邪道。"

随后他伸出手来,朝大副露出了他那心情愉快的粲然笑容,这种笑容也是他身上最迷人的地方。大副接住他伸出的手,肿起的嘴唇抽动了一下,咧开嘴笑了,显得相当凶恶。在巴特勒看来,这桩事儿就完全结束了,所以当他们三个人一起坐下来吃饭时,他就拿大副的模样开玩笑。大副吃得相当费劲,发肿的脸庞因为疼痛而变得越发扭曲变形。他看上去真是一个讨厌的家伙。

那天晚上,当船长坐在上甲板上抽烟斗的时候,他突然身上打了一阵寒战。

"在这样的夜晚,我怎么打起寒战来了,真是莫名其妙,"他嘟囔道,"可能我有点发烧,今儿一天我都感到有点不舒服。"

他上床时服了一些奎宁,第二天早上,他觉得好了一些,只是有点儿疲乏,好像经过一夜的淫逸狂荡,方才得到恢复。

"我猜是我的肝出了问题。"他说,接着服了一片药。

那天他没有什么胃口,临近黄昏的时候,感到很不舒服,就试了他知道的另一种治疗方法,也就是喝上两三杯热威士忌,但似乎仍然没有多大用处。第二天早上,他照了照镜子,发现自己不大对劲。

"要是回到火奴鲁鲁仍然感到不好,我就去拜访登比大夫。他肯定会给我治好的。"

他什么东西都吃不下去,感到四肢无力,晚上虽然睡得相当酣畅,第二天醒来仍然精神不振,反而觉得特别疲惫。这个素来精力充沛的小个子男人一想到要卧病在床就受不了,不得不勉力挣扎着下了床。几天以后,他觉得根本无法抵御那种叫他颇为压抑的身体绵软的感觉,就决定不再起来。

"巴纳纳斯会把船照管好的,"他说,"他以前就这样做过。"

以前有好多次，经过头天夜晚跟他的伙伴们欢聚后，次日他躺在自己的床铺上，连话也说不出来。想到这儿，他不禁暗自笑出声来。那是在他拥有那个姑娘以前的事儿。他朝那个姑娘笑了笑，紧紧握住她的手。姑娘感到既困惑又焦虑，他看出姑娘对他的情况很不放心，便想要安慰她。他一辈子从来没有生过一天病，至多一个星期以后，他的身子骨儿就会强健如初了。

"我希望你辞退巴纳纳斯，"她说，"我有一种感觉，都是他在背后捣的鬼。"

"真他妈的见鬼，我可不辞退他，否则就没有人开船了。凡是优秀的水手，我一眼就能认出来。"他的蓝眼睛亮闪闪的，但如今颜色变得很淡，眼白都成了黄色。"你总不见得认为他想要毒死我吧，小姑娘？"

她没有回答，但她和中国厨师谈过一两次，对船长的饮食也特别留意。不过如今船长吃得很少，她好不容易才能劝他一天喝上两三次汤。他显然病得很重，体重迅速下降，圆圆的脸蛋儿也变得苍白憔悴。他感觉不到疼痛，只是日益虚弱，越来越倦怠无力，身体一天比一天消瘦。这时候他们这趟往返的航程持续了大约四个星期，他们回到火奴鲁鲁的时候，船长有一点为自己的身体情况担心。他已经在床上躺了两个多星期，感到身体实在虚弱得无法起床去看医生，便派人送信去请医生到船上来。医生给他做了检查，但是却无法找到病因，他的体温完全正常。

"听我说，船长，"他说，"我对你实话实说，我不知道你得的究竟是什么病，这样检查也不可能让我弄清楚。你还是到医院去一次，那样就可以对你加以观察。你的身体器官没有什么问题，这一点我看得出来,我觉得只要在医院里住上几个星期,你就应该恢复正常了。"

"我不打算离开这条船。"

中国船主们都是一些古怪的人,他说,如果他因为生病而离开货船,船主就可能把他辞退,而失去工作这样的损失,他可承受不起。只要他坚守在自己的岗位上,他的合同就能为他提供保障,他有一个优秀的大副。再说,他也不能离开那个姑娘,谁也无法找到一个比她更好的护士。要是有哪个人可以帮他恢复健康,那么这个人就是她了。每个人总有一天要面对死亡,他只希望不要受到打扰。他不愿意听从医生的劝告,最后医生也只好让步了。

"我给你开个药方,"他有些迟疑地说,"看看对你是不是管用。你最好卧床一段时间。"

"我几乎不大可能下床,大夫,"船长回答说,"我觉得身体十分虚弱。"

他对于医生开的方子不以为然,其实医生自己也不大相信。等到剩下他一个人的时候,他就打火用药方点起一根雪茄来消遣一番。他必须干些什么得到其中的乐趣,而雪茄的味儿跟世上任何东西都不一样。他抽抽雪茄只是为了让自己相信,他还没有病到连雪茄都抽不了的地步。那天晚上,他的两三个朋友(他们也都是航线不定的货船船长)听说他病了,前来看他。他们一边喝着威士忌,抽着菲律宾雪茄,一边谈论着他的病情。其中一个人想起来,他的大副也曾患过同样奇怪的疾病,整个美国没有一个医生能把他的病治好。那个大副在报纸上看到一个专利药品的广告,觉得试一下也未尝不可。服了两瓶药之后,他就变得跟以往一样体格强健了。不过疾病让巴特勒船长的头脑变得清醒起来，他以前从来没有这种奇怪的感觉。在他们谈话的时候，他似乎可以看出他们的心思。他们认为他不久就要死了。在他们离开后，他觉得有些害怕。

那个姑娘看出他有些心虚胆怯。现在她的机会来了。她先前一直竭力劝他让一个土著医生前来看看，遭到他的断然拒绝。如今她又去恳求他。他眼神慌乱地听着，变得有些动摇了。真是奇怪，美国医生竟然说不出他究竟得了什么疾病。但他不想让那个姑娘觉得他心里害怕。如果他让一个该死的黑鬼过来给自己瞧瞧，那也只是为了让她安心。于是他告诉那个姑娘她爱怎么做就怎么做好了。

第二天晚上，土著医生就过来了。船长迷迷糊糊地独自躺着，船舱里点着一盏油灯，发出昏暗的光亮。舱门轻轻地打开，那个姑娘蹑手蹑脚地走了进来。她让舱门开着，有个人跟在她的后面悄无声息地进了船舱。船长看到他们这副神秘的样子不禁笑了起来，但他的身体实在虚弱不堪，笑意只在眼睛里微微闪烁了一下。医生是一个身材矮小的老头，瘦骨嶙峋，满面皱纹，脑袋上的头发都秃光了，一副尖嘴猴腮的样子。他弯腰驼背，身子扭曲，宛如一棵老树。他几乎没有人的形体，但他的两只眼睛却十分明亮，在朦胧的黑暗中好像发出淡红色的光芒。他光着上身，下面穿着一条破旧的粗蓝布工装裤，显得邋里邋遢。他蹲下身子，盯着船长看了十分钟。接着他摸了摸自己的手掌和脚掌。姑娘用惊恐的眼睛望着他，两个人都没有开口说话。接着他向姑娘要一件船长穿戴过的东西。姑娘把船长一直戴的那顶旧毡帽递给他。他接过帽子又坐到地板上，用两只手紧紧地捏着，然后前后晃动着身子，嘴里低声嘟哝着一些含糊不清的话。

最后他轻声叹了一口气,丢下帽子。他从裤子口袋里掏出一个旧烟斗,把它点上。姑娘朝他走过去,坐到他的身旁。他向姑娘低声说了一些什么,姑娘猛地吃了一惊。他们匆忙地低声交谈了好几分钟,接着两个人都站起身来。姑娘把钱交给他,随后为他打开门。他就悄无声息地溜了出去,正如他先前进来时那样。接着姑娘走到船长身边,俯下身子,以便可以对着他的耳朵说话。

"是一个仇敌在祷告你死去。"

"别说蠢话,小姑娘。"他不耐烦地说。

"这是实话,确凿无误的实话。因而美国医生无能为力。我们种族的人会干这样的事儿。我看到他们这样干过。我曾以为你会平安无事,因为你是一个白人。"

"我并没有仇敌。"

"巴纳纳斯。"

"他为什么要祷告我死呢?"

"在他得到机会前,你就应该把他辞退。"

"我想,如果我没有比巴纳纳斯的巫术更为严重的问题,用不了几天,我就可以坐起身来吃东西了。"

她沉默了一会儿,然后目不转睛地望着他。

"你不知道你就要死了吗?"她最后问道。

那两个货船船长心里就是这样想的,但他们没有说出口来。船长苍白的脸上抽动了一下。

"医生说我实际上没什么要紧的,只要在床上静养一些时间就会好的。"

她把嘴唇凑近他的耳朵,好像害怕她的话给空气听到似的。

"你就要死了,死了,死了。在残月消失的时候,你就会死去。"

"这倒要好好了解一下。"

"随着残月的消失,你也会死去,除非巴纳纳斯在此之前死掉。"

他不是一个胆小的人,他已经从那个姑娘的话语,特别是她的沉默、激烈的举止带给他的震惊中镇定下来,眼睛里又闪现出一丝笑意。

"我想我会碰碰运气,小姑娘。"

"在新月出来之前还有十二天时间。"

姑娘说话的语气让他产生了一个想法。

"听我说,我的姑娘,这些都是骗人的鬼话,我一个字也不信。我不想让你去对巴纳纳斯玩弄你的那些把戏。他并不是一个相貌俊美的人,但他是一个出色的大副。"

他本来还有好多话要说,但是十分疲劳,突然感到虚弱不堪,头晕目眩。每天总到这个时候,他觉得身子更不舒服。他闭上眼睛。那个姑娘瞅了他一会儿,然后悄悄走出船舱。月亮几乎浑圆无缺,从晴朗无云的天空中照射下来的月光,在黑暗的海面上铺出一条银色的通道。她惶恐地看着月亮,知道随着月亮的消失,她爱的这个男人也会死去。他的性命就掌握在她的手里。她可以救他,她一个人就可以救他,但敌人相当狡猾,她也一定要机敏乖巧。她感到有人在暗中观察她的举动,心里猛然产生一阵恐惧,用不着回头她也知道,在暗处,大副那两只欲火炎炎的眼睛正紧盯着自己。她不清楚他会干什么。如果他能看穿她的心思,那她就已经被打败了。她拼命地保持头脑冷静。只有大副死去,才能拯救自己的爱人。她可以让大副丧命。她知道要是能把一个葫芦碗里装满水，叫大副朝碗里观看，水面上就会出现他的影像，那时候，只要猛然搅动水面，让他的影像破碎，他就会像被雷电击中一样死去，因为那个影像就是他的灵魂。可是谁也不像他那样了解其中的危险，只有设法用计消除他的所有疑虑，才能哄他前去观看。一定不能让他想到有个仇敌正在察看时机，想要他的性命。她知道自己该如何行动。不过时间紧迫，确实万分紧迫。不久，她意识到大副走开了。于是她变得平静下来。

两天以后，他们起航了。如今距离新月的出现还有十天时间。巴特勒船长的样子已惨不忍睹。整个人都成了皮包骨头，要是没有别人的搀扶，他根本无法挪动。他几乎连话都说不出来。可是那个姑娘仍旧不敢行动。她明白自己必须耐住性子。大副实在非常狡猾。他们来到群岛中的一个小岛上卸货，如今只剩下七天时间了。是动手采取行动的时候了。她从船舱里搬出她和船长共同使用的一些东西，扎成一包，放在她和巴纳纳斯一起吃饭的甲板舱室里。到了吃饭的时候，她走进舱门，大副赶紧转过身来，她看到他打量着那包东西。两个人都没有说话，但她知道巴纳纳斯内心的猜想：她正在为离开这条船做好准备。巴纳纳斯嘲笑地望着她。她似乎不想让船长知道她的打算，逐渐地把自己的所有东西，还有船长的几件衣服都扎成几包，搬了过来。巴纳纳斯终于不再保持沉默了，对一套帆布衣服指了指，问道：

"你带着这套衣服干什么？"

她耸了耸肩膀。

"我要回到自己的岛上去。"

他笑了起来,他那冷酷无情的脸庞失去了原有的形状。船长就要死了,她想要带上她所能找到的一切衣物用品离开。

"如果我说你不能把这些玩意儿带走,那你怎么办?它们都是船长的东西。"

"这些东西对你没有什么用处。"她说。

墙上挂着一个葫芦碗,就是先前我走进船舱时见到并和船长谈起的那个葫芦碗。她把葫芦碗拿了下来,碗里满是灰尘,她就拿起水壶朝里面倒了些水,用手指擦洗起来。

"你拿这个玩意儿干什么?"

"我可以用它卖五十美元。"她说。

"如果你想拿走的话,你得让我得到一些好处。"

"你想要什么?"

"你知道我想要什么。"

她嘴唇上掠过一丝笑意,飞快地扫了他一眼,赶紧转过身去。巴纳纳斯呼吸急促,欲火攻心。她微微耸了耸肩膀,把肩膀抬高了。巴纳纳斯猛地跳起来,朝她扑了过去,一下子把她搂在怀里。她发出一阵笑声,伸出两只胳膊,她那浑圆、柔软的胳膊,搂住他的脖子,放浪地听凭他的摆布。

次日早晨,她把大副从沉睡中唤醒,第一缕阳光斜斜地照进船舱。大副把她紧紧搂在怀里,接着告诉她船长最多也就只能再支撑一两天时间,船主要另外找一个白人来管理船只,可并不那么容易。如果他提出少要一些报酬,就能得到这份工作,那样她就可以留下来陪他了。他满怀深情地看着她。她偎依在他身上,用外国人的方式,也就是船长教给她的方式,亲吻他的嘴唇,同时答应留下。巴纳纳斯幸福得如痴如醉。

真是机不可失,时不再来。

她站起身来,走到桌边梳理头发。船舱里没有镜子,她就朝葫芦碗里察看,设法寻找自己在水面映照出的影像。她把漂亮的头发梳理整齐,随后招手叫巴纳纳斯来到她的身旁。她指了指葫芦碗,说:

"碗底有什么东西。"

巴纳纳斯一点没有怀疑,本能地把头完全伸过去瞅着碗里的水,水面上映照出他的脸庞。说时迟那时快,她的两只手猛地砸向水面,重重地击打到葫芦碗的底部,里面的水都飞溅出来,大副的面影破成了碎片。他吃惊地朝后退去,突然发出一阵嘶哑的叫声,随后呆呆地望着那个姑娘。她站在那儿,脸上露出充满仇恨的、得意的神情。巴纳纳斯的眼睛里露出惊恐的神色,粗大的眉眼痛苦地扭曲在一起,接着,他好像服了剧烈的毒药似的,砰的一声倒在地上,全身剧烈地抖动了一下,就静止不动了。那个姑娘冷漠地俯下身子,伸手在他的胸口摸摸有没有心跳,翻开他的下眼睑看看。他已经完全死了。

姑娘走进巴特勒船长躺着的船舱,只见他的脸颊上微微有了一些血色,船长吃惊地望着她。

"出了什么事儿?"他低声问道。

这是他两天来开口说的头一句话。

"没有什么事儿,"她说。

"我觉得十分奇怪。"

随后他就闭上眼睛睡着了。他睡了一天一夜,醒来后要了一些食物。不出两个星期,他就完全好了。

我和温特划船回到岸上去的时候,已经过了午夜。我们喝了无数杯加苏打水的威士忌。

"你对这一切是怎么想的?"温特问道。

"好一个问题!如果你指的是我能不能加以解释,我不能。"

"船长却深信不疑。"

"那是很明显的。不过你知道,那并不是我最感兴趣的地方,无论这个故事真实与否,无论它意味着什么,真正叫我感兴趣的是,这种事情竟然发生在这种人的身上。我很纳闷,不知道那平凡的小个子男人身上究竟有什么东西竟然引起那可爱的姑娘的狂热激情。他在讲述这个故事的时候,看到姑娘睡在那儿,我头脑里产生了一个奇怪的想法,那就是爱的魔力可以创造奇迹。"

"不过,她不是那个姑娘。"温特说。

"你这话究竟什么意思?"

"难道你没注意到那个厨师吗?"

"当然注意到了。他是我见过的相貌最为丑陋的人。"

"正因为这一点,巴特勒船长才聘用他。去年,原来那个姑娘跟中国厨师跑了。这是另一个新的姑娘,他把她弄到手才差不多两个月。"

"哦,我真一点都没想到。"

"他觉得这个厨师没有什么危险。要是我处在他的地位,就不会这么自信。一个中国佬总有那么一点本领,如果他刻意想要博得一个女人的欢心,那个女人是抵挡不住的。"

雨

　　差不多是上床的时候了,等到他们第二天早上一觉醒来,眼前就会出现陆地。麦克费尔医生点起烟斗,身子伏在船的护栏上,寻找着天空中的南十字星座。在前线待了两年,身上一处早该愈合的伤口,竟然久久无法收口,如今他很高兴能在阿皮亚安安静静地至少住上十二个月,而且就在旅行途中,他已经感到好多了。有些旅客次日要在帕果帕果下船,那天晚上他们刚刚举行了一场小型舞会,至今他的耳畔仍然轰响着自动钢琴①的刺耳声音。可是甲板上终于安静下来了。在不远的地方,他看到自己的妻子正跟戴维森夫妇坐在长椅上聊天,就慢悠悠地朝那儿走去。等他在灯光底下坐定,摘掉帽子,你就可以看到他长着一头深红色的头发,头顶已经秃了一块,与红色头发相配的红色皮肤上满是雀斑。他年已四十,身材瘦削,长着一张干瘪的脸,行事刻板,有些学究的味道;说起话来轻声细气,一口苏格兰腔。

----

① 自动钢琴,以前一种投入钱币即能播放钢琴乐曲的机械乐器,现已废弃不用。

麦克费尔夫妇和传教士戴维森夫妇由于同船航行而变得相当亲密,这倒不是因为他们趣味相投,而是因为彼此观念相似,他们都看不惯那些成日成夜地在吸烟室里玩扑克、打桥牌和饮酒的家伙,这就成了把他们两家联系在一起的主要因素。麦克费尔太太一想到他们夫妇俩竟然成为戴维森夫妇唯一愿意在船上交往的人,心中不禁颇为得意,甚至就连医生本人,尽管有些腼腆却并不愚蠢,也朦朦胧胧地意识到这样的礼遇。只是由于他生性爱好争辩,晚上回到舱房后,总不免要对传教士夫妇吹毛求疵。

"戴维森太太刚才说,要是没有咱们俩,她真不知道该怎样度过他们的旅程,"麦克费尔太太说,一面干净利索地梳理好她的假发。"她说在船上的这群人中间,只有咱们俩才是他们愿意结交的。"

"我并不认为传教士是什么了不起的大人物,竟然可以摆出一副臭架子。"

"这可不是摆架子。我完全理解她这番话的意思。戴维森夫妇要是混在吸烟室里的那伙粗人中间,那就太不合适了。"

"他们所信奉的宗教创始人可并不这样孤芳自赏。"麦克费尔医生格格地笑着说。

"我一再叫你不要拿宗教开玩笑,"他妻子答道,"我可不喜欢你这种脾气,亚历克。你从来不看别人的优点。"

他用那双淡蓝色的眼睛瞟了她一眼,但是没有搭腔。经过多年的夫妻生活,他认识到让他的妻子讲完最后一句,不再回嘴,就不大容易发生争吵。他赶在她前面脱掉衣服,爬到上铺,躺下身子,看点书好让自己入睡。

第二天早上,医生走上甲板,船已经靠近海岸了。他用贪婪的目光瞅着这片陆地。眼前是一条狭窄的银白色沙滩,后面紧接着便是隆起的草木繁茂的山冈。浓密的绿色椰子树几乎伸展到水边,树丛中可以看到萨摩亚人的草屋,还有时隐时现、白得耀眼的小教堂。戴维森太太走来站在他的身旁,她穿着一身黑衣服,脖子上戴着条金项链,下面晃动着一个小小的十字架。她身材矮小,褐色而缺乏光泽的头发梳得纹丝不乱,在一副无形的夹鼻眼镜后面,是两只鼓出来的蓝眼睛。她长着一张长脸,样子好像绵羊,但却并不给人留下愚蠢的印象,反倒显得极为机警。她的动作犹如空中的飞鸟一样敏捷。但她身上最突出的一点还是她的嗓音,声调很高,尖利刺耳,毫无抑扬顿挫,听上去生硬单调,活像风钻钻孔发出的无情喧嚣,弄得你神经紧张。

"这儿对你来说一定跟家乡一样了。"麦克费尔医生说,脸上带着淡淡的、勉强的笑容。

"我们那儿是地势低平的岛屿,你知道,跟这儿不一样,是珊瑚岛。这儿是火山岛。到我们那儿还有十天的航程。"

"在这些地方,那几乎就跟国内的下一条街道一样。"麦克费尔医生诙谐地说。

"噢,这样说法不免有些夸张,但是在南太平洋地区,人们对于距离远近的看法是有一些不同。就这一点而言,你也说得没错。"

麦克费尔医生微微叹了口气。

"我很高兴我们不是驻在这儿,"她继续说,"据说在这儿,工作十分困难。轮船的停靠使居民无法安下心来。其次,还有设在这儿的海军基地;这对当地人也有不好的影响。在我们教区,没有这儿的那种需要全力对付的困难。当然也有一两个生意人,但我们注意使他们安分守己。如果他们不守规矩,我们就搞得他们待不下去,最后情愿离开。"

她扶了扶鼻子上的眼镜,用冷酷无情的目光凝视着这个青翠葱茏的岛屿。

"对这儿的传教士来说,那简直是无法完成的任务。我们至少没有这样的麻烦,我真不知道该怎样感谢上帝才好呢。"

戴维森的教区是由萨摩亚以北的一群岛屿组成的,这些小岛疏疏落落地彼此相距很远,他经常要坐独木舟才能到达远处的岛上。在他外出的日子里,他的妻子就留在总部主持传教事务。麦克费尔医生一想到她必然会采用的管理方法的效率,不禁感到心里一沉。她说到当地人的腐化堕落,声音怎么都无法平静下来,带着一种虚假的激昂嫌恶的语调。她对怎样把握行事的分寸也有自己独特的标准。早在他们相识的初期,她就曾对他说:

"你知道,我们最初在岛上安顿下来的时候,那些当地人的婚姻习俗实在叫我们感到震惊,我都简直无法向你叙述。我会告诉麦克费尔太太,让她转告你。"

随后,他便看到自己的妻子和戴维森太太,把她们的帆布躺椅紧紧挨在一起,热切地交谈了差不多两个小时。当他为了活动一下身子,在她们面前来来回回地踱步时,他听到戴维森太太激动的耳语,好似远处山间的激流。他也看到自己的妻子张大了嘴,脸色苍白,知道她虽然感到可怕,却仍听得得津津有味。到了夜晚,在他们的舱房里,她压低声音,把自己所听到的一切向他复述了一遍。

"怎么样,我对你说对了吧?"第二天早晨,戴维森太太得意扬扬地大声说。"你曾听到过比这更可怕的事儿吗?现在你不会奇怪,我为什么无法亲口告诉你了吧,对不对? 就算你是一个医生,那也不行。"

戴维森太太仔细端详医生的脸色,迫不及待地想要看到自己的预期效果。

"我们最初到那儿的时候情绪低沉,你就不会觉得奇怪了。要是我对你说,在随便哪个村子里都找不到一个正经姑娘,你肯定会不相信我的话的。"

她是从严格专门的角度来使用正经这个词的。

"戴维森先生跟我商讨了一番,我们决心要做的头一件事儿,就是禁止跳舞。这些当地人对跳舞简直入了迷。"

"我年轻的时候也不反对跳舞。"麦克费尔医生说。

"昨儿晚上,我听到你邀请你太太跳舞时,就猜到了这一点。我认为男人和他自己的妻子跳舞并没有什么害处,但是她没有接受,倒叫我松了一口气。在这种情况下,我觉得咱们最好不要和别的那些人混在一起。"

"在什么情况下?"

戴维森太太透过夹鼻眼镜飞快地瞅了他一眼,并没有回答他的问话。

"当然在白人中间,情况不大一样,"她继续说,"不过,我必须说我同意我丈夫的看法,他说,他不明白一个男人怎么能看着另一个男人搂着自己的妻子而袖手旁观。就我来说,自从结婚以后,我就没有跳过一次舞。可是当地人的舞蹈完全是另一回事。那种舞蹈不仅本身不道德,而且肯定会导致伤风败俗。无论如何,感谢上帝,我们扑灭了那种舞蹈。在我们那个地区,已经八年都没有人跳舞了,我想这么说是符合事实的。"

眼下,他们的船已到了港口外面,麦克费尔太太也来到他们旁边。船急速地转了个弯,慢慢地驶了进去。这是一个陆地环抱的巨大海港,里面完全可以放得下整整一支作战舰队。四周青山突起,又高又陡。在离入口不远的地方,迎着海上吹来的微风,就是坐落在花园当中的总督府。旗杆顶上无精打采地挂着一面星条旗。他们的船开过两三所整齐的平房和一个网球场,接着来到带有货栈的码头前。戴维森太太指了指停泊在两三百码以外的那条纵帆船,那就是要把他们载到阿皮亚去的船只。岸上有一群从岛上各处跑来的当地人,他们神情热切,闹闹哄哄,心情愉快,有的是出于好奇,有的是赶来跟到悉尼去的旅客做买卖的。他们带来了菠萝,大串的香蕉,构树皮布,用贝壳或鲨鱼牙做成的项圈,胡椒木碗,以及作战独木舟的模型。美国水手穿着整齐,胡子刮得干干净净,带着坦诚的神情,在人群中悠闲地走来走去。另外还有一小批官员。在卸行李的时候,麦克费尔夫妇和戴维森太太望着人群。麦克费尔医生看到大部分小孩和少年都患有雅司病①,一种会引起毁容破相的疱疹,症状类似于慢性溃疡;他那双训练有素的眼睛因为生平头一次看到象皮病②患者而闪闪发亮。那些男人不是有条巨大、笨重的胳膊,就是拖着一条粗大变形的腿四处走动。这儿无论男女,腰间都系着拉瓦拉瓦。

---

① 雅司病,又称热带毒疮,是一种由苍白密螺旋体极细亚种所致的接触性皮肤传染病,主要流行于热带地区。
② 象皮病,一种由血丝虫引起的慢性人体寄生虫病,影响人的淋巴系统,患者的手臂和腿会严重肥大。

"这种衣服太不像话了,"戴维森太太说,"戴维森先生认为,应该用法律来禁止这种服装。如果人们除了在腰间系上一条红色棉布外,身上什么都不穿,那能指望人们具有道德吗?"

"这种服装对于当地的气候倒是很合适的。"医生擦了擦头上的汗,说。

他们已经上了岸,尽管还是清晨,天气已经闷热难受。帕果帕果四面环山,一点风都吹不进来。

"在我们那些岛上,"戴维森太太用她那尖厉的嗓音继续说,"我们差不多已经根除了拉瓦拉瓦。有几个老头儿仍然系着这种玩意儿,但就是那么几个人了。女人们都穿上宽大的长罩衣,男人们则穿上长裤和汗衫。我们刚开始在那儿住下时,戴维森先生在他的一份报告里写道:如果不能使每个十岁以上的孩子都改穿长裤,这些岛上的居民就不可能成为真正的基督徒。"

戴维森太太敏捷地扫了几眼飘浮到港口上空的浓重的乌云,开始掉雨点了。

"咱们最好避一下雨。"她说。

他们随着人群拥进一个用瓦楞铁皮盖的大棚,随后就下起了瓢泼大雨。他们在那儿站了一会儿,戴维森先生也跟他们会合到一起。在旅途中,他对麦克费尔夫妇礼貌周全,但是没有他妻子那种交际的手段,老是独自在那儿看书。他沉默寡言,样子有点郁郁寡欢,让你觉得他的和蔼可亲,完全是他依照基督教义迫使自己履行的责任。他生性拘谨,甚至有些阴郁。他的模样也很奇特,个子又高又瘦,长长的四肢显得松松垮垮,两颊凹陷,颧骨高得出奇。他的神气好像一具死尸,可是看到他那极为丰满而性感的双唇,不禁又叫你感到吃惊。他留着很长的头发,两只乌黑的眼睛又大又哀伤,深深地嵌在眼眶里。他的两只手长得十分好看,手指又大又长,让他显得浑身劲头十足。但是他最突出的一点,就是让你感到他身上蕴藏着一股受到压抑的激情。这股激情给你留下深刻的印象,却又隐隐叫你感到不安。他并不是一个容易亲近的人。

如今他带来了不好的消息。岛上正麻疹流行,这在当地的卡内加人中间是一种严重的、往往致命的疾病,就在那条要载着他们继续航程的纵帆船上,也有一个水手得了这种病。病人已给抬上岸去,送进了检疫站的医院,但是阿皮亚发来电报,指示说除非确定其他水手没有染上麻疹,否则这条纵帆船不得进入港口。

"这就是说,我们在这儿至少得待上十天。"

"但是,阿皮亚迫切需要我前去。"麦克费尔医生说。

"这可没有法子。如果船上没有人再得病,这条纵帆船就可以载着白人旅客起航,但所有的当地人三个月之内都不得旅行。"

"这儿有旅馆吗?"麦克费尔太太问道。

戴维森先生低声笑了笑。

"没有。"

"那我们怎么办呢?"

"我刚才跟总督谈过了。海边有个做生意的人,他有些房间出租。我的建议是等雨一停,咱们就去那儿看看有什么办法可想。不要指望舒服,如果咱们有张床可以睡觉,头上有个屋顶,那就该谢天谢地了。"

可是,雨一点也没有停下来的样子。最后,他们打着雨伞,穿着雨衣出发了。这儿根本没有市镇,只有几座政府建筑,一两家店铺,后面的椰子和大蕉树丛中,还有几所当地人的住房。他们找的那幢房子,从码头走过去大约只要五分钟。那是一幢两层楼的木板房,每层都有宽敞的游廊,屋顶是用瓦楞铁皮盖的。房主是个混血儿,名叫霍恩,他妻子是当地人,身边围着几个皮肤褐色的孩子。他在底层开了一家小店,出售罐头食品和棉布。他领他们去看的房间几乎没有什么家具。在麦克费尔夫妇的房间里,除了一张破烂不堪的旧床、一顶千疮百孔的蚊帐、一把摇摇晃晃的椅子和一个脸盆架,就没有什么别的东西了。他们神色沮丧地四下望了望。大雨仍然下个不停。

"我只要取出一些非用不可的东西,用不着把行李都打开。"麦克费尔太太说。

她正在打开一个手提箱的锁,戴维森太太走进房来,完全是一副干练麻利、行事敏捷的神气,令人丧气的环境对她一点没有影响。

"要是你肯听从我的意见,那就赶快拿出针线来缝补一下蚊帐,"她说,"否则,今儿晚上你就一刻也别想合眼。"

"有那么厉害吗?"麦克费尔医生说。

"这是蚊子猖獗的季节。如果阿皮亚的政府官邸请你去参加宴会,你就会发现,太太小姐们都把她们的——她们的下身藏在发给她们的枕头套里。"

"我真希望雨能停一会儿,"麦克费尔太太说,"要是太阳出来,我就可以花点心思把这个地方弄得舒服一点。"

"哦,如果要等雨停下来,那可得等上好久呢。帕果帕果大概是太平洋地区雨水最多的地方。你知道,四周的群山,那个海湾,都招引雨水。无论如何,在一年中的这个时候,人们都知道会下雨的。"

她看了看麦克费尔医生,又看了看他太太,他们两个人无可奈何地站在房间的两侧,一副失魂落魄的样子,她噘起嘴唇。她看出来得由自己来接手照管一切了。像他们这样不中用的人真叫她感到不耐烦,而她自然而然地双手发痒,想要把一切都安排得井井有条。

"嗨,你把针线给我,我来给你补好这顶帐子,你继续打开行李拿东西。一点钟吃午饭。麦克费尔医生,你最好先到码头去一下,让他们把你的大件行李放到干燥的地方。你知道这些当地人的行事作风,他们很可能把你的行李一直放在那儿,任凭雨水冲刷。"

医生又穿上雨衣,下楼去了。在门口,霍恩先生正在那儿跟两个人说话,其中一个就是他们所乘的那条船上的操舵手,另一个则是医生曾在船上见过好多次的二等舱旅客。操舵手是个矮小干瘪的汉子,身上脏得要命。他在医生出门的时候,朝着医生点头致意。

"大夫,这次麻疹发生得真是糟糕,"他说,"看来你已经安顿好了。"

麦克费尔医生觉得这个家伙有些放肆,但他是一个谨小慎微的人,不会轻易生气的。

"是呀,我们在楼上有一个房间。"

"汤普森小姐跟你们一块儿去阿皮亚,所以我把她带到这儿来了。"

操舵手用大拇指指了指站在他身旁的那个女子。她大约二十七岁,体态丰满,样子漂亮,尽管有些粗俗。她穿着白色的衣衫,戴着一顶白色的大帽子,脚上穿着磨光的白羊羔皮长筒靴,上面圆鼓鼓地露出套在白色棉纱袜子里的胖胖的腿肚子。她讨好地朝麦克费尔医生笑了笑。

"这个家伙租给我那么小一间房,竟然敲竹杠要我一块五毛一天。"她嗓音嘶哑地说。

"乔,我跟你说她是我的朋友,"那个操舵手说,"她顶多只能付一块钱一天。你务必照这个价钱让她住下。"

房主身体肥胖,态度平和,静静地微笑着。

"好吧,要是你这么说,斯旺先生,我来看看有什么法子没有。我要去和我的太太商量一下,要是能够少收点钱,我们一定照办。"

"别跟我来这一套,"汤普森小姐说,"咱们现在就定下来。那个房间,我出一块钱一天,多一个子儿也不行。"

麦克费尔医生笑了,他钦佩她讨价还价的那股死皮赖脸的劲儿,他自己则总是人家要多少钱就付多少。他宁愿多付几个钱而不肯讨价还价。房主叹了口气。

"好吧,看在斯旺先生的面上,我就收一块钱吧。"

"这才像话,"汤普森小姐说,"进来喝杯酒吧。斯旺先生,请把我的旅行袋拿给我,那里面有一瓶上好的黑麦威士忌。大夫,你也来吧。"

"哦,谢谢你,大概喝不成了,"他回答说,"我要去看看我们的行李是不是都放好了。"

他跨出门来到雨水当中。瓢泼大雨从港口那边刮来,对岸一片模糊。他在路上与两三个当地人擦肩而过,他们都光着身子,只在腰间系着拉瓦拉瓦,头上撑着一把巨大的雨伞。他们走路的姿势十分好看,身躯挺直,动作从容。他们经过的时候都朝他笑笑,并用一种古怪的语言跟他打招呼。

麦克费尔回到住处差不多已是午饭时分。他们的饭菜就摆在房主的客厅里。这个房间并不是供住宿用的，而是为了装饰门面，里面有股发霉、阴郁的气息。靠着四周的墙壁，整齐地摆放着一套印花长毛绒面的沙发，天花板中央，吊着一盏镀金枝形吊灯，四周包了一圈黄色薄纸，免得苍蝇汇集在吊灯上。戴维森先生并没有前来吃饭。

"我知道他去拜访总督了，"戴维森太太说，"我猜总督一定留他吃饭了。"

一个当地小姑娘给他们端来一盘牛肉饼。过了一会儿，那个生意人也来看看客人的饭菜是不是都上齐了。

"我知道我们有一位同住的旅客，霍恩先生。"麦克费尔医生说。

"她租了一间房，就是这么回事，"那个生意人回答说，"伙食自理。"

他看了看两位太太，露出一副奉承讨好的神气。

"我安排她住在楼下，免得碍事。她不会给你们添麻烦的。"

"也是那条船上的人吧？"麦克费尔太太问道。

"是的，太太，她住的是二等舱。她要到阿皮亚去，那儿有个出纳员的差事等着她去干。"

"哦！"

生意人走了以后，麦克费尔说：

"我想她独自在房间里吃饭一定怪无聊的。"

"如果她住的是二等舱，我想她大概宁愿在自己的房间里吃饭，"戴维森太太回答说，"我真不知道她是一个怎样的人。"

"船上的操舵手带她来的时候，我正好在场。她姓汤普森。"

"该不是昨晚跟操舵手跳舞的那个女人吧?"戴维森太太问道。

"准是那个女人,"麦克费尔太太说,"当时我很纳闷她究竟是干什么的。在我看来,她显得有些放荡。"

"一点也不端庄娴雅。"戴维森太太说。

他们接着谈了一些别的事儿,饭后,由于一大清早就起来了,他们都有一些倦意,便各自分手回去午睡。等到他们一觉醒来,尽管天色仍然灰暗,乌云低垂,但是雨却不下了。他们到大路上去散步,那条大路是美国人沿着海湾修建的。

回来时,他们发现戴维森也刚刚进门。

"我们可能要在这儿待上两个星期,"他气恼地说,"我跟总督争论了一番,但总督说他毫无办法。"

"戴维森先生渴望回去工作。"他妻子说,用焦虑的目光瞥了他一眼。

"我们已经离开了一年,"他说,一边在游廊上走来走去,"海外传教事务已经交给当地传教士负责,我十分担心他们会放任自流,把事情搞糟。他们都是好人,我不会说什么来责怪他们。他们既虔诚,又敬畏上帝,都是真正的基督徒——他们的基督精神会使国内许多所谓的基督徒脸红——但可惜他们缺乏干劲。他们可以一次捍卫自己的原则立场,也可以再次捍卫自己的原则立场,但他们无法始终捍卫自己的原则立场。要是你把传教事务交给当地传教士负责,无论他看上去多么信实可靠,但随着时间的流逝,你会发现已经逐渐滋生了一些弊端恶习。"

戴维森先生停下了脚步。他身材又高又瘦,两只大眼睛在苍白的脸上闪闪发亮,看上去确实不同寻常。从他那充满激情的手势和深沉洪亮的声音中,似乎可以明显地看出他的真诚。

"我期望能把工作给我安排好,我就可以行动起来,马上行动起来。如果大树已经腐朽,就该把它砍掉,扔到烈火之中。"

晚上,吃完了晚茶点①(那是他们一天当中吃的最后一顿)之后,他们坐在那间气氛拘谨的客厅里,太太们做着活儿,麦克费尔医生抽着烟斗,那个传教士就把自己在群岛上的工作讲给大家听。

"我们刚到那儿的时候,他们压根儿没有原罪②的观念,"他说,"他们一条接一条地违反十诫③,而且根本不知道这样做是罪过的。我觉得把原罪的观念灌输给当地人,那才是我工作中最难做的部分。"

麦克费尔夫妇早已知道戴维森先生在遇到他的妻子以前,已经在所罗门群岛工作了五年之久。她曾经在中国传教,他们是在波士顿④认识的,当时两个人利用回国休假的部分时间,参加了那儿举行的海外传教士大会。结婚之后,他们就被派遣到这些岛上来一直工作到现在。

在他们和戴维森先生的历次谈话中,有一点表现得十分清楚,那就是这个人百折不回的勇气。他是一个行医的传教士,随时都有可能给叫到群岛中的各个岛屿去。雨季的太平洋波涛汹涌,在这种时节,就连捕鲸船都不十分安全,而他却经常坐着独木舟前去出诊,

---

① 晚茶点,傍晚五六点钟吃的茶点,常有肉食、糕饼和茶等。
② 原罪,基督教教义认为,人类生来就有罪,要不断吃苦忏悔才能弥补,死后灵魂才能进入天堂。
③ 十诫,指上帝在西奈山上向摩西吐露的十条有关生活和礼拜的法规(见《旧约·出埃及记》第二十章第二节至第十七节)。
④ 波士顿,美国东北部城市,新英格兰地区最大港口。

情况十分危险。但是遇到有人生病或出了事故,他从来都不犹豫。有十多次,他都是彻夜从船里往外舀水,方才死里逃生。戴维森太太不止一次地认定他已经没命了。

"有时我恳求他不要去了,"她说,"或者至少等到天气稳定下来再走,但他从来不听。他生性固执,一旦拿定了主意,什么也动摇不了他的决心。"

"要是连我自己都害怕,那我又怎么能要求当地人相信上帝呢?"戴维森大声说。"但是我不害怕,我决不害怕。他们知道,当他们遇到困难前来向我求助的时候,只要是在人力所能做到的范围内,我就一定前去。你们以为我在给上帝行道的时候,上帝会把我丢下不管吗?实际上,风本来就是按照他的指示刮起来的,海浪也是按照他的命令汹涌翻腾的。"

麦克费尔医生是一个胆怯的人。他始终无法习惯炮弹从战壕上空呼啸而过的情景。他在前沿阵地的包扎站做手术的时候,总是竭力控制住颤抖的双手,以致汗水不住从脑门上流下来,把眼镜都弄模糊了。如今他看着传教士,不禁有些不寒而栗。

"但愿我也能说我从来都不害怕。"他说。

"但愿你能说自己一向相信上帝。"戴维森反驳道。

可是不知出于什么原因,那天晚上,传教士的思绪又回到了他和妻子在群岛上度过的最初那段日子。

"有时候,戴维森太太和我四目相对,泪流满面。我们日日夜夜不停地工作,却看来似乎毫无进展。那会儿,要是没有她,我真不知道如何是好。当我感到情绪低落的时候,当我几乎绝望的时候,是她给了我勇气和希望。"

戴维森太太低头看着手里的活计,消瘦的脸蛋上泛起一阵淡淡的红晕。她的两只手微微颤抖,心里激动得不敢开口说话。

"没有人来帮助我们。我们孤军奋战,远离几千英里外的同胞,周围一片黑暗。每当我心灰意懒、疲惫不堪的时候,她就会把手头的工作放到一旁,拿起《圣经》来念给我听,直到宁静重新降临到我的身上,正如睡意降临到孩子的眼皮上一样。最后她合上经书,对我说:'不管他们愿不愿意,我们都要拯救他们。'于是我又感到对上帝的坚强信念。我回答说:'是呀,有了上帝的帮助,我一定会拯救他们,我必须拯救他们。'"

他走了几步站到桌子面前,好像那儿就是教堂的读经台。

"你们知道,那些当地人生性极为堕落,简直无法使他们看到自己身上的邪恶。我们不得不从他们习以为常的举动中定出什么是罪恶。我们迫不得已,不仅把通奸、说谎和偷盗定为罪恶,而且把赤身露体、跳舞和不去教堂也定为罪恶。我把姑娘露出胸部和男人不穿长裤都定为罪恶。"

"你是怎么做的?"麦克费尔医生颇为惊讶地问道。

"我规定了罚款。显然要让人们意识到什么行为是罪恶的,唯一的办法就是在他们做出这种行为时惩罚他们。他们不上教堂,我就罚他们钱;他们跳舞,我也罚他们钱;他们衣着不当,我再罚他们钱。我定下一张处罚表。每一项罪恶都得用金钱或劳役来加以处罚。最后我总算使他们明白了。"

"但他们从来没有拒绝付款吗?"

"他们怎么能这样呢?"传教士反问道。

"哪个人要设法跟戴维斯先生对抗,那可真是胆大包天了。"他的妻子说道,同时紧紧抿住了嘴唇。

麦克费尔医生用惶惑不安的目光瞅着戴维森。他听到的情况使他感到震惊,但他不愿意把自己不以为然的态度表示出来。

"你得记住,我的最后一招,就是开除他们的教籍。"

"他们会在意吗?"

戴维森微微一笑,轻轻地搓着双手。

"那样他们就无法卖掉自己的椰肉干了。他们出去捕鱼,也就得不到自己应有的一份。这差不多就意味着挨饿。是呀,他们可在意了。"

"给他说说弗雷德·奥尔森的事情。"戴维森太太说。

传教士把他那双激情四射的眼睛紧盯着麦克费尔医生。

"弗雷德·奥尔森是一个丹麦商人,他已经在那些岛屿上待了好多年。在做买卖的人当中,他算是很有钱的。我们到那儿去的时候,他不大高兴。你知道,他在那儿几乎完全按照自己的方式行事。他收购当地人的椰肉干,爱给多少钱就给多少钱,而且是用货物和威士忌来加以支付。他娶了一个土著妻子,但他公然对她不忠实。他是一个酒鬼。我给了他一个改过自新的机会,但他毫不理会,竟然还嘲笑我。"

戴维森说到最后那句话的时候,声音变得十分低沉,而且有一两分钟没有说话,这种沉默中充满了威胁。

"不出两年,他就成了一个落魄潦倒的人,他在二十五六年中积聚起来的财物,荡然无存。我把他搞得倾家荡产,最后他不得不像个穷叫花子似的前来找我,哀求我给他几个钱,好买张船票返回悉尼。"

"我真希望你能见到他来找戴维森先生时的那副样子,"传教士的妻子说,"他原来是个相貌堂堂、体格强壮的人,身上肉也不少,说起话来声音洪亮,但那时候,他浑身哆嗦,整个人的形体似乎少了一半,一下子变成了一个老头儿。"

戴维森出神地望着外面的夜色,天又开始下雨了。

突然,楼下传来一种声音,戴维森转过身子,用探询的目光望着他妻子。这是留声机的声音,响亮、刺耳,沙沙地奏出一支节奏强烈的曲子。

"那是什么?"他问道。

戴维森太太把鼻子上的眼镜扶扶正。

"有个二等舱的旅客租了这幢房子里的一个房间,我想声音大概是从那儿来的。"

他们默默地听着,不一会儿,就传来跳舞的声音。接着,音乐声停了下来,他们又听到啪啪地开酒瓶和热闹地大声谈话的声音。

"她大概是在给船上的朋友举行欢送会,"麦克费尔医生说,"船十二点钟起航,对吧?"

戴维森先生没有说话,只是看了看自己的手表。

"可以走了吗?"他问他的妻子说。

她站起身来,折叠好手里的活计。

"是的,我想可以走了。"她回答说。

"现在上床还早吧,对不对?"医生说。

"我们还要念好一阵子书呢,"戴维森太太解释说,"不管我们在哪儿,晚上临睡前都要念一章《圣经》,根据评注做些研究,你知道,并且加以全面的讨论。这是对心灵的极好的训练。"

两对夫妇彼此道了晚安,于是房间里就只剩下麦克费尔医生和他太太了。他们有两三分钟没有说话。

"我想还是把纸牌去拿来。"最后医生开口说道。

麦克费尔太太充满疑虑地望着他。跟戴维森夫妇的谈话使她感到有点不安,但是她又不愿明说他们最好不要玩牌,因为戴维森夫妇随时都可能进来。麦克费尔医生把纸牌拿来,她便在一旁看着他一个人摆出牌来打通关,尽管心里不免朦胧地感到有点内疚。楼下仍然传来狂欢作乐的声音。

次日天气相当晴朗,麦克费尔夫妇为了打发他们不得不在帕果帕果度过的两个星期百无聊赖的日子,便试图尽力而为,排解愁闷。他们一直走到码头,从箱子里拿出几本书来。医生拜访了海军医院的外科主任,还跟着主任一起去巡查病床。他们在总督府留下了登门拜访的名片。在路上,他们遇到了汤普森小姐。医生脱帽致意,汤普森小姐则用响亮、欢快的声音回了句"早上好,大夫"。她仍然像前一天那样,穿着一身白色的衣衫,下面穿着一双发亮的高跟白皮靴,靴口上仍然圆鼓鼓地露出她那两条胖腿,在这片充满异国情调的场景衬托下显得颇为奇特。

"我得说,她穿得有点儿不大合适,"麦克费尔太太说,"在我看来,真是俗不可耐。"

等他们回到住处的时候,汤普森小姐正在游廊上跟房东的一个肤色浅黑的孩子玩儿。

"跟她打个招呼吧,"麦克费尔医生低声对他妻子说,"她独自一人待在这儿,咱们不理睬她不大好。"

麦克费尔太太为人腼腆,但她一向惯于按照自己丈夫的吩咐行事。

"我想咱们都是这儿的房客。"她有些笨嘴拙舌地说。

"困在这么一个偏僻的鬼地方,真是够呛,你说对不对?"汤普森小姐答道。"他们说我找到一个房间住,就算运气的了。我可无法住在当地人的房子里,但有些人却不得不住在那儿。我真不明白他们怎么连一家旅馆也没有。"

她们又谈了几句。汤普森小姐说话声音很响,而又絮絮叨叨,显然很愿意谈下去,但麦克费尔太太却没有多少话儿可以闲扯,不久她就说道:

"噢,我想我们得上楼去了。"

晚上,他们坐下来用晚茶点的时候,戴维森跨进门就说:

"我看到住在楼下的那个女人跟几个水手坐在一起,我不知道她是怎么跟那些人认识的。"

"她在交往方面相当随便。"戴维森太太说。

他们闲散无事、漫无目的地度过一天,反而感到疲惫不堪。

"要是照这个样子过上两个星期,我真不知道到头来咱们会有什么感觉。"麦克费尔医生说。

"唯一的法子就是把日子分成几段,从事不同的活动,"传教士回答说,"我打算每天花几个小时来看书,抽几个小时来活动身子,不管晴天还是阴雨——在雨季,你根本无法考虑天是不是下雨——另外再用几个小时来消遣娱乐。"

麦克费尔医生充满疑虑地望着他的同伴。戴维森的活动安排使他心情压抑。他们又是吃的牛肉饼。看来这就是厨师唯一会做的菜。接着楼下的留声机又响了起来。戴维森听到后便神情不安,但是没有说什么。男人的声音也传了上来。汤普森小姐的客人们正在合唱一支有名的歌曲,不久他们听到里面也有汤普森小姐那响亮、刺耳的声音,而且夹杂着喊叫声和笑声。楼上的四个人,尽力设法不让谈话中断,却又不由自主地倾听着楼下叮当作响的碰杯声和吱嘎吱嘎拖动椅子的声音。显然又来了好多人。汤普森小姐正在举行晚会。

"我不明白她怎么引来了那么多人。"麦克费尔太太突然打断了传教士和她丈夫之间有关医学的谈话。

这说明她的思绪转到那儿去了。戴维森的脸部不住抽搐,表明虽然他嘴上在谈论科学的东西,但是脑子里想的也是同一桩事儿。正当医生平铺直叙地讲述他在佛兰德斯①前线的经历时,他猛地大叫一声,一下子跳了起来。

"怎么啦,阿尔弗雷德?"戴维森太太问道。

"准是那样。我怎么早就没有想到呢。她是从伊维雷来的。"

"这不可能。"

"她是在火奴鲁鲁上船的。这是明摆着的事儿。她竟然在这儿仍干这种营生,就在这儿!"

他怒气冲天地说出了最后几个字。

"伊维雷是什么地方?"麦克费尔太太问道。

戴维森用阴沉的目光望着她,震惊得声音不住颤抖。

"那是火奴鲁鲁罪恶的源头,那儿的红灯区,也是我们文明的

---

① 佛兰德斯,欧洲西部一个地区,包括比利时的东西佛兰德斯省以及法国北部和荷兰西南部的部分地区,第一次世界大战时是协约国和同盟国双方交战的前线。

污点。"

　　伊维雷位于火奴鲁鲁市区的边缘。你顺着港口附近的小街,在黑暗中走过一座摇摇晃晃的桥,就来到一条空寂无人的街上,路面上布满车辙,坑坑洼洼。接着你突然来到一个灯光明亮的场所,街道两旁都有停放汽车的位置,开了好多家酒吧,都布置得花里胡哨,灯火辉煌,每家酒吧都传出自动钢琴刺耳的声音。路边还有理发店和烟草铺。那儿气氛活跃,有种马上可以寻欢作乐的感觉。你再转进左边或右边的一条狭窄的小巷,因为那条街把伊维雷一分为二,就发现自己来到了红灯区。眼前出现了一排排小平房,都干净、整齐地漆成绿色;各排平房之间的通道又宽又直,设计得好像一座花园城市。那个地方规矩匀称,井然有序,整洁漂亮,外表显得堂堂正正,既具有嘲讽的意味,又叫人感到毛骨悚然。因为寻欢作乐从来没有搞得这样富有条理,秩序井然。通道上偶尔有盏路灯照明,但要是没有从敞开的平房窗户里照出来的灯光,那儿就会一片漆黑。男人们四处转悠,察看着坐在窗前的娘们,她们不是在看书,就是在做针线活儿,大部分时间都根本不对路过的行人瞅上一眼。这些行人与窗里的娘们一样,也是来自各个国家。那儿有美国人,港口里的船舶上的水手,炮舰上下来的水兵,都喝得醉醺醺的,还有从驻扎在岛上的兵团出来的士兵,有白人也有黑人;那儿有日本人,他们三三两两地信步闲行;有夏威夷人,有穿着长袍的中国人,还有戴着式样怪诞的帽子的菲律宾人。他们都默不作声,似乎情绪压抑。情欲总是忧郁的。

　　"那是太平洋地区最臭名昭著的地方,"戴维森激动地大声喊道,"海外传教团多年来一直在鼓动取缔这个场所,最后当地的报界也予以响应。但是警察仍然不肯采取行动。你知道他们的论点。他们说恶行是不可避免的，因此最好的做法就是划定区域，加以控制。实际情况是他们收了钱，给买通了。他们收了酒吧老板的钱，收了地痞流氓的钱，也收了那些娘们的钱。直到最后，他们才被迫采取行动。"

"在火奴鲁鲁停泊时，我从送到船上来的当地报纸上看到了这条新闻。"麦克费尔医生说。

"伊维雷那个罪恶和可耻的地方，就在我们到达的那一天不复存在了。那儿所有的人都受到审判。我真不明白自己怎么没有马上就想到这个女人是什么货色。"

"经你这么一说，"麦克费尔太太说，"我记起来了，就在我们那条船起航前几分钟她才上船的，记得我当时想到她把时间安排得真是紧凑。"

"她竟然敢到这儿来！"戴维森怒气冲冲地嚷道。"我决不允许出现这种事儿。"

他大步朝门口走去。

"你要去干什么？"麦克费尔问道。

"你想我会干什么？我要去阻止他们。我决不让这幢房子变成——变成……"

他想找一个太太们听了不会觉得刺耳的词儿。他心情激动，两只眼睛闪闪发光，已经惨白的脸庞显得更加惨白。

"听上去，楼下房间里好像有三四个男人，"医生说，"眼下你就前去，是不是有点草率呢？"

传教士鄙夷地朝他看了一眼，什么话也不说，就冲出门去了。

"如果你以为戴维森先生会因为个人的安危就心怀畏惧,而不去履行自己的职责,那你就太不了解他了。"戴维森的妻子说。

她坐在那儿,两只手紧张地握在一起,高高的颧骨上露出一点红色,注意听着楼下会发生什么事儿。他们都在留神倾听。他们听到戴维森噔噔地跑下木头楼梯,砰地推开房门,歌声突然停了下来,但是留声机仍在放着庸俗下流的曲子。他们听到戴维森的说话声,接着是什么重东西落在地上的声音。音乐声停止了。原来他把留声机扔到地上。随后他们又听到戴维森的说话声,但是听不清他在说些什么,接着是汤普森小姐的声音,又高又尖,随后又是一阵嘈杂的吵闹声,好像几个人在一起放声大叫。戴维森太太倒抽了一小口凉气,把自己的双手握得更紧了。麦克费尔医生游移不定地看看她,又看看他的妻子。他不想下楼,但他不知道她们是不是期望他下去。接着传来一阵好像扭打的声音。现在吵闹声可以听得更清楚了。也许戴维森被人们撵了出来,门砰的一声关上了。出现了片刻的静寂,随后他们听到戴维森又跑上楼来。他回自己的房间去了。

"我想该去看看他。"戴维森太太说。

她站起身来,走出房去。

"如果需要我的话,就喊一声。"麦克费儿太太说。等到那位太太走了以后,她又说:"我希望他没有受伤。"

"为什么他要多管闲事?"麦克费尔医生说。

他们默默地坐了一两分钟,接着两个人都吃了一惊,因为留声机又开始响了起来,好像是公然挑衅,有几个嘲弄的声音在声嘶力竭地唱着一首淫秽下流的歌儿。

次日，戴维森太太脸色苍白，神情疲惫。她诉说自己头痛，样子显得干枯衰老。她告诉麦克费尔太太，传教士一夜都没有合眼；整个晚上都极为焦虑不安，清晨五点钟，就起床出门去了。有人朝他身上泼了一杯啤酒，他的衣服都弄脏了，一股臭味。可是，戴维森太太一提到汤普森小姐，她的眼中就闪现出阴沉的怒火。

"她公然藐视戴维森先生，总有一天会后悔莫及的，"她说，"戴维森先生心地善良得不得了，无论哪个人遇到困难，只要前去找他，都不会得不到安慰。但是他对罪恶毫不留情，一旦激起了他的义愤，简直势不可当。"

"哟，那他会采取什么行动呢？"麦克费尔太太问道。

"我不知道，但是我说什么也不愿处于那个贱货的境地。"

麦克费尔太太不禁打了个寒战。那个身材矮小的女人摆出一副洋洋得意、充满自信的神态，确实令人有些惶恐不安。那天早上，她们一起出去，并排走下楼去。汤普森小姐的房门开着。她们看见她披着一件肮脏的晨衣，在暖锅里烧着什么。

"早上好，"她大声说，"今儿早上，戴维森先生好点了吗？"

她们默不作声地走了过去，把头昂得高高的，好像眼前根本没有她这个人似的。可是，当她迸发出一阵嘲讽的笑声时，她们不禁涨红了脸。戴维森太太猛地朝她转过身去。

"你竟敢对我说话，"她高声喊道，"要是你侮辱我，我就叫人把你从这儿赶出去。"

"嗨，是我请戴维森先生来串门的吗？"

"别理她。"麦克费尔太太赶紧低声说。

她们朝前走去，一直走到汤普森小姐听不见她们说话的地方。

"她真不要脸,真不要脸。"戴维森太太大声嚷道。

她气得几乎透不过气来了。

她们在回去的路上,又见到汤普森小姐悠闲地朝码头走去。她把自己所有漂亮的行头都穿上了。她那顶特大的白帽子上堆着庸俗而艳丽的花朵,特别显眼。她走过的时候还兴致勃勃地向她们大声招呼。站在路旁的几个美国水手看到这两位太太板着脸儿、冰冷的目光,不禁咧开嘴笑了。她们刚一进门,雨就又下起来了。

"我想她可要把那身漂亮的衣服糟蹋了。"戴维森太太幸灾乐祸地说。

他们午饭吃到一半的时候,戴维森才回来,全身都湿透了,却不肯去换衣服。他坐下身来,脸色阴沉,一言不发,刚吃了一口东西便不肯再吃了,呆呆地望着斜着飘落下来的雨。戴维森太太对他说了与汤普森小姐两次相遇的经过,他仍然没有搭腔。他的眉头越皱越紧,表明他什么都听到了。

"你觉得咱们是不是应该让霍恩先生把她从这儿赶出去?"戴维森太太问道。"咱们不能忍受她的侮辱。"

"但她似乎没有别的什么地方可去。"麦克费尔说。

"她可以住在当地人的家里。"

"这样的天气,住在当地人的茅屋里,一定怪不舒服的。"

"我曾经在那样的茅屋里住过好多年。"传教士说。

那个土著小姑娘端来了煎香蕉,他们每天都吃这样的甜点,戴维森先生转身朝着她说道:

"去问一声汤普森小姐,她什么时候方便,我好前去看她。"

小姑娘羞怯地点了点头,走了出去。

"你干什么要去看她,阿尔弗雷德。"他的妻子问道。

"去看她是我的责任。我要把每个可以改过自新的机会都给她,否则我是不会采取行动的。"

"你不知道她是怎样一个人。她会侮辱你的。"

"让她侮辱我好了,让她朝我吐唾沫好了。她也有永恒的灵魂,我必须竭尽全力地去拯救她的灵魂。"

戴维森太太的耳朵里仍然回响着这个妓女嘲弄的笑声。

"她干得太过分了。"

"难道已经不能得到上帝的慈悲了吗?"他的眼睛突然闪闪发亮,声音也变得柔和悦耳了。"绝对不会。一个罪人的罪恶也许比地狱还深,但是他仍然可以得到耶稣基督的爱。"

小姑娘把口信带了回来。

"汤普森小姐向您致意。只要戴维森牧师不在营业时间内光临,其他时间她都在房里恭候。"

他们听了都绷着脸儿,闷声不响。麦克费尔医生赶紧收起已经浮现在他嘴唇上的笑意。他知道,如果他觉得汤普森小姐老脸皮厚的做法相当有趣,他的妻子准会感到恼火。

他们默不作声地吃完午饭。饭后,两位太太就起身拿出她们的活计。麦克费尔太太又开始编织一条围巾,自从战争[①]以来,她已经不知编织了多少条了,医生则点着了烟斗。可是戴维森却仍然坐在椅子里,出神地盯着桌子。最后他站起身来,一言不发地走出房去。他们听见他走下楼去,又听见在他敲门时汤普森小姐带着藐视的口

[①] 指第一次世界大战(1914—1918)。

气说的那声"进来"。他在汤普森小姐那儿待了一个小时。麦克费尔医生则瞅着连绵的雨水,这开始叫他心烦意乱。这儿的雨水不像我们英国的蒙蒙细雨,轻轻地落在大地上,而是毫不留情,有些叫人害怕。你感到它体现了原始的大自然力量所具有的敌意。雨水并不是倾盆而下,而是奔流不息,好像洪水从天而降。雨水持续不断地打在瓦楞铁皮屋顶上,简直要使人发疯。看来雨水也会狂怒不已。有时候,你觉得如果雨水再不停下来,你一定会尖声叫喊起来。接着,你又突然感到浑身无力,好像全身的骨头都酥软了,心里充满苦恼和绝望。

传教士回到楼上来,麦克费尔转过脸来,两位太太也抬起头来。

"我给了她所有的机会,我劝她痛改前非。她真是一个邪恶的女人。"

他略做停顿,麦克费尔医生看到他的目光阴沉下来,苍白的脸变得冷酷而严厉。

"现在我要拿起鞭子,拿起耶稣基督用来抽打放高利贷的和钱币兑换商、把他们赶出圣殿的鞭子。"①

他在房间里踱来踱去,嘴唇紧紧地闭着,乌黑的双眉紧锁。

"哪怕她逃到天涯海角,我也要穷追不舍。"

他猛地转过身子,大步走出房去。他们听见他又下楼去了。

"他要去干什么?"麦克费尔太太问道。

"我不知道。"戴维森太太摘下夹鼻眼镜,擦了擦。"他为上帝办事的时候,我从不向他提什么问题。"

---

① 见《新约·约翰福音》第二章第十三至第十五节。

她微微叹了一口气。

"怎么啦?"

"他会累得筋疲力尽。他不懂得爱惜自己的身体。"

麦克费尔医生从出租给他们房间的那个混血生意人那儿知道了传教士活动的初步结果。他在医生从他的店门口经过时,叫住了医生,走出来站在门廊上跟医生说话。他的胖脸上露出了发愁的神色。

"戴维森牧师责怪我让汤普森小姐在这儿租了一个房间,"他说,"但我把房间租给她的时候,并不知道她是干哪一行的。人家跑来问我是否可以租给他们一个房间,我所想知道的只是他们有没有钱支付房租。况且汤普森小姐还预付了一个星期的房租。"

麦克费尔医生不想明确表态。

"说到底,这总是你的房子。你肯让我们住在这儿,我们都很感谢你。"

霍恩神色疑虑地望着他,无法肯定麦克费尔究竟支持传教士到什么程度。

"传教士们都是拉帮结伙的,"他有些犹豫地说,"如果他们一同跟哪个生意人过不去,他就只好关上店门卷铺盖上路了。"

"他要你把她赶走吗?"

"那倒没有,他说只要她规规矩矩,他就不能要求我这样做。他说要对我公平。我答应不再让她招揽客人了。我刚去对她说了。"

"她听了有什么表示?"

"她痛骂了我一顿。"

那个穿着旧帆布衣服的生意人局促不安,他早就发现汤普森小姐不好对付。

"哦,那好,我看她准会搬走。要是她不能接待客人,我想她就不会愿意在这儿住下去了。"

"但她没有地方可去呀,只有去住当地人的房子。如今传教士们已经开始整她了,所以哪个当地人也不会收留她的。"

麦克费尔医生看了看正在下的雨。

"哎,我看要等雨过天晴根本没有什么用处。"

晚上,他们坐在客厅里的时候,戴维森对他们讲起他当年的大学生活。那时候,他手里没有什么钱,只能靠在假期里干杂活挣的钱才念完大学。楼下一片寂静。汤普森小姐独自坐在她的小房间里。可是,突然留声机又响了起来。她开了留声机公然挑衅,来排除寂寞,但是并没有人跟着唱,而且唱片的音调也很凄切,听上去好像是求救的哀叫。戴维森毫不理会,他那漫长的故事正讲到半当中,就面不改色地继续说下去。留声机也继续唱下去。汤普森小姐一张接一张地换着唱片。看来寂静的夜晚似乎让她无法忍受。周围一点风也没有,十分闷热。麦克费尔夫妇上床以后睡不着觉。他们并排躺在那儿,眼睛张得大大的,听着帐子外面蚊子无情的嗡嗡叫声。

"那是什么?"麦克费尔太太终于低声问道。

他们透过把两个房间隔开的木板听到一个声音,戴维森的声音。他的声音单调、热切而又持续不断。他正在大声祷告,为拯救汤普森小姐的灵魂而祷告。

两三天过去了。如今他们在路上遇到汤普森小姐,她再也不露出具有嘲讽意味的友好神气或笑容来跟他们打招呼了。她把头昂得高高的,涂着脂粉的脸上神色阴沉,眉头紧皱,好像没有看见他们一样。那个生意人告诉麦克费尔医生说她曾想在别处找个住宿的地方,但是没有成功。到了晚上,她就在留声机上放各式各样的唱片,但显然是在佯装欢乐。唱片里的散拍乐曲①有种破碎、伤心的节奏,好像绝望的独步舞曲。星期天她刚开始放唱片,戴维森就让霍恩去要求她立刻停止,因为那天是安息日。唱片拿了下来,整幢房子马上静寂无声,只有永不休止地打在铁皮房顶上的雨声。

"我看她有点紧张了,"那个生意人次日对麦克费尔医生说,"她不知道戴维森先生究竟想干什么,这叫她心里有些害怕。"

那天早上,麦克费尔曾经见过她一次,注意到她那副傲慢的神情已经完全改变了。她脸上露出了无路可走的疲惫神色。那个混血儿偷偷朝麦克费尔斜扫了一眼。

"你大概也不知道戴维森先生在搞些什么名堂吧?"他贸然地问道。

"是呀,我不知道。"

霍恩竟然会问他这个问题,真是奇怪,因为他自己也觉得传教士正在秘密地开展工作。他有一种印象,传教士似乎正在这个女人的周围仔细、周密地设置天罗地网,一旦准备就绪,他就会把网绳突然收紧。

"传教士让我告诉她,"那个生意人说,"无论什么时候她要找传教士,只要打发人去说一声,他就会前去。"

---

① 散拍乐曲,一种大量采用黑人音乐做成的早期爵士乐,以采用鲜明的切分音节奏为特色,流行于十九世纪九十年代至二十世纪二十年代。

"你告诉她的时候,她说什么来着?"

"她什么也没有说。我也没有停留。我只把传教士要我说的话讲了一遍,就出来了。我想也许她要哭起来了。"

"我一点也不怀疑,这种孤寂的生活叫她紧张不安,"医生说,"还有雨水——这就完全可以叫无论哪个人都心惊胆战了,"他气恼地继续说,"在这个讨厌的地方,雨就没有停的时候吗?"

"在雨季,雨会一直下个不停。我们这儿一年有三百英寸的雨量。你知道,这是由于港湾的地形。看来整个太平洋地区的雨水都给吸引到这儿来了。"

"这种地形真是活见鬼。"医生说。

他搔了搔蚊子咬过的地方。他觉得十分急躁。等到雨一停,太阳出来,这儿就像个蒸笼似的,热气腾腾,潮湿闷热,一点风也没有,你有一种奇特的感觉,似乎万物都带着狂野、凶猛的劲头生长。当地人素来以生性欢快、天真淳朴而闻名于世,这时却由于他们身上的刺青和染发而显得阴森可怖。他们光着脚丫,跟在你的后面啪嗒啪嗒行走的时候,你会本能地回过头去看看。你感到他们随时都可能飞快地跑到你的背后,用长长的匕首在你的肩胛骨之间扎上一刀。你猜不透在他们那分得很开的眼睛后面,究竟隐藏着什么见不得人的念头。他们有点儿像画在圣殿墙上的那些古埃及人的样子,让人产生一种对于无限古老的事物所有的恐惧。

传教士出出进进,十分忙碌,但是麦克费尔夫妇却不知道他在干些什么。霍恩告诉医生说他天天都去见总督,有次戴维森自己也提到这位总督。

"总督看上去似乎十分果断,"他说,"但是一遇到实质性的问题,他就没有魄力了。"

"我想那就是说,他不肯完全照你的要求去做。"医生开玩笑地说。

传教士并没有露出笑容。

"我要他做正确的事情。本来就用不着劝说人家去那么做。"

"但对什么是正确的事情,可能会有不同的意见。"

"要是一个人的脚上生了坏疽,对该不该施行截肢手术犹豫不决,你对他会有耐心吗?"

"坏疽是无可争辩的事实。"

"那么罪恶呢?"

戴维森所进行的活动不久就水落石出了。他们四个人刚用完午饭,还没有分手前去午睡,炎热的天气迫使两位太太和医生不得不饭后要歇息一下。戴维森却无法容忍这种懒散的习惯。房门突然一下子打开了,汤普森小姐走了进来。她朝四周看了一眼,接着就走到戴维森跟前。

"你这个卑鄙的家伙,你对总督说了我一些什么?"

她怒气冲冲,唾沫星子四溅。大家都愣了一会儿。接着传教士拉了一把椅子过来。

"坐下来好吗,汤普森小姐?我一直希望和你再谈一次。"

"你这个下三烂的杂种。"

她破口大骂起来,用的词儿粗野、肮脏。戴维森始终用严肃的目光望着她。

"我并不在乎你想加在我身上的种种谩骂,汤普森小姐,"他说,"但是我不得不请求你别忘了还有两位太太在座。"

这时候,在盛怒之下,她强忍住泪水,满脸通红,有些浮肿,好像气息被噎住了似的。

"出了什么事儿?"麦克费尔医生问道。

"刚才来了一个家伙,他说我得坐下一班船离开这儿。"

传教士的眼睛是不是闪闪发亮了?但他脸上仍然毫无表情。

"在这种情况下,你怎么能指望总督让你待在这儿呢?"

"是你干的好事,"她尖声叫道,"你骗不了我,是你干的。"

"我不想欺骗你。我竭力劝说总督采取这种与他的职责相符的唯一可行的措施。"

"为什么你不能放过我?我又没伤害你。"

"你可以放心,如果你那么做了,我是绝不会记仇的。"

"你以为我想要留在这个连小市镇都不如的鬼地方吗?我难道像个乡巴佬吗?"

"既然如此,我看不出你有什么可以抱怨的理由。"他回答说。

她含糊不清地怒吼了一声,就冲出房去。接着是一阵短暂的沉默。

"听到总督总算采取了行动,真叫人感到宽慰,"戴维森终于开口说,"他是一个软弱的人,做事优柔寡断。他说汤普森小姐反正只在这儿待两个星期,如果她去阿皮亚,那儿是英国的司法管辖区域,就与他毫不相干了。"

传教士跳起身来,大步走到房间的另一头。

"那些有权力的人总想逃避责任,这种情况实在糟糕。照他们的说法,好像看不见的罪恶就不算罪恶了。那个女人的存在本身就是丢人现眼的事儿;就是让她搬迁到另一个岛上去,也无济于事。

最后我不得不把话说得明明白白。"

戴维森蹙起额头,伸出他那坚定的下巴,一副杀气腾腾、斩钉截铁的样子。

"你这是什么意思?"

"我们海外传教团在华盛顿并不是毫无影响的。我向总督指出,如果有人对他在这儿的管理情况发出怨言,那对他不会有什么好处。"

"她得什么时候走?"停了一会儿,医生问道。

"从悉尼到旧金山的船,下星期二要抵达这儿,她就坐这条船走。"

那样还有五天时间。麦克费尔医生闲得发慌,就把大多数上午的时间都花在医院里。次日,正当他从医院回来打算上楼的时候,那个混血儿拦住了他的去路。

"对不起,麦克费尔医生,汤普森小姐病了。你能不能前去看看?"

"当然可以。"

霍恩把他领到汤普森小姐的房间。她懒洋洋地坐在一把椅子上,既不看书,也不做针线活,只是呆呆地望着前面。她穿着那件白色的衣衫,戴着上面装饰着花儿的大帽子。麦克费尔发现她虽然脸上抹了脂粉,但皮肤灰暗发黄,她的眼睛也充满倦意。

"听说你身子不舒服,我很难受。"他说。

"哦,我并不是真的病了。我这样说,只是因为我非得见你不可。现在我只好坐上一条去旧金山的船离开这儿。"

她望着他,他看到她的眼睛突然露出害怕的神情。她把两只手一会儿攥紧一会儿松开。那个生意人站在门口听着。

"我听说了。"医生说。

她微微咽了一口气。

"我想眼下要去旧金山,对我倒有些不大方便。昨儿下午,我去求见总督,但是我没有见到他。我见到了他的秘书,他对我说我非得坐那条船走不可,没有别的什么好说的。我无论如何都要见到总督。今儿早上,我就在官邸外面等候,他一出来,我就上去跟他说话。当然他不愿理睬我,但是我盯住他不放。最后他说如果戴维森牧师同意的话,他也不反对我留在这儿坐下一班船去悉尼。"

她住口不说了,急切地看着麦克费尔医生。

"我实在不清楚我能做些什么。"医生说。

"噢,我想也许你并不介意去替我问他一声。我向上帝起誓,只要他让我待在这儿,我绝不再搞什么活动。如果那样合乎他的要求,我可以连这幢房子的大门都不出去。也就只不过两个星期的时间。"

"我去问问他。"

"他不会同意的,"霍恩说,"他要你星期二就走,你还是横下心来走吧。"

"告诉他,我能在悉尼找到工作,我说的是正经的活儿。这样的要求不算过分吧。"

"我尽力而为吧。"

"一有消息马上来告诉我,好吗?不管怎样,我都得弄个明白,否则我干什么事儿都没有心思。"

这个差使可并不怎么叫医生感到高兴,因而他办理的时候就绕了个弯儿,也许他惯常就是这种做法。他把汤普森小姐的那番话告诉他的妻子,请她去跟戴维森太太谈谈。传教士的态度似乎有点专断,就是让这个女人再在帕果帕果住上两个星期,也不会有什么危害。可是他的外交手腕所产生的结果,却完全出乎他的意外。传教士直接前来找他了。

"我妻子告诉我说汤普森小姐曾经跟你谈过了。"

生性腼腆的人要是被迫公开表态,往往会感到相当气恼。麦克费尔医生受到这样直截了当的质问,就陷入了这种境地。他感到自己的火气上来了,脸也涨得通红。

"我看不出她去悉尼而不去旧金山会有什么不同。而且既然她答应在这儿的时候规规矩矩,再这样难为她,未免太狠了一点。"

传教士用严厉的目光盯住医生不放。

"为什么她不愿意回旧金山去?"

"我没有问,"医生声音有些粗暴地答道,"而且我觉得一个人最好不要多管闲事。"

也许这并不是一个婉转得体的回答。

"总督已经下令把她驱逐出境,要她搭最早离开这个海岛的船只。他不过是履行他的职责,我是不会加以干涉的。汤普森小姐待在这儿,会是一种危险。"

"我看你也太严厉专横了。"

两位太太惊慌地抬头看着医生,但是她们倒用不着担心发生争吵,因为传教士只是柔和地笑了笑。

"麦克费尔医生,要是你这样看待我,实在万分遗憾。说真的,我为这个不幸的女人感到非常痛心,我只不过想尽到自己的责任而已。"

医生没有回答。他闷闷不乐地朝窗外望去。雨总算停了下来。放眼远眺,可以看见海湾对面掩映在树丛中的土著村落的茅屋。

"我想趁这会儿雨停了,到外面去走走。"他说。

"请不要因为我没有满足你的愿望就对我心怀怨恨,"戴维森说,脸上挂着惆怅的笑容,"我十分尊敬你,大夫,如果你认为我是个坏人,我很遗憾。"

"我毫不怀疑,你自视甚高,不可能心平气和地接受我的看法。"他反驳道。

"你是在拿我开玩笑。"戴维森格格地笑着说。

麦克费尔医生白发了一阵火却没有解决任何问题,暗自生气,只好下楼去了。那时候,汤普森小姐正半开着房门,在楼下等他。

"怎么样,"她说,"你跟他谈过了吗?"

"谈过了,我真抱歉,他什么都不肯做。"医生答道,他困窘得都不敢正眼看她。

但接着他飞快地瞅了汤普森小姐一眼,因为她突然呜咽起来。他看到她的脸由于害怕而变得煞白。这种情景叫他惶恐不安,突然他有了一个主意。

"不过,你还不要就此绝望。我觉得他们这样对待你,实在太不像话了,我打算亲自去见总督。"

"就是现在?"

他点了点头。汤普森小姐的脸上露出了喜色。

"嗨,你真是太好了。只要你跟他一说,他管保就会让我留下来了。只要我在这儿一天,我就绝不做不该做的事儿。"

麦克费尔医生自己也不明白他为什么决定去向总督求情。他对汤普森小姐的事儿一点都不在乎，但是那个传教士把他激怒了，而他一发起火来，怒气总是郁积在胸中的。他发现总督正好在家。总督是个身材魁梧、相貌英俊的人，原来是个水手，嘴唇上留着牙刷似的灰白短髭，穿着一身极为整洁的白斜纹布制服。

"我来见你，是想谈谈一个跟我们寄宿在同一幢房子里的女人的事儿，"他说，"她的姓氏是汤普森。"

"麦克费尔医生，我想有关她的事儿我差不多听够了，"总督笑吟吟地说，"我已经下令让她下星期二离境，我只能做到这样。"

"我想问问你能否通融一下，让她待到旧金山来的船到达的时候再走，这样她就可以前往悉尼。我可以担保她行为不会出轨。"

总督仍然笑吟吟的，但是他的眼睛却眯起来，变得严肃了。

"我很乐意按照你的意思去做，麦克费尔医生，但我已经下了命令，无法更改了。"

医生又尽量把事情说得理由充足，但是总督却收起了笑容。他紧绷着脸儿听着，眼睛凝视着别的地方。麦克费尔看出来他的话一点也没有产生作用。

"我并不想给哪位女士造成不便，但是她一定得在星期二坐船离开，再没有什么回旋的余地了。"

"但是对你来说，那又有什么区别呢？"

"对不起，大夫，除了向规定的政府机关报告外，我觉得没有必要向别人解释我所采取的官方行动。"

麦克费尔目光锐利地瞅了他一眼。他想起戴维森曾经露过口风，说他采用过威胁手段，而他从总督的态度中，也看出他极其为难。

"戴维森真是一个讨厌的爱管闲事的家伙。"他情绪激动地说。

"咱们私下说说,麦克费尔医生,我对戴维森先生并没有多大好感,但是我不得不承认,他有权向我指出,像汤普森小姐这样品格的女人待在这儿是危险的,因为有许多士兵驻扎在本地居民中间。"

他站起身来,麦克费尔医生也只好跟着站了起来。

"我一定得请你原谅,我还有个约会。请你代我向你的太太致意。"

医生垂头丧气地离开了。他知道汤普森小姐一定在等他,但是他不愿亲口告诉她自己没有成功,就从后门进了房子,偷偷地走上楼梯,好像有什么需要隐瞒的事儿似的。

晚饭的时候,他默不作声,局促不安,但是传教士却心情欢快,有说有笑。麦克费尔医生觉得传教士的目光不时落在自己的身上,流露出一副得意扬扬的高兴神气。突然他想到,戴维森一定已经知道他去拜访过总督,而且碰了钉子。可是他究竟是怎样听说这些情况的呢?这个人的本领可真有一点阴森可怖的地方。晚饭以后,他看到霍恩站在游廊上,就做出一副想要跟他随便闲聊的样子,走了出去。

"她想知道你是不是已经见过总督了。"那个生意人低声说。

"见过了。他什么都不肯干。我真是万分抱歉,我再也做不了什么了。"

"我知道他不肯答应的。他们不敢对抗这些传教士。"

"你们在谈什么呀?"戴维森和气地说,也走出房间来跟他们待在一起。

"我刚才正在说,你们至少下一个星期是没有可能到阿皮亚去的。"那个生意人口齿伶俐地说。

霍恩走开了,他们两人也回到了客厅里。戴维森在每顿饭后总要消遣一个小时。不久,传来一阵轻轻的敲门声。

"进来。"戴维森太太用她那尖利刺耳的嗓音说。

门并没有推开。她站起身来,把门打开。他们看见汤普森小姐站在门口,但是她的样子却发生了惊人的变化。她不再是那个在路上嘲笑他们的招摇显摆的荡妇,而是一个神情沮丧、惊恐不安的女人。她的头发通常梳理得十分讲究,如今却乱蓬蓬地披在头颈后面。她穿着拖鞋、衬衫和短裙,上面满是泥污,很不干净。她站在门口,泪流满面,不敢进来。

"你要干什么?"戴维森太太声音刺耳地说。

"我可以跟戴维森先生说句话吗?"她哽咽着说。

传教士站起身来,朝她走了过去。

"进来吧,汤普森小姐,"他用亲切的语气说道,"我能为你做些什么呢?"

她走进房间。

"嗨,那天我说话冒犯了你,还有——还有别的一些事情,实在对不起。我想我有点儿喝醉了。请你原谅。"

"哦,那没有什么。我想我的心胸相当开阔,几句难听的话还是受得了的。"

她朝他跨了一步,做出一个极为低三下四的动作。

"你把我打垮了。我实在受不了了。你不见得非要我回旧金山去吧?"

他那种亲切的样子立刻消失了,声音一下子变得冷酷而严厉。

"为什么你不愿意回到那儿去?"

她在传教士面前战战兢兢。

"我想我家里人住在那儿。我不愿意他们看到我这副样子。无论别的什么地方,你要我去哪儿,我就去哪儿。"

"为什么你不愿意回到旧金山去?"

"我已经告诉你了。"

他朝前探出身子,目不转睛地看着她,两只闪闪发亮的大眼睛似乎要看透她的灵魂。他突然喘了一口气。

"入狱坐牢。"

她尖叫起来,接着就扑到他的脚下,抱住他的两条腿。

"别把我送回那儿去。我在上帝面前向你发誓,我要做一个正经女人,再也不干这种营生了。"

她滔滔不绝、语无伦次地苦苦哀求,泪水从她那涂脂抹粉的脸蛋上直往下流。戴维森朝她俯下身子,把她的脸一下子抬了起来,迫使她眼睛望着他。

"是不是这样,入狱坐牢?"

"他们没来得及抓住我,我就溜走了,"她呼吸急促地说,"如果我给警察逮住了,那就得坐上三年牢。"

戴维森把手松开了,她就身子蜷作一团,倒在地上,悲切地呜呜哭着。麦克费尔医生站起身来。

"这样一来,事情就完全不一样了,"他说,"你知道了这种情况,就不能再逼迫她回去。再给她一个机会吧。她想要改过自新,重新做人。"

"我打算给她一个前所未有的最好机会。如果她要悔改,那就让她接受自己的惩罚吧。"

她误会了戴维森话里的意思,把头抬了起来。在她那哭肿了的眼睛里露出了一线希望。

"你会放我走了。"

"不,星期二你得坐船去旧金山。"

她发出一声可怕的呻吟,随后就低沉、嘶哑地叫起来,听上去简直不像人的声音,她把脑袋死命地撞着地面。麦克费尔跳上前去,把她拉了起来。

"好啦,别再这样了。你最好还是回到自己房间里去躺一会儿。我会给你一点药。"

他把汤普森小姐拉起来,半拖半抱地送下楼去。他对戴维森太太和自己的妻子十分生气,因为她们俩一点也不帮忙。那个混血儿站在楼梯口,帮着他把汤普森小姐扶上床去。她又是呻吟又是哭泣,几乎失去了知觉。医生给她在皮下注射了一针。他回到楼上的时候,又热又累。

"我总算让她躺下了。"

两个女人和戴维森仍待在原来的地方,自从他走之后,他们既没有走动,也没有说话。

"我正在等你,"戴维森说,声音显得古怪而冷淡。"我要你们跟我一块儿祷告,为我们那误入歧途的姐妹的灵魂祷告。"

他从书架上拿下一本《圣经》,在先前用来吃晚饭的那张餐桌旁坐下。桌子还没有收拾干净,他把面前的茶壶推到一旁,用洪亮、深沉而富于回响的声音,给他们朗读了叙述耶稣基督同犯了通奸罪的女人见面的那一章①。

"现在跟我一起跪下,让我们来为我们亲爱的姐妹莎狄·汤普森的灵魂祈祷。"

他脱口说出一篇长长的、热情洋溢的祷辞,他祈求上帝怜悯这个有罪的女人。麦克费尔太太和戴维森太太用手捂着眼睛跪了下来,医生则出乎意料,笨拙而窘迫地也跪了下来。传教士的祷辞热烈而动人。他异常激动,一边说着,一边泪流满面。外面,无情的雨下个不停,实在跟恶人一样凶狠歹毒。

最后他总算结束了。停顿了一会儿,他说:

"咱们现在再念一下主祷文②。"

他们念完后,跟着他站起身来。戴维森太太的脸色苍白安详。她得到了慰藉,变得心境平和了。但是麦克费尔夫妇却突然感到羞惭,眼睛不知该朝哪儿看是好。

"我下去看看她现在怎样了。"麦克费尔医生说。

他敲了敲汤普森小姐的房门,前来给他开门的却是霍恩。汤普森小姐坐在一把摇椅上,默默地流着泪。

"你待在那儿干什么?"麦克费尔嚷道。"我告诉你要躺着。"

"我躺不下来。我要见戴维森先生。"

"可怜的孩子,你觉得那会有什么用处吗?你根本不能让他改变主意。"

---

① 指《新约·约翰福音》第八章,其中说,一个通奸的女人被法利赛人抓住,按照律法,要用石头砸她,但耶稣说谁要是毫无罪过,就让他先砸。于是众人散去,耶稣对妇人说:"我也不定你的罪,去吧,从此不要再犯罪了。"
② 主祷文,为基督教最常用的一篇祈祷文,其开端为"我们在天上的父",见《新约·马太福音》第六章第九至第十三节以及《新约·路加福音》第十一章第二至第四节。

"他说过只要我派人叫他,他就会前来。"

麦克费尔对那个生意人做了个手势。

"你去把他叫来。"

霍恩上楼的时候,他和汤普森小姐就默默地等着。戴维森进来了。

"原谅我要你来我这儿。"她说,一边神情忧郁地望着他。

"我正等着你派人来找我。我知道上帝会对我的祷告做出回应。"

他们彼此注视了一会儿,接着她把目光移开了。她说话的时候也不正眼看着他。

"我是一个坏女人。我要悔改。"

"感谢上帝!感谢上帝!他听到了我们的祷告。"

他转身朝着另外两个男人。

"让我独自跟她待在一起。告诉戴维森太太,我们的祷告已经得到了回答。"

他们俩走了出去,把门在身后带上。

"天哪!"那个生意人说。

那天晚上,麦克费尔医生直到很晚仍无法入睡。他听到传教士上楼的声音,看了看自己的手表,那会儿已是凌晨两点。可是那么晚了,传教士仍然没有立刻上床。透过分隔开他们两间房的木隔板,他听见传教士在大声祷告,一直听到他疲倦了方才睡去。

次日早上,医生看到传教士,不禁对他的样子相当惊讶。他从来没有显得脸色如此苍白,神情疲惫,但是他的两只眼睛里却闪耀着奇特的光芒。他身上好像充满了莫大的欢乐。

"我要你一会儿下去看看莎狄,"他说,"我当然无法希望她的身体会好一些,但是她的灵魂——她的灵魂已经得到了改造。"

医生感到倦怠乏力,紧张不安。

"昨儿晚上,你在她那儿待到很晚。"他说。

"是呀,她不肯让我离开。"

"你看上去真是得意非凡。"医生烦躁地说。

戴维森的眼睛闪耀着狂喜的光芒。

"我得到了莫大的恩典。昨天夜里,我荣幸地使一个沦落的灵魂重新回到基督慈爱的怀抱里。"

汤普森小姐又坐在摇椅上。床也没有铺好,房间里乱糟糟的。她根本懒得穿着打扮,只披了一件肮脏的晨衣,头发胡乱地打了一个髻。她用湿毛巾轻轻抹了一下脸,但是由于哭泣,脸上仍然皱巴巴的,显得有些浮肿。她看上去就是一个邋遢女人。

医生走进房间,她呆呆地抬起头来,一副失魂落魄、心神沮丧的样子。

"戴维森先生在哪儿?"她问道。

"如果你需要他的话,他马上就来,"麦克费尔尖刻地说,"我是来看看你身体怎么样了。"

"哦,我想我没有什么问题。你用不着担心。"

"你吃了点儿东西没有?"

"霍恩给我拿来一些咖啡。"

她焦虑地望着门口。

"你认为他会马上下来吗?我感到只要他跟我待在一起,就不那么可怕了。"

"你是不是仍然星期二走?"

"是的,他说我非走不可。请你叫他马上就来。你对我没有什么用处。如今只有他可以给我带来帮助。"

"好吧。"麦克费尔医生说。

在接下去的三天里,传教士几乎把所有的时间都用来陪伴莎狄·汤普森。他只在吃饭的时候,才跟其他三个人待在一起。麦克费尔医生发现他几乎不大吃什么东西。

"他要把自己累坏了,"戴维森太太怜惜地说,"要是他不小心注意,就会把身体搞垮的,但他工作起来总是不遗余力。"

她自己也变得脸色发白,毫无血色。她对麦克费尔太太说她睡不着觉。每当传教士从汤普森小姐那儿回来以后,他总要祷告一番,直到弄得筋疲力尽方才罢休。但是即便那样,他也睡得很少。刚睡下一两个小时,他就起身穿好衣服,前往海湾散步。他做了一些奇怪的梦。

"今儿早上,他告诉我说他梦见了内布拉斯加①的山岭。"戴维森太太说。

"真是离奇古怪。"麦克费尔医生说。

他想起自己在横穿美国时,曾经从火车的车窗里看到过那些山岭。它们浑圆光滑,样子好似鼹鼠堆积起的巨大山丘,从平原上拔地而起。麦克费尔医生想起,当时他曾觉得那些山岭真像女人胸前的乳房。

戴维森坐立不安,连他自己都感到无法忍受。可是他又被一种

---

① 内布拉斯加,美国中西部一州,处于西部大草原地区。

奇特的兴奋所鼓舞。他要把深藏在这个可怜女人内心角落里那最后一点罪恶的痕迹，也连根拔除。他和她一起阅读《圣经》，和她一起祈祷。

"真是出了奇迹，"有天吃晚饭的时候，戴维森对他们说，"这是真正的新生。她的灵魂，原来漆黑一团，犹如黑夜，现在却像刚下的雪一样洁白。我觉得那样卑微和畏惧。她对于自己一切罪恶的悔恨真是太美了。我根本都不配去碰一下她那衣衫的缒边。"

"你还忍心把她打发回旧金山去吗？"医生说。"在美国的监狱里待上三年。我觉得你总可以饶了她，让她免受这样的苦吧。"

"啊，你不明白吗？这是十分必要的。你以为我的心没有为她而流血吗？我就像爱我的妻子和妹妹一样爱她。她坐牢的时候，我会始终分担她遭受的一切痛苦。"

"胡说。"医生不耐烦地喊道。

"你无法理解，因为你看不见。她犯了罪，就得受苦。我知道她会忍受一些什么。她会挨饿，遭受折磨和羞辱。我要她把对人的惩罚作为向上帝供奉的祭品加以接受。我要她愉快地加以接受。她遇到了我们当中为数不多的人才能得到的机会。上帝实在善良和仁慈。"

戴维森的声音兴奋得不住颤抖，从他的嘴里倾泻而出的激动话语，几乎无法听清。

"整天我都跟她一同祷告，离开她以后，我又接着祷告。我竭尽全力地祈祷，这样耶稣就会把这个巨大的恩典赏赐给她。我要让她的心里热切地渴望接受惩罚，到头来，即便我提出放她走，她也会加以拒绝。我要让她感到，坐牢的痛苦惩罚就是她放在我们神圣的主脚下的感恩供品,主就是为了她而献出自己的生命。"

日子过得慢悠悠的。整幢房子里的人一心想着楼下那个遭受折磨的不幸女子,全都生活在一种反常的兴奋之中。她活像是一个准备用来进行野蛮血腥的鬼神祭典的牺牲品。恐怖使得她麻木不仁,她简直无法让戴维森离开她的眼前;只有戴维森跟她待在一起,她才具有勇气,她紧紧抓住他不放,就像一个依附于他的奴隶。她经常哭泣,也念念《圣经》,做做祷告。有时候,她筋疲力尽,感觉迟钝。那会儿,她倒确实盼望她的苦难早点到来,因为在她看来,这能为她提供一条出路,一条直接而明确的出路,使她可以摆脱目前的痛苦。对于眼下遭受的那种模糊不清的恐怖,她已经无法再忍受多久了。她带着满身罪恶,放弃了一切个人的虚荣,蓬头垢面,穿着那件花里胡哨的晨衣,在房间里懒洋洋地走来走去。她已经连续四天不脱睡衣,也不穿长袜了。她的房里乱七八糟,肮脏不堪。同时,大雨仍然无情地下个不停。你觉得天上的雨水总该倒空了吧,但是雨水仍然直接、猛烈地倾泻而下,不断敲打着铁皮房顶,周而复始,简直叫人发疯。所有的东西都有些潮湿,黏糊糊的。四面的墙壁,放在地上的皮靴都发了霉。在难以入眠的夜晚,蚊子愤怒地嗡嗡叫着。

"哪怕雨水只停上一天,日子也就不会这样难受了。"麦克费尔医生说。

他们都盼望星期二早些到来,到那天去旧金山的轮船会从悉尼到达这儿。这种紧张简直叫人无法忍受。就麦克费尔医生而言,他只希望早些摆脱这个命途多舛的女人,他的怜悯与怨恨都被这种心情压倒了。无法避免的事儿就只得接受。他感到只要那条船起航了,就连自己的呼吸也会变得顺畅自在一些。莎狄·汤普森按规定要由总督办公室的一名办事员押送上船。这个人星期一晚上来了一次,让汤普森小姐次日上午十一点钟做好准备。当时戴维森也在汤普森小姐的旁边。

"我会设法把一切都安排妥当。我打算亲自送她上船。"

汤普森小姐没有说话。

当麦克费尔医生吹灭蜡烛,小心翼翼地钻进蚊帐时,他如释重负地舒了口气。

"噢,谢天谢地,这件事儿总算结束了。明儿这个时候,她就已经走了。"

"戴维森太太也会高兴的。她说戴维森先生已经疲惫不堪了,"麦克费尔太太说,"她完全变成了另一个女人。"

"谁?"

"莎狄。我从来没有想到竟然会有这样的事儿。真让我们感到渺小卑微。"

麦克费尔医生没有答话,不久就睡着了。他十分疲劳,睡得要比往常香甜。

次日早晨,有人推了一下他的胳膊,把他弄醒了。他吓了一跳,看到霍恩站在床边。这个生意人举起一根手指放在嘴上,叫医生不要声张,并且招呼他起身下床。霍恩通常总穿着他那身破旧的帆布衣服,但眼下却光着两只脚,系着当地人的拉瓦拉瓦。他突然显出野蛮人的样子,麦克费尔医生下床时,看见他身上刺了不少花纹。霍恩打了个手势,要医生到游廊上去。麦克费尔医生下床后便跟着他走了出去。

"别出声,"霍恩悄没声儿地说,"有事要请你去一次。穿上外套和随便哪双鞋子。快一点儿。"

麦克费尔首先想到的,就是汤普森小姐出事了。

"出了什么事?我要不要带上医疗器械?"

"快点儿,请快点儿。"

麦克费尔蹑手蹑脚地回到卧室,在睡衣外面披上一件雨衣,穿上一双轻便运动鞋。他又出来和那个生意人会合,两个人一起悄悄地走下楼梯。朝着大路的正门开着,有六七个当地人站在门口。

"出了什么事?"医生又问了一次。

"请跟我来。"霍恩说。

他出了门,医生跟在后面。一小伙当地人又跟在后面。他们穿过大路到了海滩。医生看到一群当地人站在水边围着一个物体。他们加快步子赶了过去,大约走了二十多码。那些当地人看到医生到了,就让出一条路来。霍恩把他推向前去,接着他就看到一个可怕的东西,一半泡在水里,一半露出水面,原来那是戴维森的尸体。麦克费尔医生弯下身子——他并不是一个遇到紧急情况就惊慌失措的人——把尸体翻了过来。脖子上有一道从左耳一直划到右耳的伤口,右手仍然握着那把用来切开脖子的剃刀。

"他已浑身冰凉了,"医生说,"他一定已经死了好一阵子了。"

"一个小伙子刚才在去干活的路上,看到他俯伏在这儿,马上前来告诉我。你觉得他是不是自杀?"

"是的。得派一个人去把警察找来。"

霍恩用当地土话说了几句,两个年轻人就离开了。

"咱们一定得等警察来了再离开这儿。"医生说。

"他们不能把他抬进我的房子。我可不想让他放在我的房子里。"

"你照当局吩咐的做就是了,"医生严厉地回答说,"实际上,我看他们会把他抬到停尸所去。"

他们就站在原地等候。霍恩从拉瓦拉瓦的褶子里掏出一根香烟,接着又递给医生一根。他们一边抽烟,一边眼睛紧盯着这具尸体。麦克费尔医生对这件事实在无法理解。

"你觉得他为什么要这样干?"霍恩问道。

医生耸了耸肩膀。过了一会儿,当地警察就在一个海军陆战队士兵的带领下,抬着担架来了。紧接着,两三个海军军官和一个海军军医也赶来了。他们有条不紊地把一切都办妥了。

"他的妻子怎么办?"一个军官说。

"既然你们来了,我就回到住处去穿点衣服。我会设法把消息告诉她。最好把尸体略微拾掇一下后,再让她见到。"

"我想是该这么办。"海军军医说。

麦克费尔医生回去后,发现他的妻子已经差不多穿戴好了。

"戴维森太太为她的丈夫感到十分不安,"他一进门,妻子就对她这样说。"他一夜都没有上床安歇。戴维森太太听见他两点钟的光景离开了汤普森小姐的房间,但是他出去了。如果他从那会儿起一直四处转悠,那他一定累得够呛。"

麦克费尔先生把发生的事儿告诉了他妻子,并且要她把这个消息传达给戴维森太太。

"可是为什么他要这样做呢?"她惊恐万状地问道。

"我想不出来。"

"但是我不能告诉她,我做不到。"

"你一定得去。"

她害怕地瞅了他一眼,走了出去。他听到她走进戴维森太太的房间。他待了稍许一会儿,竭力振作精神,然后才开始刮脸、梳洗。他穿好衣服以后,就坐在床上,等候他的妻子。她终于回来了。

"她想要见他。"她说。

"他们已经把他抬到停尸所去了。咱们最好陪她一块儿去。她表现得怎么样?"

"我想她完全惊呆了,一声都没有哭,但是却像风中树叶似的不住颤动。"

"咱们最好马上就去。"

他们敲了敲门,戴维森太太走了出来。她脸色煞白,但是眼睛里却没有泪水。在医生看来,她似乎出奇地冷静。他们彼此都没有说话,默不作声地顺着大路出发了。到了停尸所,戴维森太太开口了。

"让我一个人进去见他。"

他们站在一旁。一个当地人开门让她进去,随即把门关上。他们坐下来等候。有一两个白人走来低声和他们说话。麦克费尔医生又把自己了解的有关这场悲剧的情况对他们说了一遍。最后那扇门悄悄地打开了,戴维森太太走了出来。他们又陷入了沉默。

"我现在准备回去了。"她说。

她的声音冷酷而镇定。麦克费尔医生无法理解她的眼神。她那苍白的脸神色严厉。他们慢慢地往回走去,一句话也不说,最后走到转弯角上,对面就是他们的住处。戴维森太太倒抽了一口凉气,他们一下子都站定了,停了一会儿。一阵难以置信的声音闯进了他们的耳鼓。沉寂了那么多天的留声机又响了起来,大声刺耳地放着散拍乐。

"这是怎么回事?"麦克费尔太太惊恐地喊道。

"咱们继续走吧。"戴维森太太说。

他们走上台阶,进了门厅。汤普森小姐正站在房门口,跟一个水手聊天。她身上突然起了一种变化。她不再是过去几天那种提心吊胆、度日如年的模样了。她把自己所有的漂亮行头都穿到身上,白色的衣衫,擦得雪亮的皮靴,靴口上圆鼓鼓地露出她那套在棉纱袜子里的两条胖腿;她的头发经过精心梳理,头上戴着那顶堆满鲜艳俗气花朵的大帽子。她脸上抹了脂粉,两条眉毛画得又粗又浓,嘴唇涂得血红。她把身子挺得笔直,又是他们最初见到的那副招摇过市的女王姿态了。在他们进门时,她突然嘲弄地放声大笑;接着,戴维森太太不由自主地站住了脚,汤普森小姐嘬起嘴里所有的唾沫,啐了出来。戴维森太太吓得往后一缩,脸蛋上也突然出现了两点红色。随后,她用双手捂着脸跑开,赶紧冲上楼梯。麦克费尔医生心头火起,他一把推开那个女人,走进她的房间。

"你这是在干什么?"他嚷道。"让那个该死的留声机停下。"

他走过去,一下子把唱片拿了下来。汤普森小姐也对他发起火来。

"嗨,大夫,你给我收起这一套吧。你究竟到我的房间里来干什么?"

"你这话什么意思?"他嚷道。"什么意思?"

汤普森小姐挺起腰杆。她脸上露出的那副鄙夷的神情,或是她答话时那种轻蔑和痛恨的语气,谁都无法用言语来加以形容。

"你们这些男人!你们这些肮脏下流的蠢猪!你们全是一路货,全都一样。蠢猪,蠢猪!"

麦克费尔医生倒抽了一口凉气,恍然大悟。

跋

  当你坐的那条轮船离开火奴鲁鲁的时候，人们把花环，用甜美芳香的花儿做成的花环戴在你的脖子上。码头上挤满了人，乐队演奏着一支柔和感伤的夏威夷乐曲。船上的旅客朝站在下面岸上送行的人扔出手中的彩带，船的旁边霎时布满了红黄蓝绿的细细的纸带。轮船缓缓地离岸起航，那些纸带轻轻地断裂开来，正如维系人际关系的纽带给扯断了一样。男男女女凭借红黄蓝绿、色彩鲜艳的纸带暂时会聚到一起，随后生活又把他们分隔开来，纸带也噼啪一声断开了，不费吹灰之力。那些残余的纸带仍然在船身上垂挂上一个小时，接着就给风吹得渺无影踪。你那花环上的花朵开始凋谢，花儿的香气也令人窒息，于是你把花环扔到船外。

译后记

英国作家毛姆著作很多,在长篇小说、戏剧和文艺批评方面都有所建树,但短篇小说在毛姆的整个创作活动中占据着一个十分重要的位置。在毛姆生前,英国著名的《新政治家》杂志的评论曾把他称为"当今在世的最伟大的短篇小说家"。从一八九九年出版第一本短篇小说集起,到一九四七年为止,毛姆一共写了一百几十篇短篇小说,在一九五一年自选《短篇小说全集》时,共收入九十一篇,其余均被舍弃。

毛姆的短篇小说深受法国作家莫泊桑的影响,他想要写的是"具体、充实、富有戏剧性的故事",要求短篇小说应当有头有尾,结构紧凑,情节曲折,含有伏笔和悬念,既有高潮,又有余波。他主张故事要完整、连贯、前后一致,从铺叙到结束要一气呵成,凡是与主要事件无关的细节都一概删除,通过情节的巧妙安排抓住读者的兴趣,引导读者兴味盎然地一页一页往下看。毛姆笔下的人物,上至总督下至侍役,从贵妇人到街头妓女,都性格鲜明突出。他的短篇小说既有反映国内生活的,也有以南太平洋岛屿及马来半岛为背景的,也有写间谍活动题材的。这些短篇作品把一个特定的历史时期(主要是英王爱德华时代)不同阶层的人情世态描摹得颇为淋漓尽致。虽然英国近代短篇小说的名家不少,但是毛姆却能做到雅俗共赏,赢得广大读者的欢迎。

  在毛姆的短篇小说集中,尤以描写南太平洋异域风情的《一片树叶的颤动》最为出名,它是毛姆认真写作短篇小说的开端,奠定了毛姆作为短篇小说作家的声誉。这本集子的题名取自十九世纪法国文学评论家圣伯甫的名句:"将极度的欢乐与无比的失望勉强区分开来的,只是一片颤动的树叶。"集子中的六个短篇,都是根据作者漫游太平洋地区的见闻而写成的。那在英国文学中是前人很少涉足的领域。在这些取材于西方国家在南太平洋殖民地的小说里,毛姆生动地反映了那儿白人官员的颟顸、传教士的伪善、种植园主空虚的精神生活。这些人物往往受到情欲的支配,干出出乎意料的事儿。《麦金托什》表现了当地土著居民与白人殖民长官沃克之间的冲突,麦金托什是沃克的助手,平时不断遭到沃克的戏弄嘲笑,于是怀恨在心,暗地借助土著居民麦努马的手杀死了沃克,最后却又悔恨交加,在海湾里举枪自尽。《爱德华·巴纳德的堕落》则描写一个原来生活在美国芝加哥的青年受到南太平洋岛屿上的美景吸引,抛弃了自己的远大前程和美貌的未婚妻,甘愿在海岛上平凡地度过一生,表现了青年对当时世俗社会的厌倦和反叛。《红毛》描写海岛姑娘莎莉与一个名叫"红毛"的水手的故事。他们结婚时虽然一度如胶似漆,但经过多年的分别之后,早已音容全非,即便相对而坐,也难以相认,表达了作者对美好的爱情终归幻灭的悲凉心绪,同时也折射出作者内心对理想世界的追慕以及这种理想被现实生活中的人性冷漠和时光流逝所淹没的无奈和困惑。作者在这篇小说中采用对照手法,将人物年轻和衰老的容貌、美和丑的形象,以往和目前的生活场景做了鲜明的对比,收到了良好的艺术效果。《水潭》则取材于一个真实的悲剧事件,描写了英国青年劳森与带有一半土著血统的混血儿埃塞尔结婚后的悲惨遭遇,探讨了身份认同的问题,对男女双方并不真正了解的异族婚姻的美满和持久提出了疑问。《火奴鲁鲁》叙述的是一个神秘的巫术故事,让我们看到巴特勒船长如何在巫术的影响下,病势危殆,命悬一线,只是凭借土著姑娘的果敢行为才得以生还。读者一直看到小说结尾,才明白作者先前对厨师外貌的描写的用意,意识到巴特勒船长所说的这个有关原始迷信的故事也只可姑妄听之而已。《雨》是名篇,通过狂热的基督教传教士戴维森与妓女莎狄·汤普森之间的纠葛,揭露了传教士表面的道貌岸然以及内在的欲念和肮脏的灵魂。他在航行途中首先为了使莎狄皈依宗教而将她置于精神折磨之下,而就在这个过程中,他自己却屈服于炽烈的欲火而抛弃了基督的教义。故事最终在莎狄的一阵痛骂声中结束。毛姆在这篇小说里用热带地区如同瀑布一般倾泻的暴雨来衬托人物精神的混乱和信仰的堕落,使得雨水在他的笔下具有丰富的象征意义。

毛姆在这些故事中对南太平洋诸岛风光的出色描绘,无疑给作品带来了迷人的魅力,往往起着烘托气氛的作用,使得在这种特定环境下的人物显得越发性格鲜明。这一点在《爱德华·巴纳德的堕落》《红毛》《水潭》《雨》等篇章中都有所体现。无怪《一片树叶的颤动》于一九二一年出版后,立刻引起轰动,受到了评论界的注意。有个评论家在《星期六文学评论》上说:"每篇独立的故事都始于灵感,终于艺术的完美。"

  毛姆的语言风格明白畅达，朴实无华，但在翻译时，许多地方如不细心查考，也会落入"陷阱"。比如在短篇小说《雨》中，在麦克费尔医生为莎狄向传教士求情而遭到拒绝后，戴维森请他不要因为没有满足他的愿望而心怀怨恨。麦克费尔医生反唇相讥地说："我毫不怀疑，你自视甚高，不可能心平气和地接受我的看法。"这时候，戴维森格格地笑着说："That's one on me."从表面上看，这是一句很简单的话儿，并没有什么难懂的词语，因而有些译者就根据上下文把这句话翻译成"就算我的不是好了"，或者"这算给了我一下子"。其实都与原来的意思存在出入。根据埃里克·帕特里奇所编的《英美流行俗语辞典》或者《韦氏三版新国际英语大辞典》的解释，就可以知道，这里的 one 应该解作 joke。因而这句话的意思实际上应为"你是在拿我开玩笑"。译者在翻译过程中，对毛姆小说中这些看似明白晓畅的地方特别加以留意，尽量避免出现什么偏差。但艺术的境界无穷，个人的心力有限，疏漏不当之处在所难免，尚希广大读者予以指正。

  这个译本是根据美国纽约乔治·H·多兰出版公司（George H. Doran Company）一九二一年的初版本译出的，同时也参考了目前通行的企鹅版《毛姆短篇小说全集》四卷本。

叶　尊

二〇一八年三月

图书在版编目(CIP)数据

一片树叶的颤动：南太平洋诸岛的小故事/[英]威廉·萨默塞特·毛姆著;叶尊译.—杭州：浙江文艺出版社,2018.11
ISBN 978-7-5339-5381-2

I.①一… II.①威… ②叶… III.①短篇小说—小说集—英国—现代 IV.①I561.45

中国版本图书馆CIP数据核字(2018)第199839号

策划统筹：曹元勇
责任编辑：王丽荣
封面设计：人马艺术设计·储平
责任印制：吴春娟

一片树叶的颤动

[英]威廉·萨默塞特·毛姆　著
叶　尊　译

出版：浙江文艺出版社
地址：杭州市体育场路347号　邮编：310006
网址：www.zjwycbs.cn
经销：浙江省新华书店集团有限公司
印刷：浙江新华数码印务有限公司
开本：880毫米×1230毫米　1/32
字数：150千字
印张：8.5
插页：5
版次：2018年11月第1版　2018年11月第1次印刷
书号：ISBN 978-7-5339-5381-2
定价：45.00元

版权所有　侵权必究

(如有印、装质量问题，请寄承印单位调换)